陈大伟

著

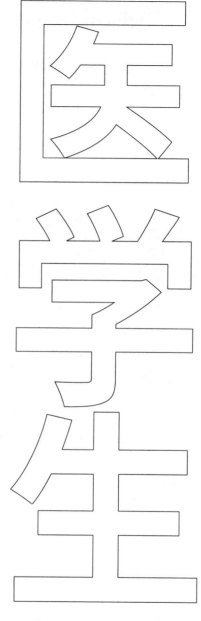

医学生

中国文联出版社

图书在版编目（ＣＩＰ）数据

医学生 / 陈大伟著 . -- 北京 ：中国文联出版社，
2023.1
ISBN 978-7-5190-4992-8

Ⅰ．①医… Ⅱ．①陈… Ⅲ．①长篇小说－中国－当代
Ⅳ．① I247.5

中国版本图书馆 CIP 数据核字（2022）第 238191 号

著　　者　陈大伟
责任编辑　袁　靖
责任校对　张　苗
封面设计　吉　辰

出版发行　中国文联出版社有限公司
社　　址　北京市朝阳区农展馆南里 10 号　　邮编　100125
电　　话　010-85923025（发行部）　010-85923091（总编室）
经　　销　全国新华书店等
印　　刷　三河市龙大印装有限公司

开　　本　710 毫米 ×1000 毫米　　1/16
印　　张　19
字　　数　200 千字
版　　次　2023 年 1 月第 1 版第 1 次印刷
定　　价　58.00 元

|目录|

第 1 章　家 乡

　　1957 年的冬天，铁蛋出生在铜怀县陈旺乡陈家村，一个普通农民家庭。在冬天，铁蛋小脸蛋冻得通红，两只小手因冻疮肿得像馒头似的，但小家伙从来没有咳嗽一声，也从未生过一场病。大伙觉得奇怪，都说这孩子像铁蛋似的。这就是"铁蛋"名字的由来。

　　陈家村地处江南丘陵地带，一年四季分明：冬有雪飘、春有花开、夏有蝉鸣、秋有果香。陈家村空气清新，雨后的空气更是沁人心脾。如有闲情，在一个风和日丽的日子，在山上随便走走，或躺在一块松软的草地上，有一种在钢筋水泥城堡中，无法得到的享受。

　　六十多户人家，三三两两地散落在山腰平坦之处。低洼处，有两个大水塘，供应陈家村的生活和生产用水。陈家村有大大小小水稻田 20 多块，小的面积不足 2 亩，最大的也不超过 20 亩。村民们只能因山势地形，对土地加以利用。地势低，稍大一点的平地用来种水稻，地势高的小块地用来种植一些蔬菜或瓜果之类。

平日，清澈见底的山间小溪从高往低，缓慢、无声地流淌着。下雨时，湍急的水流轰鸣而下，并溅起浪花。无论下多大的雨，小溪中的水从不掺杂任何泥土，从高处流下的水永远是清澈的。

村里有几条弯曲狭窄的小路，最宽的是村东头通往村外的青石板路。但即使这条最宽的路，充其量也只能通过一辆牛车。交通不方便，既是坏事，也是件好事。20 世纪 30 年代末，日本人的汽车勉强开到县城。陈旺乡弯弯曲曲、高低不平的羊肠小道，使陈家村免遭战火的蹂躏。

新中国成立初期，省城一位大官员，坐小汽车准备来陈家村。车开到距村口 6 里外，因为没有供汽车行驶的路，这位大官员就不得不下车步行到陈家村。大官员离开陈家村时，村民们一直把他送到村外，汽车停的地方。这位大官员挺激动，没想到陈家村的贫下中农对他这么热情。其实，村民们不是送他，是来看汽车的。自从盘古开天辟地以来，陈家村人第一次看到汽车。

"这家伙真有意思，不吃草，也会跑。"一位上了年纪的村民好奇地说道。

"也许，是给它喝了鸡汤或排骨汤，所以这家伙才这么有劲儿，跑得这么快。"另一位村民在寻找答案。

"那它从哪里解大便？"又一位村民说道。

"我刚才看到它还放屁呢。扑通、扑通，声音挺大的。"铁蛋父亲陈若望也上前凑热闹。

"在哪放屁？"

"在它的后面，有个圆圆的管子。"陈若望回答道。

"嗯，"村长陈大头也在思考汽车排泄的问题，"牛一般是在休息时放屁、解大便。这家伙倒有意思，在跑步时放屁。"

几年后，村民们还在议论。

铁蛋出生时，爷爷陈家发 51 岁。陈家发脸色晦暗，干枯的黑发中掺杂不少白发，不时干咳几声。陈家发和老伴儿共生育 4 个孩子，一个夭折，一儿二女长大成人。铁蛋爸爸，陈若望，曾间断地上过 1 年的私塾，读书很用功。铁蛋妈妈在 1954 年 19 岁时嫁到陈家村。婚后第二年生了女儿桂霞，后来有了铁蛋，过两年又生了二儿子铁林。铁蛋全家和陈家村所有的人一样，在古老的村庄，过着宁静、简朴的生活。

1963 年春节后，老天爷一连 3 个月没有下过一次像样子的雨。到了 5 月，陈旺乡出现了旱情，整个铜怀县也出现了旱情。山沟里的溪水，日渐干涸，河床鹅卵石露出水面。6 月中旬，下了一场雨，由于持续的时间太短，雨点降落到地面上，还没有来得及形成一个湿印，就被干渴的土地吞噬得无影无踪。陈家村以种植水稻为主，水稻的生长对水的依赖程度极大。水塘水位已有明显的下降，从水塘取水灌溉蔬菜等植物尚可，但是要保证整个水稻田的用水就捉襟见肘了。村民开始担心今年的收成。老天不下雨，急得村民们直跺脚。

稻田里的水稻长得参差不齐，一副无精打采的样子。不知什么原因，稻田里的蝗虫却成倍地增加，疯狂吃着水稻的茎和叶。一天，乡卫生院彭医生，带来一些农药和喷洒农药的农具，来到陈家村。彭医生告诉大伙："虫害是干旱引起的，给水稻喷洒农药可杀死害虫。"果然农药所到之处，害虫立即减少。只可惜农药太少，根本满足不了需要。当时，国家物资匮乏，上面拨来的农药极其有限。村民们只能眼睁睁地看着大片、大片的水稻被蝗虫所破坏，欲哭无泪。有人在家里悄悄地烧香，请老天爷帮忙。

进入夏天，陈家村最低处的大水塘，也见底了。村民眼看无望救活水稻，干脆不再给稻田输送水。而是担水浇灌一些耐旱的植物，如玉米、黄瓜等。往年夏天，牧童牵着牛，到水塘中戏水。今年，只是在傍晚的时候，村民牵着牛，走到水塘边，让牛饮几口水。

一天早晨，陈若望挑着水桶去担水，在水塘边，遇见村长。

"村长，这老不下雨怎么办啊！"

"是啊！真是急死人，今年早稻只有去年的四分之一了。如果现在下雨，晚稻还有希望。"村长心里最清楚，大多数人家的粮食，只能吃到今年年底。如果晚稻再没有收获，明年春天村民们可就要挨饿。自从1949年以来，陈家村的老百姓一直过着祥和的生活，除了按规定上交的公粮外，留下的粮食足够自己吃。夏季还有不少瓜果，如西瓜、黄瓜、南瓜、番茄。在冬季或特别的日子，杀头猪，抓些鱼，日子过得还可以。今年见鬼了，老天爷就是不下雨。

陈若望担水回来时，碰到小姐夫：陶厚权。

"姐夫，你好！"

"若望，你好！"

"你家的田怎么样？能收着点儿吗？"陈若望问道。

"嘻！……"陶厚权长叹一口气，"基本上全完了！好在去年秋天种了一些小麦。"

陈家村人平时主要粮食是大米，面食只是偶尔吃吃。

"到秋天最好种些小麦。"陶厚权这些日子一直在想，如果一直干旱下去，种水稻是不可能的。必须要种一些耐旱，能给他全家提供口粮的作物。

今年的夏天不算最热，就是缺水。干旱一直持续到9月，一些农田水稻颗粒无收，好的也只有往年二三成。

从7月中旬起，铁蛋家每天只是在中饭时吃一顿干饭，早晚喝稀饭，而且是干饭越来越少，稀饭是越来越稀。到了11月，全家人只能隔一天吃一顿干饭。好在丘陵地区，总能找到填肚子的东西，不至于饿死人。

陈若望，三十多岁的男人，作为全家的顶梁柱，上有老，下有小，全家的生活担子全压在他一个人身上。"屋漏偏逢连夜雨"，陈家发的老肺病又复发了。陈家发的肺病就是肺结核。营养和休息在肺结核治疗中占据非常重要的地位。现在，人都快饿死了，哪里还谈什么营养啊。陈若望开始担心父亲能否熬过这场饥荒。若时间长了，不但他父亲熬不过，就连他全家能否存活，也是个问题。

陈家发把每天三顿饭，改为每天两顿饭。吃过晚饭后，早早躺在床上睡觉。其实整个陈家村的人都一样，大部分人家每天只吃两顿饭。人们希望能像蛇一样，冬眠起来，不吃不喝，等灾难过去，再苏醒。

"孩子们好吗？铁蛋好吗？"陈若望一进家门，陈家发就问道。

"还好。"陈若望低声回答，便随身坐下。陈若望仔细端详着自己的父亲。这几个月来，父亲脸色越来越灰暗，人越来越消瘦。

"我老了，身体越来越不行了。"陈家发吃力地说着。

"休息几天，就能好。"陈若望安慰父亲。

"休息也没有用了。你妈妈在后面杀鸡。"

"我去看看。"陈若望到厨房看望母亲。老太太早已把鸡杀好，放在锅里煮，有一阵子了。

老太太身子骨也大不如前了，不知从何时起，老太太走路时有些喘。

"妈妈，您要保重身体啊！"

"我和你爸爸是一天不如一天，大半截身子已埋入黄土了。"铁蛋奶奶平静地说着。

"妈妈，我每天都会来看你。家里的重活，我来做。"

"我的身体还可以。你爸爸身子越来越虚弱，下午常有发热。"铁蛋奶奶继续说道，"前几天老五来看过你爸爸，说是营养不良引起的。嘻，现在有口饭吃就不错了。"

老五是村里唯一的医生。人们叫他"老五"，因为他在家排行第五。老五的医术是跟他父亲学的。虽然，老五没上过正规的医学院校，但他开的那些药，对头痛、发热有时还真管用。在陈家村方圆数十里，老五是出名的热心人。平时老五和大伙一样下田干活，一旦哪家有人生病，他就立即奔过去。乡亲们对他是绝对的信任，现代语言叫作病人对医生的依从性。他说病人是什么病，病人得的就是什么病。他说该怎么治，就怎么治。如果他说病人没治了，病人家属就准备后事。在陈家村，从来没有人对老五做出的诊断和治疗提出任何的疑问。

"若望，你把锅盖打开。"母亲对儿子说。

陈若望打开锅盖，一阵久违的香味，扑鼻而来。

这天晚上，陈若望在父母家喝了一碗稀饭和一碗鸡汤。老太太把一个鸡腿给陈若望，被陈若望坚决地拒绝了。

或许是长久没有尝过肉的味道，陈家发吃的稍微快了一点，立即引起一阵呛咳，咳得上气不接下气，眼泪都呛咳出来了。

"这鸡汤真好喝。"老先生动情地说着，"不知什么时候，再能喝到这么鲜的鸡汤了。"

"过几天，我给你送一碗鸡汤来。"陈若望安慰自己的老父亲。在父母家吃过晚饭后，陈若望端着一大锅鸡汤回了家，在家中引起一阵兴奋。

12月初下了一场雨。大地就像刚出生的婴儿，拼命地吸吮老天母亲的乳汁。土地不再像以前那样干涸，摸上去有点湿漉漉的。原先萎靡不振，耷拉着脑袋的麦苗，变得饱满、振作起来。

到12月底，尽管铁蛋家的饭从每天两顿，改为每天一顿，家中的米缸，还是露出了缸底。上天对陈家村还是偏爱的，没有让陈家村的人饿死。在最需要粮食的时候，山芋长大了。虽然产量不足往年的三分之一，但它足以让人能活下去，度过严酷的冬季。

山芋作为食物，来到陈家村村民的餐桌上。山芋既可煮着吃，又可生吃。连从来不被人吃的山芋叶，也被当作菜。做法极简单：洗干净后，在大锅里煮一下，捞出来，放点盐，便是一道菜。

1964 年，过年的前一天，村长拿着一大块牛肉来到铁蛋家。

"若望，这块牛肉是送给你的。"

"村长，那太谢谢你了。"突然有种不祥之感浮上陈若望的大脑，"村长，你把你家的牛给宰了？"

"是啊，这牛每天要吃很多饲料。现在人都没的吃，哪还顾得上牛啊！"

"咳！村长，你怎么能把牛给杀了呢？"在陈家村，牛是最重要的生产工具。

"没事，没事。"村长表面上装出一副若无其事的样子。为了这头牛，老婆和他吵，儿子也跟他吵。他想把群众从灾害中带出来，过上一点儿好日子，但他无能为力。他不知道老天爷开的玩笑要到何时结束。他把牛杀了，挨家挨户送去牛肉，让全村的人在过年时，有口肉吃。

3 月底的一天下午，突然天空乌云密布，狂风大作，一道明亮耀眼的蓝光，从天空的中央划到天际的另一端，像是要把天空劈开似的。随着几声清脆响亮的雷声，倾盆大雨从天而降，噼里啪啦地砸在地上。

"下雨了！"不知是谁喊出了第一声。几乎所有的人从家中探出脑袋，或跑出来，高声叫喊着："下雨了！下雨了……"

雨声、人声混杂在一起，整个山村沸腾起来了。大雨一直下到第二天，彻底喂饱了饥渴的土地。

大雨过后，天空又高又蓝，空气也特别的清新。人们欢天喜地走出家门，大口呼吸着这久违的好空气。干涸的小溪又出现了水流，像往年一样静静地流淌着。天气慢慢转暖，堤岸边柳树开始抽青，枯萎的杂草中长出新绿来，枝头也吐出新枝，长出嫩芽，生命开始复苏。山陵换上了绿装，鸟儿们尽情歌唱。两周后，又一场大雨，水塘也积满了水，陈家村彻底告别了干旱。

第 2 章　童年

1965 年 4 月 27 日，天空晴朗，深邃蓝色的天空中，大小不等的白色云朵在自由自在飘荡。陈家村已经返青了，红色、绿色、黄色以及白色的花儿，在山间、在田埂、在屋前院后竞相开放，一派生机盎然的景象。铁蛋爸爸在田间干活，桂霞、铁蛋、铁林，姐弟三人在外玩耍。铁蛋妈妈又有了身孕，在家里准备午饭。

村长陈大头气喘吁吁，从一家跑到另一家，挨家挨户通知全村的人到祠堂集合，说有重要事情要通知。不一会儿，村民们陆续来到祠堂。见人到得差不多了，村长大声对大伙儿说："大家请安静。现在请李乡长给我们讲话，大家欢迎。"

李乡长年龄在 50 开外，身着一身旧的黄军装，身材魁梧，身板挺直，粗大的眉毛下面是一双炯炯有神的大眼睛。

"乡亲们好！我今天来，是告诉大家一个好消息。"虽然走了 50 分钟的山路，李乡长的声音依然洪亮有力。"我们乡建了一所小学，今年秋天，孩子们就可以到乡小学去读书了。学校是砖瓦盖的。"

说到砖瓦房时，李乡长的脸上露出得意的笑容。因为在当时的铜怀县农村，大部分房屋是土木结构。1965 年，陈旺乡盖了一所小学，是陈旺乡历史上一件了不起的大事件。

这天夜里，陈若望的思绪如同翻江倒海一般，弄得他无法入睡。他盘算着从家走到学校，大约需要 50 分钟，走 50 分钟的路，对铁蛋来说不是件难事。但每年需要将近 4 元钱的书本文具费用，是一笔不小的开销。更何况，还有个孩子即将到来这个家。如果铁蛋在家，他可以照顾未来的弟弟或妹妹。

"读书"是陈若望心中永远的痛，永远抹不掉的遗憾。当年，就是因为家里太穷，这个全村人公认最爱读书、最能读书的学生，只读了 1 年的私塾，就不得不离开学堂，承担起家庭生活的重担。在那个年代，读书对普通乡村人家来说，只能是个奢望或梦想。在这穷乡僻壤的地方，所谓的财主们为了一个孩子读书，也要召开家族会议，几个家庭供养一个有前途的孩子去城里读书。清朝末年，住在村南边的三个兄弟，共同出钱把老二的大儿子送到城里读书。为了儿子读书，老二更是卖掉了家里的田地和牛，硬生生地把自己，从一个财主变成一个贫农。

从此，这位新"贫农"每天起早摸黑，在田间劳作，从田地里可怜巴巴地挣几个子儿，寄给在外读书的儿子。这孩子还真懂事，知道父母乃至整个家族人的良苦用心，故读书十分用功，还真的读出一些名堂。年纪轻轻的就在北京一所有名的大学当上了教授，还搞了个什么杂志社，成为一个名人。

第二天一大早，陈若望就到他父母家。母亲见到儿子来了，十分高兴，马上拿个凳子让儿子坐下。

"我正要找你。听说乡里盖了一所学校，我想让铁蛋去上学。"陈家发对陈若望说道。

"爸爸，我正为这事来和你商量。"陈若望把自己的想法和困难全部告诉自己父亲。

知道儿子有困难，母亲立即说道："我能帮你们带孩子、做家务。"

"妈妈又要麻烦你了。"陈若望无限感激自己的母亲。

"这是我们做长辈应该做的事。"

陈家发家里只有 5 元钱，是他和老太婆的全部家当。每逢过年时，陈家发给孙子辈，每人一毛钱，作为压岁钱。这几年，陈家发的身子骨一年不如一年。他怕自己的年龄越来越大，干不动农活，就把这 5 元钱当成宝贝，珍藏起来。现在为了孙子读书，他把全部家当拿出来。

陈若望哪肯拿父母的养命钱，坚决不要。双方推来推去，最后，陈若望从他父亲那里拿了 3 元钱。

在第二天中饭之前，陈若望来到村长家。

"若望，有事吗？"村长问陈若望。

"我想让我儿子铁蛋上学。"陈若望说道。

"好哇！我去乡里时，把你儿子的名字报上。"

铁蛋上学的事就这样定下来了。村里还有两个孩子，陶家顺和陈大宝，也报了名。陶家顺是陶厚权的儿子，铁蛋的表哥。

从村长家出来时，陈若望觉得眼前的羊肠小道突然变得宽阔平坦，坚硬的青石板路，也有了弹性，走起路来格外地轻快。

铁蛋妈妈的肚子越来越大，行动也越来越不方便。六月中旬一天，铁蛋妈妈突然脸色不好，双手捧着肚子，痛苦呻吟着。

"铁蛋，快把你爸爸叫回家。"铁蛋妈妈对在门口玩耍的铁蛋说道。

"妈妈，怎么啦？"这是铁蛋懂事以来，第一次看到妈妈这样痛苦，把他吓一大跳。

"快去叫爸爸回家。"桂霞也催促铁蛋去通知爸爸，她毕竟比铁蛋大两岁，知道妈妈可能要生孩子了。

铁蛋一溜烟地跑到田埂，把正在田里干活的爸爸叫回家。

陈若望回到家，嘱咐妻子在床上不要动，叫女儿去烧一锅水。自己到陈邦才家，请他老婆郭玉珍帮忙接生孩子。郭玉珍 40 多岁，是村里的接生婆。桂霞、铁蛋以及铁林，都是郭玉珍接生的。不一会儿，郭玉珍带着她 17 岁的女儿一起来到铁蛋家。郭玉珍开始培养她的女儿，做接班人。铁蛋妈妈腹痛阵发性加重，每次发作时，铁蛋妈妈都发出一阵痛苦的呻吟。

桂霞不停地把柴火往锅灶里扔，火势很旺，不到一刻钟水就开了。

"把水端过来，"铁蛋爸爸说道，"小心别烫着。"

"好的。"桂霞吃力地把一盆水，端到爸妈的房间。

郭玉珍用开水烫剪刀和两块毛巾。

不一会儿，从房屋里传来婴儿清脆的啼哭声，宣告一个新生命来到了人间，铁蛋多了一个弟弟。

在铁蛋妈妈坐月子的期间，铁蛋奶奶住到铁蛋家，帮助带孩子和料理家务。

"哎哟，哎哟"，在晚夜，铁蛋奶奶躺在床上不时发出呻吟声。有时用手拍打着腰背部。接近月子结束的时候，铁蛋奶奶呻吟的时间越来越长。

"奶奶为什么要哼啊？"铁蛋问他爸爸。

"人老啦！"陈若望简单回答道，接着又补充道，"太累了。"

"我长大绝不让奶奶这么累。"铁蛋在心里默默地想。

月子结束后，铁蛋奶奶回到自己的家。离开儿子家时，老太太拉着铁蛋的手说，"你这孩子，真有福气。在学校要听老师的话，要好好读书！"

陈若望还是和以前一样，白天在田里干活，晚上回家再累，也要抱着小儿子，乐呵呵地到外面转转。做家务的事全落在铁蛋妈妈的身上，好在有桂霞，给妈妈做个帮手。

"铁蛋过来，给弟弟换尿布。桂霞快来，照看好弟弟，我去做饭。"铁蛋妈妈不停地使唤着铁蛋和桂霞。

铁林出生时，由于铁蛋还小，铁蛋的父母没有使唤铁蛋做任何事情。现在铁蛋已经8岁了。在农村，这个年龄的孩子，都开始做起家务事，承担家庭的重担了。

7月底的一个上午，天空晴朗，碧空万里。早饭后，陈家发带上一把镰刀和一个扁担，上山砍柴去了。

可到了中午吃饭的时间，老先生还没有回来，老太太就有些着急了。

"老头子怎么还不回家？死到哪里去了？"铁蛋奶奶嘀嘀咕咕说着，并不时地向远处望去。这时太阳挂在天空的正中央，直射在大地上。

"要么被儿子留下吃饭。这老头子，怎么也不和我说一声。"铁蛋奶奶心里猜想着。

到了一点钟，做好的饭菜已凉，老太太自己先吃起来了。吃完后，铁蛋奶奶收拾桌子和灶台，然后用手抹了一下脸上的汗水，坐在门口的凳子上。

铁蛋奶奶上年纪后，视力下降非常明显，平日视弱对她影响最大的是穿针。年轻时，只需一次就把线穿到针眼里，现在要5—6次。稍远一点儿，铁蛋奶奶已无法看清来人脸部的细节，只有凭轮廓、声音，来判断来人是谁。即使这样，铁蛋奶奶仍然坐在门前，倚靠着门框，向远方张望，希望能看到自己老伴儿的身影。

岁月和生活的艰辛毫无保留地写在铁蛋奶奶的脸上。铁蛋奶奶皮肤呈灰黄色，眼睛有些内陷，由于沙眼的缘故，两个眼角有分泌物。那个年代，以及以前的年代，沙眼是中国人失明的主要原因。虽然解放已有十几年了，但农村的物质还是十分贫乏，乡村更是缺医少药。

大约在下午 2 点钟，从远处传来稀稀拉拉的嘈杂声。只见 4 个人用凉床抬着一个人，小心翼翼地走来。

"若望妈。"一个后生气喘吁吁说，"若望爸受伤了。"

"怎么啦？怎么啦？"铁蛋奶奶急切地问道。

铁蛋爷爷躺在凉床里，脸上有几道浅的擦伤，右前臂的皮肤破了，表面有些渗血。

"老头子，怎么了？"铁蛋奶奶急切地问道。

"没什么，只是摔了一跤。"陈家发淡淡地答道。

"先把若望爸爸抬到屋里再说。"一个抬担架的人说道。

众人把陈家发抬到屋里，小心放到床上。铁蛋奶奶一个劲地道谢。

众人走后，铁蛋奶奶端来一碗水给铁蛋爷爷。老先生喝了一口后，长叹一口气，把事情的前前后后说了一遍。

原来陈家发想打些柴，到集市换点钱，给孙子买文具。在山上打柴，挺顺利，在下山时，不小心踩空一块石头，摔了一跤。平时，这种摔跤对于陈家村人来说是家常便饭。只是铁蛋爷爷挑了一担柴，更主要的是年龄大了、骨头脆了，把大腿骨给弄断了。刚摔倒时，铁蛋爷爷试图自己站起来，但没有成功。动不了啦，索性就躺着吧，反正陈家村没有食肉动物。算是老天有眼，恰巧有几个村里人路过，把他抬回了家。

听到父亲腿摔断了，陈若望立即从田地里跑到父母家。

"妈妈，爸爸怎么了？"一进堂屋，陈若望焦急地问道。

"嘻，腿摔坏了，躺在床上。"

"哎呀，怎么会这样？"

陈家发在屋里听到儿子的声音，还没有等到儿子来问，陈家发说道："孩子好吗？"

陈若望知道，父亲永远把孙子放在第一位，即使是在生病时，也是如此。

"家里都很好，爸爸你怎样？"

"只是摔了一跤，没什么。"说完，陈家发试图自己用双手，把自己给撑起来。若望上前一步，扶住自己的父亲。

不一会儿，铁蛋也来到爷爷的家。看到儿子、孙子来看他，陈家发感到一阵宽慰。

听到陈家发摔断腿的消息后，村里唯一的医生"老五"，不请自到。

老五先是问哪里痛，然后搭搭脉，再拨动受伤的腿。在诊治的过程中，老五的脸色慢慢地变得凝重。站在一旁的陈若望和铁蛋屏住气，等待老五的判决。

"铁蛋爷爷大腿骨断了。"随后，老五安抚几句，说只需在床上躺着就行了，不用吃什么药。全家人连忙表示感谢，将老五送到门口。

"桂霞可以过来帮助妈妈做些家务事。"陈若望对父母亲说道。

"我也可以做些事。"在知道爷爷是为他上山打柴而受伤，铁蛋心里万分难过，他想和奶奶一起照顾爷爷。

"孩子，你要去上学。"陈家发无限慈爱地抚摸铁蛋的头，他希望铁蛋能通过读书改变命运。不再像他一样，日复一日，年复一年，为生存忙碌不停。

铁蛋爷爷断腿的事，很快传遍村里村外。这件事对大部分人来说是茶余饭后的一个谈资，但它却牵动着三户人家的心。这三户人家是铁蛋的大姑妈、小姑妈，还有铁蛋的小爷爷。小爷爷就是铁蛋爷爷的弟弟，他和铁蛋的小姑妈就住在陈家村，铁蛋大姑妈嫁到外村。

陈家发的弟弟，看上去，至少比他大3岁。痨病使他过早地丧失劳动能力，只能坐在家门口看门，或照看稍大一点儿的孩子。本来他准备亲自来看陈家发，之后听说没什么大碍，就派他大儿子带上孙子和孙女来了。

对于侄子的到来，陈家发非常高兴。每天躺在床上，陈家发最需要的是有人陪他说说话。

"大伯，好点儿了吗？"侄子说道。

"没什么事，躺几天就好了。"陈家发说道，"你爸爸身体怎样？"

"还是老样子，只是喘得厉害。"侄子说道，"他一直惦记着你，叫我来看看。"

"是哇，我和你爸爸都是半截埋到黄土里的人了。"陈家发指着两个孩子说："这两个孩子，长得这么高，这么大了。"

男孩今年12岁，像个小大人，女孩今年8岁，长得秀气、水灵。

"小强、小玉，快过来，叫大爷爷。"陈家发侄子招呼两个孩子。

铁蛋奶奶忙完了厨房里的活，过来看两个孙子辈的人。

"不错，不错！两个孩子长大了，越来越可爱啦。"老太太对两个孩子感兴趣，有她自己的小算盘，大男孩和她孙女儿般配，女孩则和铁蛋差不多。所以，她一直关注这两个孩子的成长。在铁蛋小弟弟出生之前，铁蛋经常和小强、小玉在一起玩耍。

不知陈家发断腿的事，是怎样传到外村的大女儿那里的。大女儿嫁到外村后，生了两儿两女。平日，只在过年时才回家看看。当她听到父亲摔伤后，带了一只鸡和半篮鸡蛋，走了大半个小时的路，来到父母家。看到大女儿，两位老人特别高兴。在农村虽是重男轻女，但女儿毕竟是自己的亲骨肉。

知道姐姐回家，铁蛋小姑妈和铁蛋爸爸，当晚都回到父母家，全家人大团圆。晚饭后，陈若望和铁蛋小姑妈各自回自己的家。铁蛋大姑妈在铁蛋爷爷家住了一宿。第二天早饭后，洗好碗筷，把厨房整理得干干净净，跟父母嘱咐一番后，回自己的家了。

自小弟弟降生后，铁蛋儿乎没有和同年龄的小朋友在一起玩过。他和姐姐一起，帮助妈妈做家务事，帮助妈妈照顾小弟弟。在铁林出生时，铁蛋还小，自己还需要别人照顾。这次小弟弟出生，铁蛋几乎从一开始就注意、注视他。刚出生时，小家伙除了吃就是睡。3 天后，小家伙偶尔睁开眼睛，也不知道能否看见，但小家伙能本能地找到母亲的乳头，拼命地吸吮着母亲的乳汁。小家伙每天都有新的变化，仿佛你一眨眼，他就长一点。

第 3 章　读书

　　1965 年 9 月 1 日，陈旺乡小学开学了。过去，在陈旺乡，只有极少数财主家的孩子才有机会，到城里接受现代化教育。而现在，陈旺乡普通百姓的孩子们在家门口就可以识字、学文化、学科学，这是一件多么骄傲和伟大的事啊！

　　上学的第一天早晨，铁蛋妈妈特地给铁蛋，做了一碗蛋炒饭。陈若望嘱咐铁蛋在学校要听老师的话，好好学习。三个孩子从陈家村走了近 50 分钟的路，来到学校。

　　学校三栋平房呈"凹"字形相连，中间的那栋有三间教室，两旁的各有两间教室。由于学生少，一间做教师的办公室，一间教室给老师住家用，乡粮站还借了一间教室作为仓库。每个教室前后各有一扇门，左右两侧各有一个玻璃窗户。陈旺乡小学第一届学生共 35 人，其中女生 3 人。在这 3 名女生中，有一位是学校老师的女儿。

　　1965 年 9 月 1 日上午 8 点 30 分，上课的铃声在陈旺乡第一次响起。

"同学们好，我叫顾丽云，是你们的算术老师，你们就叫我顾老师吧。"顾老师和蔼可亲地介绍自己。

顾老师二十八九岁，乌黑的头发，梳理得整整齐齐，一双明亮的眼睛充满了温柔。教室里没有桌椅，学生们席地而坐，听老师讲课。

"在旧社会，我们穷人由于不懂算术，深受地主、国民党反动派的欺压。今天是新社会，我们当家作主了，我们要好好学习算术，为建设社会主义新中国，做出贡献。"顾老师给学生们讲学习算术的伟大意义。

中午11点半放学，大部分学生在学校吃中饭，只有少数家离学校近的学生，才回家吃中饭。几乎所有的学生的中饭都差不多，就是米饭加上一点咸菜，比如腌豆角、雪里蕻等。中午饭后，就是玩。在学校，孩子们可以专心致志、尽情地玩。不像在家里，一会儿要照看弟妹，一会儿要做家务事。

下午有一节语文课和一节体育课。语文课和体育课都是唐老师上的。唐老师30岁左右，高高的个子，宽阔的肩膀，国字脸，粗粗的眉毛，镜片也没能挡住他坚毅的眼神。

"同学们好，我姓唐，叫唐向东，是你们的语文和体育老师。同学们来到学校，首先是要识字，然后是会写字，最后还要写文章。"简单几句话，唐老师把语文课的教学目的，讲得清清楚楚。"识字是党和人民交给我们的光荣任务。你们父辈基本是文盲，是睁眼瞎。你们比他们有福气，有了学习的机会。你们学会后，要教你们的家人和村里的人识字。中国字不但漂亮，还有意思。每个字背后都有一个故事。"

唐老师讲得出神入化，孩子们则听得入迷。就在短短的45分钟内，唐老师把一个灿烂悠久中华文明的历史画卷，展现在孩子们的眼前。唐老师生动的讲课，极大地激发学生们对语文课的兴趣，和对中国文化的热爱。

下午 3 点半就放学了。铁蛋、家顺、大宝三人，从原路返回村庄。首先走过几处农田，再穿过一个大的水塘，再走不远，就来到一座山岗。山上长满了灌木、杂草和一些高大的树。鸟儿在枝头尽情地啼叫、歌唱，有些如鸽子大小灰色鸟儿伏在草丛中，当有人从草丛走过，冷不丁"嗖"的一声，冲向天空，展翅飞翔。确切地说是鸟因为害怕人类而逃跑。在草丛中，更多的是各种昆虫，叽叽喳喳叫个不停，整个山岗充满了生机。

过了这座山，是一片片金黄色稻田，中稻已成熟，稻秆已支撑不住沉甸甸的稻穗，开始弯下了腰、低下了头。微风吹过，荡起阵阵金黄色的浪花，送来稻谷的幽香。这些稻田一部分属于陈家村，另一部分属于对面那个村。历史上，两个村的人曾为这块田地归属发生过械斗。

走过这片稻田地，又到了一座山岗，就是陈家村的最东边。站在这座山上，可以看到整个陈家村。此时村民们开始从田间收工，炊烟已在部分人家屋顶上袅袅升起，鸟儿忙着一天最后的绝唱。

大嗓门的家，就坐落在村子的最东头。和村里其他人一样，也建在半山腰。一条小溪，经过大嗓门家门口，小溪上面有一座砖头砌成的小拱桥，桥面和路面几乎相平。

这天一大早，大嗓门远远地看见 3 个一般大小的孩子向村外走出去。"这 3 个孩子出去干什么？"大嗓门有些纳闷。现在大嗓门看到 3 个孩子回来了，于是扯着嗓门，大声喊道："喂，铁蛋，你们从哪里来啊？"

"乡小学。"铁蛋自豪地回答道。

大嗓门一辈子没有读过书，不识一个字，自己的名字也不会写。她自己的孩子错过了读书的年龄。虽然这 3 个孩子，不是自己的孩子，她还是为这 3 个孩子能读书感到高兴。

"读书好哇！你们要好好学习。"

"谢谢大妈，我们一定要好好学习。"

铁蛋到家时，已5点钟了。陈若望今天早早地就收工回家，抱着小不点儿带着二儿子和女儿站在门口，等铁蛋回家。铁蛋一回家，铁林就拉住铁蛋，要他讲学校的事。铁蛋哄他，说待会儿给他讲，就径直到厨房看在做晚饭的母亲。

"妈妈，我放学回来啦。"

"铁蛋回来啦。"铁蛋妈妈放下手中的活，"孩子，学校好吗？"

"好。"

"给妈妈讲讲学校的事情。"

这时，桂霞和铁林一起围过来。

"学校教室是砖瓦房，老师人很好……"铁蛋就一点一滴，一点不漏地把学校里的情况向全家人做一个汇报。铁蛋爸爸、妈妈脸上露出幸福的笑容，铁林则充满好奇，桂霞羡慕地听弟弟讲学校的事，双手不停地抚摸着铁蛋的新书。自从家里决定铁蛋读书那一刻起，桂霞心里有种莫名的欲望在燃烧，但很快就熄灭了。她知道，她们家根本负担不起两个孩子同时去读书；另外，村里还没有女孩子外出读书的先例。无论如何，铁蛋是自己的亲弟弟，她为自己的弟弟能读书感到高兴。

铁蛋不经意间看到姐姐对书是那么的喜爱，心里涌起一阵歉意。

虽然，这天的晚饭，和平日别无二致，但全家人都觉得这顿饭特别的香。

三个星期后，铁蛋发现学校只有两名老师，即顾老师和唐老师，而且顾老师和唐老师是夫妻俩。除了顾老师专职教算术和唐老师固定教语文外，其他几门课如体育、历史、政治也是他们俩兼的。学校财产除了教室外，还有一个篮球。

"32+46等于几？"顾老师提问。

"78。"铁蛋立即回答。

"'锄禾日当午，汗滴禾下土'的后两句是什么？"唐老师问学生。

"谁知盘中餐，粒粒皆辛苦。"老师话音未落，铁蛋就回答上了。

不论是算术课，还是语文课，铁蛋总是回答最快的学生之一。

学生学得认真，教师教得起劲，学校工作稳步向前推进。俩月后，学生们会做100以内的加减法，能写100个汉字。所有的学生都能写出自己的名字。另外，学生们还学习到一些科普知识。如饭前洗手，皮肤弄破后，不能用泥土抹等。

一天中午，有位要饭的盲人带一个女孩来到学校。盲人约60岁，头发蓬乱、胡子拉碴，手拄一根拐杖。小女孩六七岁，穿着破旧的衣服，脚穿一双草鞋，一双黑黑的大眼睛，充满着好奇。

"瞎子、瞎子，你知道我在哪儿？"几个顽皮的学生逗盲人。

或许是盲人大爷经历了太多的这种场面，他倒一点不急，从容地说道："我要是能看见，就不是瞎子了。"

铁蛋从不远处看着这对爷孙俩，想到自己爷爷也是躺在床上，一股强烈的同情心，从内心深处油然升起。铁蛋跑到盲人面前，手在口袋里掏了半天。手拿出来，放回去，又拿出来，再放回去。终于把紧紧捏成拳头的手，从口袋中拿出。在铁蛋手掌心中，攥着一个2分钱的硬币。银色钱币，在太阳光的照射下，闪烁着亮光。铁蛋下了很大的决心，把这2分钱，给了盲人。

"孩子，你真是个好孩子，老天一定会保佑你的。"盲人万分感激。

这钱是铁蛋准备买橡皮的，现在铁蛋把钱给要饭的盲人。这就迫使铁蛋在写字时，必须想好再写，尽量不改。铁蛋没敢把这事告诉家里。后来家顺掰了一小块橡皮给铁蛋。

上课时间从星期一上午到星期六上午，每周五天半的时间。8点半开始上课，到下午 3 点半结束。

可是有一天，既不是农忙，也不是节假日，老师却告诉学生们放假 2 天。放假在家，铁蛋帮助父母做家务事。忽然村里热闹起来，李乡长带了 4 个人来到村里，来到陈家祠堂。陈家祠堂是陈家村公共场所，属于陈家村全体村民。村长陈大头以他最快的速度通知村里的人到祠堂集合，不大一会儿，人基本到齐了。

见人来得差不多了，村长请李乡长讲话。

"乡亲们，党和政府非常关心大家的生活，把我们乡的知识分子派到我们村，给我们讲科学知识。这是乡卫生院的彭医生，这是乡政府的郭同志，他是唐老师，这是顾老师。"李乡长把陈旺乡 4 位文化人给陈家村的人，一一做了介绍。"现在请彭医生给大家宣讲卫生知识。"

在当时，整个陈旺乡有文化的只有 4 人，两位老师，一个乡卫生院的医生，一个乡政府的书记员。

铁蛋父母、陶厚权家人，以及陈大宝全家，最关心、最感兴趣的是两位老师。平常只是听孩子们说老师怎样怎样。现在，他们可算是看到老师的真容了。唐老师身着灰色的中山装，顾老师穿一件蓝色的夹克，两人都面带微笑，给人以善良的感觉。

"陈家村的父老乡亲们好！"彭医生是陈家村的熟人了。"去年，乡政府组织了一次全乡接生员学习班。经过学习后，现在我们乡新生儿的破伤风和孕妇产后感染少多了。水塘中的水有我们眼睛看不见的细菌，喝下去就会拉肚子。一定要烧开后才能喝……"

这次活动的主讲是彭医生，内容是卫生防疫，包括破伤风的预防和一些生活卫生小常识。

这些话，对陈家村的人来说，都是新玩意儿。由于和日常生活息息相关，大伙儿十分认真地听着，并反思以前有哪些不对的地方。铁蛋爸妈一边听，一边不住地点头。因为铁蛋放学回家，曾多次向他们提出这样或那样的建议，内容和彭医生讲得一样。他们觉得儿子出去学习值，同时也为儿子感到骄傲。

"乡亲们，大家有什么问题，可以尽管问。"村长也参与进来。

于是大家就七嘴八舌地问起来。唐老师、顾老师还有书记员，忙着回答乡亲们提出的各种问题。陈若望也鼓足勇气，走到顾老师身边，小声说：

"顾老师，我是陈铁蛋爸爸，铁蛋常在我面前说你好。我们全家在这谢谢你了。"

"陈铁蛋在学校表现很好，学习很用功。"没想到在这里遇见学生家长，而且是自己喜欢的学生的家长，顾老师很高兴。

"全是老师教得好。"陈若望再次感谢老师。

"大家，静一静，听我讲话。"李乡长大声说道，"我和村长商量好了。先组织人打两口水井，供大家喝水用。另外，我们还带来一些宣传画，发给大家。"

陈家发拿到两幅画。一幅画是洗手，另一幅画是儿童接种卡介苗。铁蛋爸妈高兴地把这两幅画拿回家，贴在一个醒目的地方。

元旦过后的两个星期，学校放了寒假。铁蛋算术 100 分，语文97 分。从去年 11 月起，陈家发已能下床走走，但咳嗽越来越严重，并伴有低热。多日的持续低热和咳嗽，把陈家发折磨得只剩下皮包骨头。大年三十那天晚上，陈若望带着全家人，到他父母家吃年夜饭。这是陈家发做爷爷以来，最开心的一次年夜饭。去年家里又添了个孙子，还出了个读书人。陈家发只是在吃年夜饭时，勉强坐着和大家吃了几口饭，就躺到床上了。过年后，陈若望向两个姐姐，通报父亲身体情况。

正月十四，铁蛋奶奶惊慌地来到儿子家，说铁蛋爷爷快不行了。陈若望一路小跑来到父母家，轻声轻脚地走到陈家发床旁。看到处于昏迷中的父亲，陈若望十分心痛。他真想大声呼喊他父亲，又怕打扰他父亲的梦。

陈若望低头在父亲的耳边，轻声说着："爸爸，爸爸，是我，若望。"

"爸爸，爸爸，是我，若望……"陈若望又多次在陈家发耳边轻声呼喊。

过了许久，陈家发的眼睛微微动了一下，艰难地睁开眼睛，暗淡无神的眼睛，突然放出一点儿光，但时间极其短暂。嘴巴似乎想动，始终没有张开，随即闭了眼睛，又陷入昏迷。

陈若望的泪水哗哗流了下来，突然觉得自己欠父母的太多，陪两位老人的时间太少，决定今晚无论如何也要陪在父亲身边。

"妈妈，你去睡觉吧。"陈若望劝老太太。

"孩子，你回家去吧。你家里的事也不少。"老太太说道。

"妈妈，我在这里守夜。你年龄大了，还是我在这里。"

"好吧，我在旁边躺一会儿。"老太太只是说躺会儿，而不是说去睡觉。她希望老伴儿离开时，她能在旁边。

下半夜两时许，陈家发只有断断续续的呼吸。约在凌晨四点钟，陈家发停止了呼吸。陈家发完成了自己的使命，而且在他的第三代人中间，出了一个读书人。

第二天，陈若望就把他父亲过世的消息，告诉了所有的亲戚。到了中午，几乎所有的亲戚到齐，一是和爷爷见最后一面，二是商量老太太的赡养问题。

经过简单的商讨后，决定把陈家发埋葬在陈家祠堂后面的山上，陈家发祖宗休息的地方。陈家发回到他祖宗那里和列祖列宗同睡。按照传统，母亲跟儿子过，儿子继承家里的财产。陈若望从父亲那里继承的财产是间破草屋。

铁蛋爷爷走后，铁蛋奶奶就和儿子陈若望一家人住在一起。一家三代人住在一起，在当时的陈家村十分普遍。铁蛋发现奶奶腿脚有些肿，每天的晚上最严重，睡一觉后肿能退一些。另外，老太太动动就气喘，走路也越来越吃力。

铁蛋开始从天真的孩子向懂事的少年转变，他开始观察和思索身边发生的事。他发现慈祥的奶奶，动作越来越迟缓，视力下降尤为明显。尽管看不清楚了，但和孙子辈在一起的时候，奶奶比以往任何时候，都更加深情地看自己的孙子、孙女们。她喜欢用自己皲裂的双手，抚摸孩子们的头。在她抚摸孩子们的时候，老太太脸上露出满足幸福的笑容。

空闲时，奶奶就给 3 个孩子讲故事。尽管奶奶讲故事不像爷爷讲得有声有色，但铁蛋一辈子都记在心里，其中一个故事是：

有位老先生养了 3 个儿子，但这 3 个儿子，都好吃懒做。父母老后，家中日渐式微。老人临终前，就把 3 个儿子叫到身边，说家里的钱埋在田里，但忘了具体位置。老人死后，3 个儿子穷得叮当响，只好拿着铁锹和锄头把田从头到尾，一点儿不漏地翻了个遍。他们翻遍所有的泥土，并且切成小块，也没发现一个铜板。既然，田已耕好了，干脆就种上了庄稼。到了秋季，他们家的庄稼长得特别好。这时，他们突然明白父亲告诉他们家里的财产埋藏在田地里的用意。想到这些年来，自己的不孝、懒惰，几乎使他们家在方圆十里的村子，成为最穷的人家，禁不住失声大哭。从此以后，兄弟 3 人非常勤劳，家境慢慢好转起来。看到兄弟 3 人向好的方面转变，村里有人开始给他们说亲了。没过几年，兄弟 3 人先后成了家。

1969 年年初的一天中午，铁蛋奶奶突然脸色青紫、呼吸急促、上气不接下气，并咳出粉红色的痰液。铁蛋妈妈立即把老太太扶到床上，让老太太躺下，同时让桂霞把陈若望叫回家。

"妈妈，怎么啦？"陈若望一进家门就问道。

老太太用出自己最后的力量，勉强睁开了眼。平日暗淡无神的眼睛，发出温柔的光彩，无限深情地看着自己的后人，是那么幸福和满足。很快又安详地闭上眼睛，就再也没有醒过来。

就在铁蛋奶奶过世后的两个月，家里又出现一件影响铁蛋一辈子的事。一天下午铁蛋小弟弟突然出现肚子痛，而且是越来越痛，并出现了呕吐。尽管铁蛋妈妈使出浑身解数，拍背、哄孩子，都无济于事。铁蛋爸爸把老五请来，老五看后，回家拿些草药，交给铁蛋妈妈。

中药熬好后，喂给孩子吃。孩子是吃多少，吐多少，折腾了一夜，全家人谁也没合眼。

第二天早晨，不但肚子疼痛没有缓解，还出现了发热。陈若望抱着孩子来到乡卫生院。

彭医生简要地问了发病的情况，检查肚子后，脸色阴沉下来，说："病太重了，已无法治了。"

陈若望如五雷轰顶，老人过世，那是自然规律，可孩子刚刚来到人间才4年，怎么说不行就不行了呢？

"医生，能不能想想什么办法，救救我的儿子。"

"孩子患了肠套叠，需要开刀解决的，我们这里不能开刀。而且现在已经有肠坏死、腹膜炎了，既使是能开刀，现在也晚了。"

陈若望似懂非懂地听完了医生的话，无助地、悲痛地把小儿子抱回家。到了晚上，孩子停止了一切声音。由于孩子太小，陈若望就简单地在爷爷、奶奶坟墓旁边挖了个坑，把自己的小儿子埋葬了。

1971年14岁的铁蛋小学毕业，本应该是陈若望家中的一件喜事，却给陈若望夫妻俩带来一份忧愁。当时，整个铜怀县只有一所中学，如果要上中学，农村孩子只能去县城读书。20世纪70年代初，一个普通农民家庭送一个孩子去县城读书，是一件十分艰难的事。所以，更多的农村家庭，根本就不想这件事。

崇尚读书、读书至上的信念，流淌在陈家村一代又一代人的血液里。从铁蛋读小学的那一天起，陈若望就下定了决心，要把铁蛋培养成为一个读书人，从而光宗耀祖。何况铁蛋本人也喜欢读书、善于读书。铁蛋去读书，无疑会给家里再增添一份生活压力。反正是穷人，再穷一点儿也无所谓。所以，陈若望决定继续让铁蛋去读书。

1971年9月1日，铁蛋到县中学报名，成为了一名中学生。一向精明的陶厚权，没有让儿子去城里读书，这让村里有不少议论。

陶厚权自有他自己的想法。时代变了，观念也要跟着变，识时务者为俊杰，否则就要吃亏。老祖宗传下的读书至上、学而优则仕的思想，已不合时宜。他认为眼下不是读书的年代，再读几年书又怎样，还不是回到农村，做农活吗？

铜怀县的县城不大，仅有两条交叉的马路。十字路口，是县城的中心。位于十字路口的四个建筑分别是：百货公司、邮电局、宾馆和银行。四层楼的县百货公司是全县最高建筑，下面一层是商场，其余三层楼是县商业局办公室和职工宿舍。县宾馆、邮电局和银行，均是两层楼的房子。

铜怀县中学的位置稍微偏一点，坐落在构成县城西边边界的笠帽山的半山腰上。山上长满了各种树木，成片的有松树、杉树。松树一年四季常青，每年春天，从松针上流出一些白色粉末状物质，有些甜味。在秋季和冬季，孩子们，有时也有些大人，拿着耙子把从松树掉下来的松针和松果，拿回家，做燃料。全山长满了60—70cm高的茅草，茅草是铜怀县百姓做饭做菜的主要燃料。当时，只有吃商品粮的家庭，才可以凭煤票到县煤球厂买煤球。

每年4月，山上开满映山红、牡丹花、迎春花、山茶花和一些叫不出名的花儿。映山红的学名叫杜鹃花，在我国分布很广，主要有红色、白色、粉色等颜色。铜怀县的映山红个头不大，硬硬的茎顶端开放着红色的花朵，花朵由6—16片花瓣所组成。在春暖花开之际，小伙子常常上山采摘映山红，送给心仪的姑娘，表达爱慕之情。偶有成片生长的映山红，把山岭染成红色，远远看去像血、像火。在山腰或山脚的平整的地上，常有农民种的油菜。也是在4月，油菜花尽情地绽放，以至把下面的绿叶和茎全盖住了，整个油菜田是一片金黄色，微风拂过颇为壮观。山脚下，有座大型水库和长江相通。

县中学坐落在依山傍水的半山腰上，教室和老师的办公室依地形拾阶而建，全是平房。教室、办公室、食堂，整个规划还是不错的。

学校有个 350 米跑道的椭圆形大操场，场地中央有 6 个简易篮球场。县中学大操场，既是学生们上体育课的地方，又是县里开公判大会的唯一场所。每年国庆节前，县里都要在县中学的大操场，宣判一些刑事犯。

学校大操场的右侧，有一个水泥篮球场，是全县唯一的正式比赛的球场。篮球是铜怀县老百姓所喜爱的一项体育运动，参与的人很多。县里每年举办一次篮球比赛，每个乡、县直机关，都要组队参加比赛。每次比赛都吸引大批人来观看，现场气氛既紧张又热烈。铁蛋也经常和同学在下午放学后，去操场打篮球。

初中一年级共三个班，铁蛋所在的班是初一（2）班，班上有 38 个学生，男生 25 人，女生 13 人，其中住校生有 5 人。不知何因，铁蛋被任命为英语课代表。年级主任正好是二班的班主任李贵松老师。李贵松老师是师范大学中文系毕业的。妻子是他同班同学，教初三语文课。李老师身材魁梧，浓眉大眼，国字脸。如果穿上军装，一定是个标准军人形象。其实，他出生在一个旧文人的家庭，看上去威严，其实非常和蔼。

铁蛋住在一间约 40 平方米的房子内，8 张双人床，住 15 个人。15 位同学分别来自 8 个不同的乡镇，其中 13 位学生父母在乡镇政府工作或在乡镇学校做老师，只有铁蛋和徐根发来自普通农民家庭。

初中第一学期，铁蛋交学费 1.5 元，书本费 1 元。初一开设 4 门课，分别是语文、数学、政治、英语。英语对铁蛋来说，是全新的一门课。20 世纪 70 年代初，中国大陆英语教学，非常有意思。第一课既不是从音标开始，也不是从 26 个字母开始。铁蛋不是死记硬背，而是发现英语的内在规律。他联想到自己的名字应该叫作铁蛋陈，故他在英语书上用拼音写上 Tiedan Chen。他发现英语很简单，所有的单词都是由26个字母组合构成。基本上可根据拼写，把单词给读出来。

由于住校，铁蛋有大量的时间可用来学习。只可惜，学校提供给铁蛋可读的书实在是太少。学校图书馆，确切地说，应该叫作阅览室，只有一间小房间，书架上放着《金光大道》《艳阳天》《万山红遍》《西沙儿女》和《十万个为什么》等书。

英语教研室房间不大，不到20平方米，里面放了四张办公桌。办公室的墙上贴了一幅画和一幅字。办公桌上放着待批改或已批改好的作业本。

第一学期下来，铁蛋总成绩在年级学生中，排第四位。陈若望夫妻对儿子在校的表现很满意，觉得儿子没有辜负他们的希望。

时间过得真快，转眼就到了第二学年，进入初二后，铁蛋的课程增加了一门物理课。物理学是揭示物质世界运动规律和内部联系的一门学科。物理课上，老师教授的作用力、反作用力，都是生活中常见的现象。这些道理存在生活之中，只是平时视而不见罢了。铁蛋对这门揭示自然奥秘学问的课程非常着迷，铁蛋越学越有劲。

初三那年，班主任李老师，把学校广播站的工作交给了铁蛋。学校广播站的工作就是在每天早晨7点半，打开电唱机，把唱针轻轻地往唱片一放，学校大喇叭就响起："发展体育活动，增强人民体质。广播体操现在开始，第一节……"这时全校的学生按班站在操场上，随着喇叭，喊出"一二三四……"整齐划一地做着广播体操。星期一到星期六的早晨7点半，雷打不动。

铁蛋过了3年充实快乐的初中生活，他开始懵懂地认识世界，开始吸收前人创造的精神财富。他开始能用所学的数理化知识，对自然进行一些解释。

初三最后一学期，铁蛋中止了学业，和其他中国青年一样，离开了校园，到广阔的天地接受贫下中农的再教育。

铁蛋收拾好行李，背起书包离开了学校，回到他出生的地方，而且是他唯一能去的地方。以后他的命运就像祖辈一样，生在陈家村，长在陈家村，在陈家村娶妻生子，然后再盼着抱孙子，最后生老病死后，埋葬在陈家村大山里。和他的祖先们一起，从山上看着自己的子孙，默默地为他们祝福。

第 4 章　回乡

　　对铁蛋回家这件事，陈若望夫妇既欢喜，又失望。铁蛋回家能干活，可以减轻家庭负担；失望的是孩子没能进一步读书，成为一个学者或谋个一官半职。陈若望夫妇已尽了最大的努力，时代不给机会，他们也没办法。

　　铁蛋是陈家村自中华人民共和国成立以来，第一个土生土长的初中生。尽管铁蛋只有初中文凭，但知识在他返回陈家村的那一刻起，还是改变了他的命运。

　　铁蛋回家后，第一个来看他的是他的姑父，村长陶厚权。对于铁蛋回家乡，陶厚权是最高兴的。首先证明他没有让他儿子家顺上中学是对的，上了中学又怎样，还不是回家当农民。其次是村里急需一名会计，他左思右想，认为铁蛋最合适。在陈家村，会计是仅次于村长的二号人物。

　　1974 年铁蛋 17 岁时，当上了村会计。在 70

年代，村会计是兼职，主要是在年终，算算一年总收入多少，每个农民能分到多少钱。多少年后，铁蛋仍清清楚楚记得，一个工分只有七毛二分钱。一个青壮年劳力，一年忙到头，只有两百多个工分，年收入不超过 150 元。

在铁蛋回家不久，有人上门给桂霞提亲，对方是同乡的小伙子，人倒不错。铁蛋既为姐姐高兴，又为姐姐难过。因为在他上学的这些年，姐姐过早地担当起家庭的重担。正是因为姐姐的牺牲，铁蛋才成为陈家村唯一的知识分子，而他的姐姐则成了一个文盲。

铁蛋对陶厚权非常尊重，陶厚权布置的每件事，铁蛋都一丝不苟地去完成。由于铁蛋工作认真负责，再加上亲戚关系，村里有什么重要事情，陶厚权都和铁蛋商量。

虽然是非常岁月，中国农村还是有些变化。就在铁蛋初中毕业的当年，陈旺乡有了初中，铁蛋弟弟铁林就在乡里上的初中。第二年的春天，陈家村通电了。作为村里唯一学过物理的人，铁蛋天经地义地成为陈家村的电工。铁蛋把陶家顺拉过来，做自己的帮手。两个初出茅庐的小伙子，硬是把电线拉进了村里的家家户户，给每户人家装上了电灯。

陈旺乡是铜怀县的一个大乡，陈旺乡有 7 个大的村庄和 16 个小的村庄。由于地处丘陵地带，村庄与村庄的距离较远，下雨天山路更是难走。县里决定在陈旺乡再建两所小学，方便孩子们上学。其中一所小学建在陈家村，辐射周围 5 个村庄。三所学校的规划很好，基本上是等距离分布在陈旺乡。生活在陈旺乡的孩子们，不用翻山越岭，在半小时以内就可步行到学校。

小学的老师，除铁蛋之外，还有一位从省城下放的女知青：骆媛媛。骆媛媛父亲是省城一个厅级干部，妈妈也是参加革命多年的老同志。骆媛媛生活条件优越，小时候是在幼儿园、少年宫长大的。解放初期，能进幼儿园和少年宫的小朋友是很少的。

骆媛媛父亲本准备把她送到部队去，让她成为一名中国人民解放军女战士。不巧的是在骆媛媛高中毕业的前一年，她父亲的一个老首长，在北京犯了什么错误，接着这一条线上的人也跟着受到影响。骆媛媛和千万个普通中国家庭的孩子一样，到农村插队落户。

在骆媛媛得知自己要去农村的时候，她幻想着农村的生活。每天清晨，能听到公鸡报晓，接着树上的鸟儿开始歌唱。清晨的第一缕阳光，穿过树林，照在大地上。她自己亲自种植水稻、瓜果，然后看着它们成长、成熟。有劳动的汗水，更有丰收的喜悦。

两年后，骆媛媛父亲官复原职。铜怀县领导立即指示铜怀乡领导，要关心和安排好骆媛媛的劳动和生活。这样，骆媛媛就成为陈旺乡小学的一位老师，和铁蛋成为同事。

骆媛媛身高在一米六五左右，微胖的圆脸，一双大而明亮的黑眼睛，再加上微微上翘的嘴唇，十分漂亮可爱。骆媛媛开朗活泼，花样的年龄，浑身上下充满了青春的活力。经过一年日晒雨淋，原本白皙漂亮的脸蛋上，微微泛黑，更显出健康的美。让陈旺乡人记住骆媛媛，是去年在一次乡里的文艺演出。在那次文艺演出，骆媛媛用芭蕾舞，跳了一曲《北京的金山上》。

开学的前一天，刘乡长开着拖拉机，亲自把骆媛媛送到陈家村小学。

"你就是铁蛋吧。陶村长在我面前，多次表扬过你呢！"刘乡长大声说着，"这是骆媛媛同志，是从省城来的知青。"

"你好。"骆媛媛则大大方方地走到铁蛋面前和铁蛋握手。

"你好。"铁蛋则显得很拘谨。

"骆媛媛、铁蛋啊！这所学校就交给你们俩了。你们俩，一个是革命的后代，一个是陈家村人民的后代。我相信你们两个人一定不会辜负党和人民对你们的希望，把学校办好。"

"一定把学校办好。"

"骆媛媛作为学校负责人，铁蛋配合骆媛媛同志的工作，遇到困难找陶村长。"

"好的。"俩人又同时回答。

随后，陶厚权陪着乡长和骆媛媛，看看教室和学校四周环境。骆媛媛惊讶地说："怎么，教室里只有一张桌子？"

刘乡长和陶厚权听了一愣，一时竟不知怎样回答。这么好的学习环境，居然有人提出异议。他们原本是想听到别人的溢美之辞，没想到骆媛媛给他们泼下一盆冷水。

"桌子是老师用的讲台，学生们自己带小凳。"铁蛋是过来人，知道农村学校的情况。

"骆媛媛啊，你在大城市长大，农村的条件哪能和城市比啊。"乡长反应就是快，"你知道，陈家村的老百姓为能有这样一所学校有多骄傲吗？"

"是的，是的。"陶厚权附和道。

"不管怎样，农村孩子能上学就是一个了不起的进步。"刘乡长接着说，"你们俩不仅要教好学生，还要教农民识字、写字，最起码要学会写自己的名字。"

骆媛媛和铁蛋在陈家村小学不仅开展了小学教学，还给村民们办了扫盲班。为此，骆媛媛和铁蛋受到了县教育局的表扬。

1975年，铁蛋担任陈家村小学的代课老师时，已是一个身高一米七二，18岁青年小伙儿。多年的农村生活和长期的劳动，练就了铁蛋的一身肌肉和一双有力的大手。

在县城读初中时，就有个别同学议论女同学。那时，铁蛋对男女之事一点儿兴趣也没有。现在，不知何故，铁蛋内心有种无名的骚动和对异性的渴望。铁蛋把它悄然地藏在内心的深处，用特有的含蓄和腼腆，对付体内激素水平的变化。

虽然乡长说骆媛媛是这个学校的负责人，但骆媛媛把学校所有的事都交给铁蛋。铁蛋安排她做什么事，她就做什么事。铁蛋心细、谨慎，骆媛媛随和、开朗。两人性格十分互补，配合得非常好。

骆媛媛喜欢陈家村秀丽的田园风光，一个星期天的上午，骆媛媛叫铁蛋做向导，在陈家村群山漫野中走走。骆媛媛对大自然的一切感到好奇，一会儿问这，一会儿问那，铁蛋则认真给予回答。山上的树叶已变成橘黄色、红色。有些枝头结出红色果子。松树皮裂开，松针散落一地，一些松果正如瓜熟蒂落，也回到大地母亲的怀抱，到处一派深秋的景致。骆媛媛欣赏着这美丽的秋景，一不小心脚扭了一下，身体失去了重心，本能地蹲下，以防摔倒在地。骆媛媛伸出手叫铁蛋拉一把，铁蛋竟然不敢抓骆媛媛的手。

"快拉我一下呀。"骆媛媛催促铁蛋。

铁蛋愣了一下，慌忙抓住骆媛媛的手，把骆媛媛拉起来。骆媛媛站起后，铁蛋竟一时忘了松手。

"喂，陈老师，可以松手了。"骆媛媛俏皮地说着。

"对不起，对不起。"铁蛋的脸瞬间红到脖子根。

"什么对不起，我得谢谢你。"骆媛媛大方地说，"你抽出时间陪我玩，我应该说谢谢你啊。"

这是铁蛋长大后，第一次接触女性柔软的手，这感觉久久地留在铁蛋手上，并传递到心里。

星期一上午到星期六上午是上课时间，星期六下午和星期天全天，学校放假。刚开学时，铁蛋盼望星期六下午早日到来，这样他可以回家，帮父母做些事。随着和骆媛媛相处久了，铁蛋则希望学校天天上课。

下午放学的时间是 3 点半。从放学到天黑，是骆媛媛最难打发的时间。她从家带来一副羽毛球拍和一打球，铁蛋是她打球的唯一搭档，消磨这段时间。

"铁蛋你进步真快，我快打不赢你了。"骆媛媛不知何时将"陈老师"改口为铁蛋。

"和你比，还有差距。"铁蛋以前没有打过羽毛球。和骆媛媛认识后，才开始接触羽毛球。

大约又打了二十几分钟后，骆媛媛说道："今天打得差不多了，明天再打吧。"

"骆老师，我爸妈想请你到我家吃晚饭。"这在旁人看来是极其普通的邀请，铁蛋却是鼓着勇气说出来的。

在这之前，骆媛媛曾含蓄提出到铁蛋家去玩，弄得铁蛋紧张得要命。陈家村毕竟是个贫穷落后的乡村，老百姓家里实在是太寒酸。考虑骆媛媛自己生长的环境和陈家村反差太大，铁蛋一直未敢答应骆媛媛要到他家做客的要求。

现在骆媛媛来到陈家村已经2个月了，对陈家村有了基本的了解。

"今天为什么叫我去你家啊？"对于铁蛋的邀请，骆媛媛有些意外。

"没什么，没什么，只是想让你和陈家村的人认识认识。"铁蛋用陈家村人代替他父母。

"那我们是现在就去，还是过一会儿？"

"现在去或过一会儿去都行，听你的。"

"好吧，那就现在去，你等我一会儿。"骆媛媛跑回自己的房间，简单梳理一下头发。

见骆媛媛爽快地答应邀请，铁蛋心里一块石头落下来。为了请骆媛媛来家做客，铁蛋父母忙了好几天。先是屋里屋外打扫卫生，然后到集市买些菜回家。从昨天起，铁蛋父母就开始准备今晚的饭菜。

铁蛋和骆媛媛肩并肩一起离开学校，向铁蛋家走去。一路上，村民们投来羡慕的目光。

"爸爸、妈妈，这是我们学校的骆老师。"铁蛋向父母介绍骆媛媛。

虽然铁蛋在家多次说起骆媛媛，全村人也都知道小学女老师，是从省城来的女知青。铁蛋父母还是第一次见到这么漂亮、城里来的姑娘。

"骆老师真漂亮，不愧是大城市里长大的。"铁蛋妈妈说道，一边双手在围裙上擦着。

"骆老师，请坐。"铁蛋爸爸也高兴说道。

骆媛媛万万没想到铁蛋家如此简陋：土墙，茅草屋顶，堂屋放一张陈旧的八仙桌子。桌子一边紧挨着墙，一边一把椅子，中间有一张长凳。桌子上有一个外壳生了锈的暖水瓶。

"铁蛋，给骆老师倒水。"陈若望说道。

铁蛋从厨房拿出一个搪瓷杯。铁蛋用这个搪瓷杯，给骆媛媛倒上大半杯水。

"骆老师，请喝水。"陈若望客气地说道。

"骆老师，谢谢您到我家。"铁蛋妈妈用谢谢替代欢迎。这倒也说出铁蛋一家人，对骆媛媛到来的真实心情。骆媛媛的到来，给他们一家带来很大的面子。

"您太客气了，说谢谢的应该是我。"骆媛媛和铁蛋妈妈客气起来了。

"骆老师，你是从大城市来的，在农村，生活习惯吗？"

"习惯，早就习惯了。"

不知何时，一群小孩来到铁蛋家门口看热闹。铁蛋爸爸妈妈乐呵呵地把围在他们家看热闹的孩子赶走。虽然，乡亲们都知道骆媛媛是个知青，但骆媛媛来到铁蛋家，还是在村里造成一定的新闻效应。

这天的晚上，铁蛋爸妈用鸡汤下面，招待骆媛媛。在陈家村，鸡汤下面只是在重大节日或生病时，人们才能享受的待遇。这鸡汤是地地道道、原汁原味的农家鸡。虽然一点儿作料也没加入，味道却是十分鲜美。铁蛋妈妈要把两只鸡腿给骆媛媛，骆媛媛哪里肯接受，推辞了半天，最后骆媛媛接受了一只。

"骆老师，我们农村生活艰苦，只能这么简单地招待你。"陈若望说道。

"伯父伯母做的鸡汤面真是好吃。如果我爸妈来这里，我一定要叫他们尝尝你们做的鸡汤面。"

骆媛媛说这话，并不是恭维。一是农村生活简单、清贫，一日三餐基本上是以蔬菜为主，油水都很少；二是铁蛋妈妈做的鸡汤面的确好吃。

其实铁蛋父母做的鸡汤再简单不过。就是把家养的鸡，切成小块，放到锅里煮。先是大火，待汤烧开后，再用小火慢慢炖。城里人唯一不能复制的是用柴火和大铁锅。

"我妈妈做的鸡就是好吃。"铁蛋说道，"我爷爷和奶奶在世的时候，就最喜欢吃我妈妈做的鸡汤面。"

骆媛媛发现一个大姑娘和一个大男孩从厨房伸头张望。她想起，铁蛋有个姐姐和弟弟，就对铁蛋说："你姐姐和你弟弟还没吃吧？叫他们一起过来吃吧！"

"骆老师，你吃吧，不用管他们。"不等铁蛋回话，铁蛋妈妈马上把话接过来。

"没关系，骆老师你吃吧。"铁蛋说道。

"这怎么好意思，大家还是一起吃吧。"骆媛媛觉得过意不去。

"农村孩子没有见过世面，怕生人。你尽管吃，我把他们的那份已留给他们了。"陈若望说道。

经陈若望这么一说，骆媛媛就放心了，不至于他们吃完后，铁蛋的姐姐和弟弟什么也吃不着。

吃完后，骆媛媛同桂霞和铁林打招呼，并向铁蛋父母表示感谢，离开了铁蛋的家。

一天下午，铁蛋和骆媛媛在教室前的一块空地上打羽毛球，两个人边打边聊天。

"我说铁蛋同志，你能不能不要太严肃。你整天叫我骆老师、骆老师，好像我们是陌生人一样。难道你不能像我一样，叫你铁蛋吗？"

"嘿嘿……"铁蛋一时不知怎样回话。

"嘿嘿什么，接球！"骆媛媛把球发了过来。他们俩又打了一会儿。

"好了，今天就打到这里吧。陈老师请记住，今后叫我媛媛。"骆媛媛半开玩笑、半命令道。

"遵命，骆老师。"铁蛋还是没有叫出媛媛。

骆媛媛在铁蛋心中的形象太高大，甚至有些圣洁。他怕叫骆媛媛的昵称，对她不尊重。周末铁蛋回家帮家里做农活，一天不见，铁蛋心里就空落落的，充满了对骆媛媛的思念。铁蛋毕竟是陈家村人的后代，在他和骆媛媛之间有一条无法跨越的鸿沟。铁蛋只能把对骆媛媛这份感情深深地埋藏在心里，装着若无其事。

如果骆媛媛在小学工作几年或十几年，那岂不是对铁蛋最无情的折磨。然而老天对铁蛋是偏爱的，就在学校即将进行期终考试时，县里给陈旺乡一个招工名额。骆媛媛是父母的掌上明珠，哪个父母不心疼自己的女儿呢。招工，进工厂当工人，是知青脱离农村，回城的一个好机会。

上面有人，自己表现又好，骆媛媛很快就接到县知青办的来文，让她 1 月 17 日前去省城劳动厅报到。

骆媛媛在完成自己工作后，于 1 月 13 日离开了陈家村。走的那一天，还来了不少知青帮骆媛媛拿东西，他们从骆媛媛身上看到了希望，希望不久以后的一天，自己也能回到父母的身边。

骆媛媛生在大城市，长在大城市，本来就属于大城市。铁蛋在心里祝福骆媛媛回到父母身边能过上幸福的生活。骆媛媛走后，铁蛋失魂落魄地过了几天。

第 5 章　代课老师

　　骆媛媛走了，学校还得继续运行。1976 年春节后，上面安排了一名上海知青，来小学但任代课老师。新来的老师叫刘家成，是 1970 年下乡插队在陈旺乡高岗村，高岗村离陈家村不到 40 分钟的路。刘家成比铁蛋略高一点儿，面容清瘦，轮廓分明，有一双和蔼善良的眼睛。

　　刘家成是成千上万个上海知青的一分子。当年，天真烂漫的上海中学生，怀着一颗火热的心，远离家乡来到农村，参加社会主义新农村建设。当他们来到农村后，发现现实生活与理想相差甚远。自己挣的那一点可怜的工分，只能勉强养活自己。不少知青父母隔三岔五地给他们捎个五块、十块的。热情消退后，他们渴望回到属于自己的城市，回到父母身边。

　　1972 年起，国家每年从知青中招收一些工人和大学生。这让他们看到了一线希望、一丝曙光。招工或招生先由基层推荐，报到乡，再报到县，最后由相关的领导定夺。就这样，陆续有不少知青离开农村，进城做工人或上了大学。

刘家成干活认真踏实，从不挑肥拣瘦，深受乡亲们的好评。在1973年大学招生时，刘家成被推荐到乡，再被推荐到县。就在大家认为刘家成肯定要离开农村时，录取通知书却是迟迟不到。刘家成实在是忍不住了，在同学的催促下，自己跑到县知青办，找到当时红得发紫的知青办主任。

这位身居要职，掌握全县数百知青命运的知青办主任，见到刘家成，立即知道刘家成的来意。

"小刘啊，你在村里的劳动表现很好啊。"

"那为什么我没有收到录取通知书？"刘家成单刀直入地问道。

"最后，政审时……才知道你的家庭是有问题的，你家庭的问题你是知道的。"知青办主任讲话还是比较委婉。

"是的，我的家庭有些问题。党和政府不是强调重在个人表现吗？我的表现是好的啊！"刘家成满脸委屈。

"小刘同志，你要认真找一下自身存在的问题，回村后，好好地接受贫下中农的再教育，明年还有机会嘛！"

知青办主任把话说到这份上，刘家成还能说什么呢？刘家成极度失望地离开县知青办，沮丧地踏上回村的路。

刘家成上大学被刷下来一事，很快就在乡里传开，在整个县知青中传开，引起了大伙儿的议论。

第二年招生又开始了，村民们还是一致推荐刘家成。就像去年一样，过五关斩六将，刘家成的材料送到县里。也和去年一样，录取通知书就是迟迟不肯下来。这次不同的是，刘家成没有去县知青办询问原因，只是悲哀、绝望地接受了现实。

此后，刘家成变得沉默少语，鼻子上像是挂了一个重重的铅块，心上压了块大石头，使他不能昂起头，胸部透不过气。第一次招生没有被录取，他曾自勉：道路是曲折的，前途是光明的。

他拼命地劳动，能挑 100 斤，绝不挑 99 斤。每天累得他气喘吁吁，直不起腰。回到知青宿舍，倒床就睡觉。他再也不看书，再也不在笔记本上写上什么。他甚至把写在日记本首页的"道路是曲折的，前途是光明的"，用来激励自己的名言，也给撕下来。他想借繁重超负荷的劳动麻痹自己，不再想，永远不再想人生、永远不再想理想。

在农村，并不是 365 天，天天都出工，也有歇工的时候。也有在大雨滂沱的夜晚，刘家成醒来不能再入睡的时候。刘家成的爸妈在上海医学院中瑞医院工作。爸爸是外科医生，妈妈是检验科医生。他爸妈不仅在生活上给刘家成提供无微不至的关怀，而且教他许许多多的做人道理。刘家成十分热爱自己的父母，他坚信他们全家都是好人。

刘家成的祖父是教堂里长大的孤儿，据说这个刘姓也是教堂牧师从中国百家姓中，随便挑的。在教堂里，牧师教他英语和数学，给他讲《圣经》的故事。由于刘家成的祖父非常聪明，深受牧师的喜欢，刘家成祖父长大后，牧师就把他推荐到美国去读书。

20 世纪 20 年代，刘家成祖父以优异的成绩从美国加州的一所大学毕业，毕业后留在学校当老师。当想到自己的祖国时，刘家成祖父约了几个志向相同的中国青年，抱着教育救国的理想，毅然放弃了美国优越的生活条件，回到苦难深重，积贫积弱的祖国。回国后，刘家成的祖父在大学任教，然后结婚生子。刘家成父亲在 1946 年进入上海圣约翰医学院学习，50 年代初毕业，在医院做一名外科医生。

在刘家成小的时候，父母教育他不能做坏事，哪怕是一个人不知道也不能做坏事。人不论做任何事，老天都知道。刘家成就是在这样一个环境中长大的，成长为一个品行端正，乐于助人，深受老师和同学欢迎的学生。

等到 1976 年年初时，和刘家成同批来的知青，大半离开了农村。

由于刘家成表现好，乡里就把刘家成调到小学当老师，顶替骆媛媛走后留下的空缺。接到乡里通知后，刘家成简单收拾了自己的家当，赶在新学期开学的前一天来到了小学。

刘家成住的房子就是骆媛媛以前住的那间。由于东西少，不一会儿刘家成的"新家"就安顿好了。房间简单整洁，一张床，一张办公桌和一个箱子。

安顿好后，铁蛋把学生情况、他和骆媛媛的分工，以及开展夜校的事，详详细细地向刘家成作了介绍。

刘家成借口刚来不熟悉情况，让铁蛋负责学校的工作。铁蛋没推辞，就按上学期和骆媛媛的分工，安排了他和刘家成的工作。

和骆媛媛相比，刘家成内向一些。教学之外，就是看书，平时很少走动。四月的一天，陈家村有个男孩在山脚下玩耍，被狗咬伤了大腿。此事很快在村里传开，自然也传到学校。刘家成就把它当成一件大事告诉铁蛋，铁蛋听了不以为然。

"没事。吓唬一下，狗就跑了。"铁蛋没当一回事。

"我看，最好还是提醒学生注意，放学后不要单独回家，要结伴回家。"刘家成坚持说道。

看到刘家成认真的样子，铁蛋知道没有必要和他争执，于是说："那我们明天就在班级宣布：放学后，要结伴回家。"

湖岸村的学生来学校，要穿过两座山间一条高低不平的小路。有一次暴雨诱发山洪，刘家成不放心学生们走这条山间小路，居然送学生走过山谷。

刘家成在教书之外，还关心、爱护学生，使铁蛋内心深深敬佩刘家成。铁蛋认为刘家成虽然话不多，却是个非常好的人。

五月中旬，天气有些闷热，下午最后一节课后，铁蛋发现刘家成脸色苍白，脚步似乎也有些沉重。

"刘老师，怎么啦？"铁蛋关心地问道。

"没什么。"刘家成连忙回答，但气力明显不足。

"你好像生病了。"

"没关系，只是有些发热，休息一会儿就好了。"

"那你就早点休息吧！"

"好的，谢谢！"刘家成说罢，就走进了自己的房间。

下午五点钟，西斜的太阳把天边的云儿染成漫天的彩霞。铁蛋坐在屋前，看苏联小说《钢铁是怎样炼成的》。读到保尔母亲照顾生病的保尔时，铁蛋想到刘家成的脸色。铁蛋马上合起书，离开家回到学校。

"刘老师，你怎么样了？"铁蛋问躺在床上的刘家成。

"拉了一次肚子，现在肚子又在咕噜咕噜地响，有些难受。"

"那你晚饭想吃些什么？我来给你做。"

"谢谢，一点儿胃口也没有。"刚说完，就"哎哟，肚子又痛了。"刘家成立即起身，上厕所。

从厕所回来，刘家成对铁蛋说："这次不知怎么搞的，感冒和拉肚子搞到一起了。"

铁蛋扶着刘家成躺到床上，手摸了刘家成的额头，额头滚烫滚烫的，把铁蛋吓了一大跳。

"呀，刘老师，你发烧了。"

"没事，睡一会儿就好了。"

此时刘家成脸色苍白，嘴唇发干，呼吸略有些急促。

虽然铁蛋不是医生，但铁蛋感到刘家成这次病得不轻，需紧急医治。

"刘老师，你躺在这里不要动，我去叫个医生，马上就来。"

"铁蛋，不要。没什么大不了的，睡一觉就好了。"

"不行，不行，刘老师，你一定要看个医生。你先躺着，我马上就回来。"铁蛋说完便起身，向门外走去。

铁蛋向老五家奔去，但很快收住了脚步，转向乡卫生院，去找乡卫生院彭医生。铁蛋上小学时，常走这条路，一趟要近50分钟的时间。而在这天晚上，铁蛋只走了或是说连走带跑走不到40分钟，就来到乡卫生院。

彭医生认识铁蛋，看到铁蛋气喘吁吁、满头大汗，知道一定有什么急事。

"铁蛋，有什么事吗？"彭医生问道。

"我们学校刘老师，刘家成老师病了。"

刘家成在陈旺乡是个出名的知青。两次推荐上大学，都是因为政审不合格被淘汰，让他在陈旺乡成为了家喻户晓的人物。

"怎样不好？"

"刘老师今天中午起，就有些不舒服，下午出现发烧和拉肚子。只有他一人住在学校里，我有些不放心。"

"我们现在就去看刘老师。"

"非常谢谢你，彭医生。"

"走吧。"彭医生站起来，背着小药箱，向陈家村奔去。

离开乡卫生院时，夜幕已经完全降临。明亮皎洁的月亮，放出银色的光，把天空染成青灰色。月光洒到地上，使地面上的物体的轮廓，依稀可辨。村民家的昏黄色灯光，给宁静的山村增添一份祥和。铁蛋和彭医生一路走来，伴随他们的是蛙鸣虫叫，大自然用最美的迎宾曲迎接他们。

铁蛋和彭医生一路疾奔来到刘家成的房间。看到铁蛋把彭医生连夜从乡里请过来，刘家成心里十分感动，想起床和彭医生打招呼。

"刘老师，你躺下吧。"

"彭医生，真是不好意思，太麻烦你了。"

"没事。刘老师，你生病了，我过来是应该的。"

铁蛋拿了张凳子，让彭医生坐下。彭医生喘着粗气，脸上还不时地掉下几颗汗珠。

彭医生问刘家成："怎么不舒服？"

"从中午起，全身有种说不出的不舒服，大约在下午两点多钟开始发热，后来温度逐渐升高。半小时后，出现拉肚子。你们来之前，又拉了一次，就像水一样。"

"嗯，是这样。"彭医生用手摸摸刘家成额头。在陈旺乡，彭医生的手就是体温计，他根据额头是否烫手，把温度分为低热和高热两种。彭医生又用手指触摸刘家成的桡动脉搏动。彭医生没有手表，他大概估摸着心跳快慢。接着，彭医生又检查刘家成的肚子。

"刘老师，没什么大问题，是感冒合并腹泻，两种病掺和到一起了。吃些药，休息休息就能好。"彭医生说道。

彭医生的话，不仅让刘家成，也让铁蛋心中的一块石头落了地。

彭医生从药箱中拿出一小包药，是12片土霉素。彭医生把药交给刘家成说："这是治疗拉肚子的好药。"接着，又拿出两瓶深咖啡色的液体，说："这是生姜加红糖熬出的汤，对治疗感冒发热以及拉肚子效果特别好。"

刘家成和铁蛋连忙说："谢谢！"

"我的任务完成了，那我就回家了。"

"彭医生，我们真的不知道怎样感谢你。"铁蛋感激说道。

"铁蛋，你去送送彭医生。"刘家成对铁蛋说道。

"不用，不用。今晚有月亮，走这样的夜路，对我来说是家常便饭。铁蛋你还是留在家里照顾病人，照顾病人要紧。如果明天还没好，请告诉我，到时我再来。"

彭医生走后，铁蛋给刘家成倒水，让刘家成服药，又把彭医生自制的生姜红糖汤加热后让刘家成喝下。大约一刻钟，药物发挥作用了。刘家成全身微微有些出汗，顿感全身舒服多了。第二天早晨，刘家成的病好了一大半。

在落难或生病时，往往是人感情最脆弱的时候。刘家成这次生病，铁蛋忙前忙后，刘家成对铁蛋充满感激。刘家成对铁蛋从最初的礼貌、客气，慢慢地变成了朋友，两人在思想上有了交流。一天周末，铁蛋邀请刘家成去自己家玩，刘家成没有推辞，一口答应了。

为了迎接刘家成的到来，铁蛋父母就像招待骆媛媛一样，杀了一只鸡。刘家成算是改善了一顿伙食。

在铁蛋家，刘家成惊讶地发现，他自己和铁蛋父母谈话很投缘。

"我们家祖祖辈辈都是普普通通的农民。虽然家境不好，我父亲还是把我送到私塾读了一年的书。"陈若望回忆他那幸福美好的时光。陈若望接着说，"在土改期间，村长经常请我抄抄写写。"

"陈叔叔，"刘家成称铁蛋父亲为叔叔，"你若是在现代，一定会是个做大学问的人。"

"哪里、哪里。我们村里南边的老陈家，就出了个大人物。他小时候也在我们陈家祠堂读过书。因为他家有钱，后来他到城里读书，成了北京大学的一个教授。"陈若望话匣子打开，就讲个不停。"再穷也不能穷孩子读书。解放后，我们村去县城读书只有铁蛋一人。只是人算不如天算，非要来个上山下乡，铁蛋又回到农村。要不然，铁蛋一定能到大城市上学，做个大学教授。"

刘家成认同陈若望的说法。他认为铁蛋很聪明，更主要的是铁蛋喜欢读书。刘家成为铁蛋感到有些可惜，而他自己不也是这样吗？他们都是那个时代的牺牲品。

刘家成来到铜怀县陈旺乡插队落户已经六年了，和不少村民打过交道，也交了一些农民朋友。但从来没有像这次到铁蛋家做客，有这么深入的了解。他认为过去六年对中国农村、中国农民的了解都是肤浅的。中国人在骨子里渴望读书，是中华民族的精髓所在。如果给陈家村创造一些条件，陈家村一定会产生中国知名的科学家、文人或政客。

现在陈家村有了自己的小学，但小学教育远远不够，要到城里进一步接受高等教育。目前，阻碍陈家村以及陈旺乡孩子去城里读书的主要原因是贫穷。刘家成苦苦思索寻找致富的办法，他想到一些，似乎又不满意。经过数日反复思考，刘家成把自己的想法告诉铁蛋，想听听铁蛋的意见。

"在村口旁的斜坡上建个砖窑厂，利用斜坡可减少建造窑窟的成本。山上种植一些经济树木，往水塘放养不同鱼苗，充分利用水塘资源，每年可多次捕鱼。家家户户养兔子，陈家村大大小小的山陵，能提供兔子所需的食物。"

当刘家成把他的想法告诉铁蛋时，刘家成在铁蛋心目中的形象顿时高大起来。刘家成在自己遭到不公平的待遇时，还能关心别人，关心一个贫穷偏远小山村的建设和发展，关心陈家村的孩子。这是多么伟大，多么了不起啊。

"刘老师，你真是个好人。但这事一定要告诉村长陶厚权，争取他同意。"

"是的，明天我们去找他。"

此后，铁蛋和刘家成成为知心的好朋友。刘家成给铁蛋讲上海的高楼大厦，美丽的外滩，繁华的南京路，各种好吃的中式和西式食品。铁蛋听得入神，对上海充满了向往。铁蛋暗地下决心，有朝一日，一定要到上海去一趟，看看祖国的大都市。刘家成还告诉他自己的家庭情况，他爸妈的职业。

第二天，铁蛋和刘家成一起找到村长陶厚权，说明来意。正像铁蛋最初听到刘家成的想法时一样，陶厚权十分惊讶地望着站在他面前的上海小伙子。陶厚权听说过刘家成的事，每次推荐上大学，最后没有被批准。说实话，陶厚权也挺同情刘家成，令他感动的是刘家成不计较个人的得失，比陈家村人还要为陈家村着想，实在是难能可贵。

"刘老师，说实在的，你一心为集体的精神，深深感动了我。但现在国家大力抓粮食生产。你这是搞副业，我得要向上级请示。"

"好，只要村长不反对就好。"刘家成在心里对自己说。把自己的想法告诉村长，刘家成算是了结了一桩心事，现在他只能等待上级的批示。

1976 年的初秋，就在刘家成和铁蛋在等上级批复的消息时，中国发生了一件天大的事，毛泽东去世。

1977 年 10 月，电台和报纸公布了一条改变中国青年人命运的消息：恢复高考制度。

"铁蛋你知道吗？马上就要恢复高考制度了，只要你成绩好，就能上大学，凭本事，凭自己的真才实学上大学。"刘家成兴奋地告诉铁蛋这一重大消息，"就是你先参加全国统一的大学招生考试，根据你考试的成绩从高分到低分进行录取，成绩好的可进入北京和上海的名牌大学，包括北京大学。"

起初，铁蛋没敢报名考试，毕竟自己仅是初中生，心里一点儿底也没有。刘家成鼓励铁蛋参加考试，最后硬是拖着铁蛋去报名。离高考不到两个月的时间，刘家成和铁蛋拼命复习迎考。

1977 年 12 月，刘家成和铁蛋到县城参加了第一次神圣庄严的考试，几乎所有的知青都参加了这次考试。

成绩榜公布，刘家成在全县考生中，第 1 名，考上了北京大学物理系；铁蛋离录取分数线只差两分。那年，录取率不到百分之二，能上大学的真是百里挑一。

刘家成临走前，和铁蛋长谈一次，鼓励铁蛋一定要好好复习，准备参加夏天的高考。刘家成到北京后，还给铁蛋寄来一些高考复习的资料。

在刘家成去北京大学读书不到半年的时间里，铁蛋系统地学完了高中课程，而且还做了大量的高考复习试题。到了 6 月底，铁蛋对自己充满信心。7 月的 7、8、9 三天在县城中学参加高考，对铁蛋来说是故地重游，有种亲切感。监考老师恰好是教铁蛋物理的杨老师。

"铁蛋，你一定行，你是我班上最好的学生。"杨老师鼓励铁蛋，"好好考，不要紧张。"

7月底，高考成绩下来了。天遂人愿，铁蛋在全县考生中，排列第 7 名，总成绩超过录取分数线 60 分。这个成绩，对于只有初中文化的人来说，已是很不错了。

成绩公布不久，马上就要填志愿。县中学和县教育局的墙上，密密麻麻地贴满了各种高校的介绍，让人眼花缭乱，无从选择。在铁蛋的脑海里只有两个大学的概念，一是北京大学，另一个是上海医学院。在 20 世纪初，陈家村有位财主的儿子在北大读书，后成为中国一名知名的学者、大教授。另一个就是刘家成告诉他的上海医学院。

铁蛋的成绩达不到北大的要求，但可以进上海医学院。做一名医生，治病救人，改善农村的医疗现状，一直是铁蛋的一个梦想。这个理想源于他 10 岁那年，他眼睁睁看着他小弟弟一个鲜活的生命就因为肠套叠而消失。小弟弟的夭折，深深刺痛了铁蛋的心，立志要做一名医生。多少年过去了，这个理想，在他脑海里一直没有泯灭。最终，经过一番思考，铁蛋在重点高校的第一栏上，写下了上海医学院。三个星期后，铁蛋收到了上海医学院的录取通知书。

"铁蛋考上大学了。"很快传遍了陈家村的每个角落，也传遍了整个陈旺乡。几乎所有的人，都为铁蛋高兴，为他自豪。铁蛋是陈家村近百年来，第二个上大学的人，是陈家村的骄傲。

铜怀县没有火车，也没有直达上海的长途汽车，铁蛋只能从县城坐汽车到邻县，再坐火车去上海。

铁蛋是 8 月 29 日离开陈家村的。那天，陶厚权破例安排村里唯一的交通工具：手扶拖拉机，送铁蛋去县城。"扑通、扑通"拖拉机发动机发出巨大的轰鸣声，车轮卷起阵阵尘土，向县城方向驶去。陈铁蛋坐着手扶拖拉机，告别了养育自己 20 年的家乡。

第 6 章　上大学

1978 年全国高考招生录取率是百分之二，能进入重点大学那可是少之又少啊。多少年过后，当学校老师提起哪届学生学习最用功时，无不说是 77 级或 78 级学生学习最用功。因为他们经历了太多的苦难，深知学习机会来之不易，故特别地珍惜。

上海医学院占地面积不大，景致也一般。但对从农村来的铁蛋来说已经是好得不能再好的学校了。医学院有医疗系、药学系、护理系和公共卫生系，其中医疗系最大。铁蛋所在的医疗系 78 级 2 班第 3 小组，共 12 人，其中 8 名男生、4 名女生。李丽华、肖腊梅、潘永军、王小强、郭建国和孙邵东 6 个人是应届高中毕业生；年龄最大的陆恩源是老三届知青，在农村已经结婚生子；组长何立勇 1973 年高中毕业下放到农村，在农村入党，还担任过村长。李丽华、潘永军、孙邵东和副组长董敏芝是上海人，其他 8 人来自全国各地。

医学院第一学期，学的课程是物理、化学、政治、英语、生物，物理和化学，有些内容与高中所学的内容有不少重复，英语更是从 26 个字母学起。

入学后的第二个星期六下午，在男生寝室召开了第一次小组会议。会议由组长何立勇主持，讨论助学金分配。何立勇首先发言：

"今天下午是我们小组第一次会议，会议的主题是'助学金'。助学金是学校给我们学生的生活补助。根据每个人家庭收入情况，发放助学金。首先，大家把自家的收入情况报上来。"

"从孙邵东开始。"何立勇用手指着身旁的孙邵东："孙邵东，你先说说你父母是做什么的？收入多少？"

"我爸爸在中学当老师，月收入 57 元；母亲在物资局，一个月 36 元。"来自上海的孙邵东首先介绍家庭的收入情况。

"老陆，你呢？"何立勇称呼陆恩源为老陆，因为他年龄在小组中最大，是个已做父亲的人。

"我在农村插队时结婚的，妻子是个农民，有个儿子。"

"我叫刘晓岚，家在江苏常州，父亲和母亲的工资，差不多，40 多元一个月。"

"我是陈铁蛋，父母均是农民，全家年收入在 200 多元。"

"我叫钱华贵，父母都是农民，收入更低，一年不到 200 块。"

"我是上海人，"潘永军说，"五年前，我父亲死于一次车间事故。厂领导同情我们家，把我母亲从弄堂饮食店调到工厂成为一名正式职工。每月收入只有 30 多元，我还有一个妹妹和一个弟弟在读书。"

大家依次介绍自己家庭经济情况，每个人介绍的经济收入和何立勇从辅导员那里了解的情况基本一致。何立勇对助学金分配心里就有数了。

"根据学校的精神，助学金分一、二、三等。一等助学金为每月

20 元，二等助学金为每月 16 元，三等为每月 12 元。我们小组可以评上一等助学金一名，二等两名，三等四名。或者是一等一名，三等七名。"说完，何立勇观察大家的反应。

铁蛋在上学前，不知道有助学金。现在有助学金，对铁蛋来说，是天上掉下的馅饼。几个历届毕业生，都没有吱声，副班长董敏芝更是一脸严肃。

"何立勇，你是组长。你说怎么发，就怎么发吧！"王小强开口说道。

"就按收入高低，从高往低排吧！"孙邵东说道。

这是何立勇最希望听到的声音，因为这样操作最简单，又不失公正。男同学有人表态，这时他想知道女同学的意见。

"肖腊梅，你意见如何？"

"我没什么。就按家庭收入从高到低排吧。"肖腊梅说道。

"按家庭收入分配助学金，是个公平的方法，而且操作起来也比较容易。我看把一等助学金给陆恩源，二等助学金给陈铁蛋、钱华贵，三等助学金给潘永军、肖腊梅、董敏芝、郭建国。有没有意见？如果没有，就这么定了。"

不久便到了国庆节，何立勇、王小强和铁蛋来到校门对面的 49 路车站，坐了将近 40 分钟公交车，来到到九江路，近外滩的终点站。

外滩人山人海，在大量的中国人中，还夹杂着一些金发碧眼的外国人。这些外国人拿着相机咔嚓、咔嚓地照个不停。巨大的远洋货轮从黄浦江江面上缓缓驶过，掀起层层巨浪，拍打外滩防汛墙，并把江上行驶的小轮船弄得东倒西歪。沿中山东路一字排开的雄伟欧式建筑，像个建筑博览会。

欣赏完美丽的外滩，何立勇、王小强和铁蛋便从和平饭店开始逛南京路。节日的南京路游人如梭，格外热闹。体育用品商店，朋街女子商店，华联商厦和第一百货等大大小小的商场，以及商场内琳琅满目的商品，令铁蛋看得眼花缭乱。实实在在让铁蛋感受到大上海、大都市的魅力。

三个人一直走到南京西路的国际饭店。这栋建于20世纪30年代的24层高的国际饭店，在改革开放之前，一直是中国第一高楼。这座高楼是当时中国人自己设计、自己建设的。建好后，令外国人对中国建筑工程师刮目相看。

"铁蛋，我叫你出来，是对的吧？！"何立勇在回校的公共汽车上得意地对铁蛋说道。

"是啊，来上海一定要到外滩、南京路走走，这才是大上海。"铁蛋说。

"去了南京路，别的路就没必要去了。"王小强说道。

"外滩和南京路是上海地标建筑。去了南京路，就是来过了上海。"何立勇再次得意地说着。

"是的，是的。"铁蛋连声答道。

这是铁蛋在上海第一个国庆节。南京路和外滩让铁蛋知道为什么上海在中国那么有名。

评选三好学生有一个硬指标就是体育成绩要达标。1500米达标成绩是6分12秒，是体育成绩中最难达标项目。所以练1500米是体育课的重点之一。在一次1500米摸底跑测试中，铁蛋轻松地跑出5分44秒的成绩，全班第一。铁蛋长跑能力是从小在陈家村锻炼出来的。

铁蛋长跑能力引起了体育老师的注意，被体育老师选中参加年级田径队。室友们为他高兴，而铁蛋本人则对这事反应冷淡，觉得无所谓。何立勇一看铁蛋这个态度，就有些着急。他心里想必须让铁蛋参加年级田径队，否则辅导员会认为他的小组没有集体荣誉感。

一天下午，何立勇找个机会对铁蛋说："反正这学期没什么课，参加体育活动也没什么坏处。"见铁蛋没有表态，何立勇继续说道，"你如果不去，不但体育老师对你有看法，而且辅导员也会对你有想法。"

铁蛋本身就对体育锻炼没什么反感，现经何立勇这么一说，铁蛋就答应了参加年级田径队。年级田径队只是在每星期二和星期五下午的课外活动期间由体育孙老师带领大家进行集训。同时，年级还成立一支篮球队。潘永军报名参加篮球队，经过两周训练后，被刷了下来，可能是无身高优势。

孙老师根据铁蛋身体特点，让铁蛋专攻 1500 米和 3000 米，对铁蛋进行系统性训练。在孙老师的指导下，铁蛋进步真快，1500 米进入5 分 20 秒。

铁蛋经常给家里写信，把在上海的所见所闻告诉父母。儿子的来信是陈若望夫妇最为盼望的事。每次，陈若望夫妇都会把铁蛋的来信，向亲朋好友炫耀一番。铁蛋除了给父母写信外，给刘家成也写过一封信。告诉他自己在上海医学院的学习和生活。刘家成对这位来自农村的小老弟，总是给予热情的鼓励。

元旦过后，不到两周就举行期末考试。铁蛋成绩全在 90 分以上，也就是全优。铁蛋带着优秀的成绩，回铜怀县陈旺乡陈家村过年。有个别学生寒假没回家，主要是交通太麻烦，回家一趟要五六天时间。

过完年后，同学们陆续回到学校，开始了第一学年第二学期的学习。从某种意义上来讲，学医是从这学期开始的。因为这学期，学校要教授"人体解剖学"和"组织胚胎学"两门医学课。解剖学和组织胚胎学都是讲人体结构。解剖学从宏观讲解人体结构；而组织胚胎学则从微观层面讲解人体结构。其他课程还有：政治、英语、有机化学等。

教解剖学第一节课的顾老师，50 多岁，半白的头发，中等身材，脸上泛着红光，一双深邃的眼睛炯炯有神。首先，顾老师用白色粉笔用力地在黑板上写上自己的名字：顾振旋。由于用力较大，粉笔在黑板写字时，发出咔嚓咔嚓的声音。

"我叫顾振旋。"他用手指向黑板上他的名字，"这三个字都是动词。"

同学们爆发出一阵笑声。

"现代医学的产生和发展，是从人们认识和研究人体解剖开始的。我们今天学医也是从解剖学开始。有人说解剖学就是死记硬背、枯燥无味。No！这绝对是错误的。"

在顾老师说"No"时，同学们又发出一阵笑声。

"说解剖学是死记硬背、枯燥无味的人，我可以肯定地说他不懂解剖学，或者说他没学好，最起码不是我教出的学生。"

同学们又爆发出一阵笑声。

"同学们，当你们学解剖学时，你会发现人体是如此奇妙、精美。每块骨头大小形状都恰到好处，你会感叹老天造人的智慧。另外，解剖还是美学、人体美学的起源。"

接着顾老师从古希腊讲到欧洲文艺复兴，讲到近代欧洲传教士把现代医学介绍到中国。从此，西方医学，现代医学，开始在中国扎根、发展、壮大。

顾老师越讲越兴奋，越讲越精彩。同学们学习热情被极大地激发。下课后，图书馆有关解剖学的参考书被学生们一借而空。

3月的一天下午，铁蛋去学校图书馆，在期刊阅览室看到一篇文章，题目是"人就是机器"。文章从开始到结尾，将人和机器进行类比。人和机器共同点：各个零件、组成部门、相关部门组成一个系统，各系统相互配合，完成某一指定任务。其实这个理论早在中华人民共和国成立初期就传入我国，因为政治原因，遭到批判，现在又被重新拾起来。

铁蛋把该文的一些论点作了摘录，在睡觉之前，告诉室友。室友们七嘴八舌地议论起来。

潘永军第一个发言："我完全同意作者的观点。青少年就是新机器，老年人就是老机器。最后，人老得不行了，就像老机器，不能工作了。"

"我也同意作者的观点，"王小强力挺潘永军，"人的骨头就像机器的零件有机连接起来，组成一个有功能的系统。"

"喂喂，别瞎扯，"何立勇说道，"人比机器复杂得多。"

"那人就是一部复杂的机器。"王小强立即反驳。

"老陆发表你的意见。"何立勇搬出老陆做救兵。

"乍一听这个理论似乎有道理。但仔细一想又不是那么一回事。"老陆毕竟是做父亲的人，讲话总会给别人留余地。

"不管怎么说，人肯定不等于机器。"何立勇说道。

"这个问题不管是对或是错，和我们都不相干。明天要上课，睡觉吧。"老陆做最后的总结。

起初，铁蛋看到这篇文章，很兴奋，就像哥伦布发现新大陆一样。但凭着直觉，铁蛋认为该文不妥，但又找不到反驳的理由。这个问题，就深深埋藏在铁蛋的心里。

学校定于 6 月 1 日举办每年一次的田径运动会，时间为两天半。铁蛋报名参加 1500 米和 3000 米两个项目，分别在第一天和第三天举行。第一天比赛是 1500 米，铁蛋被人为阻挡，只跑出 5 分 16 秒的成绩，获第四名，没有拿到奖牌。

女同学刘晓岚很为铁蛋打抱不平，她拉着副班长董敏芝，向组委会投诉，要求更改比赛成绩。辅导员于老师也在第一时间向组委会反映。组委会工作人员一个劲儿表示同情，就是不肯改变成绩。在旁的体育孙老师说："3000 米是陈铁蛋的强项，他一定会取得好成绩。"

最后一天的上午是男子 3000 米比赛，那天发生的戏剧性的一幕，让铁蛋出了名。

学校操场是 400 米标准跑道。跑 3000 米，要跑 7 圈半。发令枪一响，铁蛋就冲出起跑线，快速并有节奏地向前跑。3 圈下来，运动员形成两大集团，铁蛋在第一集团的第三位。铁蛋步伐均匀、轻松有力。站在操场边的男女同学，大声为自己同学加油。在加油的同学中，刘晓岚是最起劲的。就在铁蛋第5圈刚开始时，铁蛋右脚的鞋子掉了。在场的观众，心全都提上来，几乎屏住了呼吸。铁蛋把鞋拾起，迅速穿好，从第一集团的最后一名，奋力向前追赶。

很快就赶上一名运动员，接着又赶上另一名运动员。现场观众情绪激动了，广播员也激动起来："同学们，陈铁蛋同学正一个一个地追赶，我们为他加油。"到最后半圈，从弯道进入直道时，铁蛋全力冲刺，终于第二个到达终点。当铁蛋冲过终点，全场响起热烈的掌声，几乎所有的人都相信，如果铁蛋的鞋不掉，铁蛋一定能拿到第一名。

在这次田径运动会上，铁蛋引起了刘晓岚的注意。

刘晓岚来自江苏省常州市，父亲是市农业局一名技术人员，母亲则是在市血防站工作。刘晓岚出生于1958年，比铁蛋小一岁，1976年高中毕业，去农村不到半年就回家待业。在1978年的高考中脱颖而出，考入上海医学院。

铁蛋1500米没有拿到名次，她为铁蛋打抱不平，她找到组委会，要求更改成绩。第三天的3000米比赛，刘晓岚早早来到比赛场地，为铁蛋加油。在观看比赛过程中，她的心是随着比赛的进程而跌宕起伏。当铁蛋的鞋掉了，她的心一下被揪起来。随着铁蛋一点一点的追上去，她的心也一点一点地放下来。最后一圈时，刘晓岚站起来为铁蛋加油。

6月下旬的一个星期天上午，铁蛋早早地来到校图书馆期刊阅览室。学生来阅览室，一是来看杂志，更多的是找个安静的地方看书。

今天铁蛋找到一篇文章，是关于人大腿肌肉中红肌和白肌比率的文章。白肌爆发力强，红肌耐久性好。文章最后说：白肌比率高的运动员，适合短跑。铁蛋马上想到，如果在选拔运动员时，能否对他们的肌肉做一检测，就可以更好地发挥运动员的特长。正当铁蛋想到这些问题时，刘晓岚悄悄坐到铁蛋旁边。

刘晓岚把书轻轻地往桌子上一放，把铁蛋的思绪给拉了回来。铁蛋一看是刘晓岚站在他身边，本能站起来。

"刘、刘晓岚，你好！"铁蛋有些紧张。

"喂，坐下，坐下。"刘晓岚笑着说道，"陈铁蛋，你看得那么入神，你能告诉我你在看什么吗？"

"当然可以。"接着铁蛋就把杂志上关于白肌和红肌的特点，以及联想到在选拔运动员时，要做肌肉测定的想法告诉刘晓岚。

"陈铁蛋，你这些想法从哪里来的，真叫人佩服。"刘晓岚惊讶铁蛋的思想。

"只是随便瞎想想。"听到女同学的夸奖，铁蛋觉得不好意思。

从 7 月 10 日起开始考试。考完试后铁蛋立即回家帮助父母做农活。晚上在屋外纳凉时，铁蛋给家人讲学校的事、上海的事。虽然铁蛋父母没有走出过铜怀县，但儿子能到中国最大城市上海读书，比他们自己去还要高兴。

今年的农作物生长良好，陈家村的村民脸上挂满了笑容。铁蛋在上海读书一年了，现在回头看看家乡，虽然吃饱不成问题，但农民们仍然贫穷。铁蛋心里在算，即使从年初到年末，风调雨顺，天遂人愿，所有的农作物生长良好，一年到头，人均净收入不过几百元。

第 7 章　巧学习

8 月31 日，铁蛋和寝室其他同学几乎在同一天回到学校。生理学和生物化学是新学期最重要的两门课。生理学、生物化学和解剖学构成现代医学的基础。

生物化学首先是学习组成人体蛋白质的 20 种氨基酸。老师要求学生记住这 20 种氨基酸的结构和生化特点。就在同学们普遍反映生物化学难学时，铁蛋找到学习氨基酸生化特性的小窍门，使生物化学学习变得容易。

一天下午，上完课后，同学们陆续离开教室。

"刘晓岚，走吧。"肖腊梅叫刘晓岚一起回寝室。

"你先回去吧，我过会儿。"刘晓岚答道。

待教室里的人走得差不多了，刘晓岚来到铁蛋的桌旁，坐下。

"刘晓岚，你好。"看到刘晓岚坐在自己身

旁，铁蛋主动打招呼。现在铁蛋和女同学交往，比以前要从容多了。

"陈铁蛋，记氨基酸有什么窍门吗？"刘晓岚请教铁蛋。

"记氨基酸有什么窍门？说实话，我倒真发现一个小窍门，你只需要记住赖、精、组即可。赖指的是赖氨酸，精指的是精氨酸，组指的是组氨酸。"

"赖、精、组，"刘晓岚慢慢咀嚼，突然豁然开朗，说道，"陈铁蛋你真聪明，我怎么没想到？！"

星期天一大早，刘晓岚拿着书，向教室走去。接近教室时，她突然想到铁蛋，心想铁蛋这时可能在图书馆。于是，刘晓岚改变了方向，向图书馆走去。一进期刊阅览室，刘晓岚的眼光本能地扫向上次遇见铁蛋的地方，铁蛋果真坐在上次那个位子。

说起也奇怪，平常一向落落大方的刘晓岚，这次走到铁蛋面前，心脏竟然怦怦乱跳起来。她站在铁蛋座位旁，努力使自己镇定，小声对铁蛋说："看什么书呢？"

"《生物化学》。是美国人怀特写的。"

刘晓岚在铁蛋旁边坐下，问铁蛋："陈铁蛋，这本书和我们教材相比有什么不同吗？"

铁蛋最喜欢别人问这种问题，也最喜欢回答这些问题。由于图书馆刚开门，座位周围又没人，铁蛋就毫无顾忌地讲起来。

"其实，我们的生物化学教材中讲的生命化学反应、代谢原理和这本书一样。只是缺少一些启发性和趣味性。"

刘晓岚没有插话，静静地听着。铁蛋继续说："我们平日吃的肉主要成分是蛋白质。蛋白质在人体内经化学代谢，分解成氨基酸。氨基酸一部分作为能量，另一部分参加人体蛋白质合成，合成人体所需的各种蛋白质。"

"嗯。"刘晓岚点头道。

"但你想过没有，我们不论是吃猪肉，还是吃牛肉，结果长出来的全是人肉。"铁蛋开始讲他的发现。

"我没往这方面想过。"刘晓岚说的是实话，因为医学生课多，学生们穷于对付。其实这些问题，只要有高人稍微点拨一下，就知道了。往往天才和普通人的区别，就差这一点点。

"嘿嘿，这就是生命的奥秘。"铁蛋有些得意。

"喂，陈铁蛋，今天卖起关子啦？"

"不是卖关子，只是说实话。我在上学期看了一篇文章，叫作'人就是机器'，作者把人和机器在功能以及结构上作一类比，机器由很多零件组成，每个零件有着自己的作用，各种零件相互配合，完成特定的功能。机器有磨损，就像人衰老一样。"

刘晓岚从未思考过这类问题，她认真听铁蛋讲。

"上学期，我们在寝室曾讨论过作者的观点。当时，大家争论挺激烈的。如果你现在问人是不是机器，我肯定说不是。"

"为什么？"刘晓岚问道。

"机器虽然由多个零件组成，完成某个功能，但人具有机器的一切功能，而且人比机器要高级复杂得多。"讲到这里铁蛋瞅了刘晓岚一眼，看到刘晓岚专心致志听他讲，自信心瞬间大增。

"人有非常复杂、完善的体液和神经调节系统，高度自动化。任何机器自动化程度都不会超过人。另外，也许是最重要的就是人有一定自我修复能力。"

刘晓岚开始对这位相貌平平，来自农村的男同学有些崇拜和发自内心的喜欢。她发现这位来自农村的男同学有着和别人不一样的脑袋，里面装着天才。

"听君一席话，胜读十年书啊。"刘晓岚感慨道。

"我只是随便瞎说说。"经刘晓岚这么一表扬，铁蛋倒有些不好意思。

"陈铁蛋，你要经常给我讲讲你这些天才的思想，可不许保守哦！"

"我哪有什么天才思想，你别拿我开心。"

"谁拿你开心，我说的可是真的哦。有人来看书了。"

那天晚上，铁蛋上床后，很久都没能入睡。

哪个少女不怀春，哪个少男不钟情，铁蛋和刘晓岚都到了谈婚论嫁的年龄，内心深处都有对爱情的渴望。但铁蛋是个学生，学校虽没有明确禁止恋爱，但绝不鼓励学生在读书期间谈恋爱。何况他来自农村，在农村和城市之间有一条看不见的鸿沟。

"刘晓岚和我就是一般同学之间的正常交往，是我自作多情。"铁蛋自己提醒自己，免得日后被别人讥笑。就这样，铁蛋硬是把对爱情的憧憬压下。

刘晓岚平日和男生相处时，分寸把握得很好，既不傲慢，也不轻浮。入学后，有不少男生向刘晓岚献殷勤。当男生向她献殷勤时，她既高兴，又有点慌张。她不想一入学就坠入情网，她要先观察观察，选一个自己满意的人。她自己万万没想到，一个家庭、长相都不起眼的陈铁蛋吸引了她。她几次试图把陈铁蛋从她心中抹去，都失败了。

系里有个传统，每年搞一次迎接新年的晚会，由二年级学生举办，一年一年往下传。去年元旦，77级学长、学姐们办了一次迎新晚会，得到系和学校领导的肯定。现在轮到78级了，78级年级组长和辅导员们当然不甘示弱，决心搞好今年的迎新晚会，并力争超过上一届。

为了搞好这次晚会，年级首先召开班干部会议，然后召开年级大会。在星期六下午的年级大会上，年级组长吴志明作了动员报告，主要内容如下：

1. 系和年级领导非常重视这次迎新晚会；

2. 这次晚会不能比77级办的差，同时又要给79级的学生做个榜样；

3. 每个班至少要报6个节目；

4. 希望广大同学积极报名；

5.晚会结束后，我们将认真总结、评比，并作为年终先进个人评比的重要条件之一。

年级组长吴志明一口气把1、2、3、4、5讲完，给人感觉志在必得。

在78级学生中，有不少人是文艺积极分子或文艺骨干，在每个班找出几个能唱会跳的人不难。刘晓岚在中学期间，就是校文艺宣传队的成员，排演过一些节目，如《白毛女》《沙家浜》等。故董敏芝抓住刘晓岚不放，一定要她参加这次的迎新晚会。最初刘晓岚没答应，她担心自己的水平。

"系里办的晚会吗，对我们来说最重要是参与。只要站在台上，就行了。"董敏芝给刘晓岚减压。

"咱们刘晓岚这么漂亮，往台上一站，台下的男生哪个不是睁大眼睛啊！"李丽华说道。

肖腊梅应声附和道："那是肯定的啰。"

刘晓岚被董敏芝逼得没办法，只好答应参加，并选《沙家浜》中的《智斗》作为参演节目。刘晓岚答应参加文艺演出，董敏芝满心欢喜，完成了一项任务。

"那刁德一和胡传魁谁来演？嗯，我去找何立勇，叫他确定人选。"刚说完，董敏芝立即转口说，"刘晓岚你看谁演这两个人比较合适？"

刘晓岚正等着董敏芝问这话。此时，刘晓岚心里已有人选，她想让铁蛋演刁德一。

"陈铁蛋跑步可以，演戏他行吗？以前，他演过吗？"李丽华小心提醒。

"是啊。刘晓岚，搭档也很重要。"董敏芝也提醒刘晓岚。

"好像听说他演过《沙家浜》。"刘晓岚心里清楚演刁德一唱腔不难，一般人都能胜任。现在的问题是她没有和铁蛋商量，她必须在董敏芝或何立勇通知铁蛋之前，先和铁蛋商量。想到这里，刘晓岚立即找个借口，离开寝室。

还没到铁蛋寝室，正好遇上铁蛋从锅炉房打开水回来，右手拎了三个水瓶，左手拎两个。刘晓岚迎上去，说道："陈铁蛋，我在楼下等你。"

"好的，我马上就下来。"以前，刘晓岚单独和他谈话都是在图书馆或教室。这次刘晓岚来寝室找他，又很急，让铁蛋丈二和尚摸不着头脑。铁蛋把热水瓶放好，就咚咚地迅速从寝室跑到楼下。

晚饭前，是学生宿舍楼人最多的时候。铁蛋和刘晓岚并肩走着，引起不少同学注意，特别是同班男生的注意。

"铁蛋，呵呵。"王小强俏皮地和铁蛋打招呼，把铁蛋弄得很尴尬。刘晓岚努力使自己镇静，说道："陈铁蛋，我想和你商量一件事。"

"什么事？"

"学校不是要求我们年级办迎新晚会吗？"

"是啊。"

"董敏芝硬磨死缠非要我演个节目不可。"

"那好啊。"

"我是被她逼得没办法，才答应的。我想请你给我帮个忙。"

"没问题。你说吧，什么事？"

"我想让你和我一起演。"说完这句话，刘晓岚偷看铁蛋一眼。

"这，这，这不行。"铁蛋一听急了，"我从来就没演过戏。"

"《沙家浜》，你知道吗？"

"当然知道，而且很熟。"

"演《智斗》这场戏，需要三个人。我初步设想是我演阿庆嫂，你演刁德一，然后再找个人演胡司令。"

《智斗》这场戏是沙家浜中最精彩的一段。铁蛋略沉思一会儿，回忆刁德一在戏中所做的动作和唱词。

刘晓岚看铁蛋没有反对，接着说："这个戏主要是我演，你站在我旁边就行了。你不是说愿给我帮忙吗？怎么这么简单的事，却不肯答应。"

"刁德一不只是站着，还要唱的。"

"就那几句话，很简单，你唱没任何问题。"

"那我就试试看，但心里一点儿底也没有。"

"什么底不底的，你肯定行。"

第二天晚上睡觉前，何立勇在寝室说："这次文艺晚会，我们组报了一个节目，是沙家浜中的《智斗》。铁蛋，这回就看你的了。"

同学们都知道刘晓岚、陈铁蛋，还有另外一个组的洪兵，三个人演《智斗》。

"看我什么啊？这是乱点鸳鸯谱。"铁蛋说道。

"喂，这可不是乱点鸳鸯谱。你可是刘晓岚钦点的，千万不要辜负人家一番苦心啊。"王小强说道。

"是不是刘晓岚看上你了？"郭建国俏皮说道。

"我看像。"王小强附和道。

"扯到哪里去了。你们这些人架子大，人家请不动。"

"喂，铁蛋，我可要提醒你，想演刁德一的人可不少，这些人可没安好心哟！"何立勇这么一说，立即引起一阵笑声。

迎新晚会的时间定在 12 月 31 日晚 7:00。现在是 12 月 10 日，只有三个星期时间。刘晓岚提出每两天排练一次，被铁蛋讨价还价为三天排练一次。好在三人能把戏中的台词背得滚瓜烂熟。

第一次排练地点是在年级办公室，三个人从头到尾认真唱了一遍。铁蛋不知看了多少遍《沙家浜》，听过多少遍《智斗》，但从来没有注意《智斗》有什么特别之处。今天自己参与《智斗》演出，发现这场戏还真是"智斗"。

"陈铁蛋，唱'这个女人那'的时候，你要把'女'字拖长一些，声音从喉咙深部发出。要把刁德一多疑、狡猾，同时阴阳怪气的特点表现出来。"刘晓岚指导铁蛋演唱。

"好的。"铁蛋按照刘晓岚的要求，想象戏中人物的形态和思想，又唱了一遍。

"不错，有进步。"刘晓岚及时给予鼓励。

12月27日年级进行节目彩排。董敏芝不知从哪里搞来三套演出服，铁蛋穿的是一件旧军装，刘晓岚的服装几乎和戏中的服装一模一样。三人穿上演出服，往那里一站，还真像那么回事，三人相视，互相笑了。

"穿上演出服，我们就要像正式演出一样了。仅仅唱得好是不够的，还要有表情和动作。"刘晓岚对铁蛋和洪兵嘱咐道。

锣鼓和京胡奏起前奏，刘晓岚、铁蛋、洪兵三人摆好姿势，演出开始。

"胡司令。"刘晓岚像个专业演员一样，开始演出。

"阿庆嫂。"胡司令摇晃着大脑袋。

"垒起七星灶，铜壶煮三江……"刘晓岚一边唱，一边在舞台走动，一招一式就像个专业演员，把阿庆嫂的机智、聪明以及胆略表现得淋漓尽致。铁蛋在一旁看得发呆，竟忘了自己是演员。

铁蛋应该在刘晓岚唱腔快结束时，就摆动身体做姿势，待刘晓岚一唱完，立即向前迈一步，开唱。刘晓岚从余光中看到铁蛋愣愣地看着自己，觉得又可气又可爱。她一个劲儿向铁蛋使眼色，可铁蛋一点儿反应也没有。急得董敏芝大声对铁蛋喊道："陈铁蛋，陈铁蛋，你怎么开小差？"

听到董敏芝喊自己的名字，铁蛋立即反应过来，并迅速恢复到常态。铁蛋向前一步，手一摆，头一晃，唱起来。

"这个女人哪，不平凡。"铁蛋挺胸收腹，用足了力气，硬是将声音从气管中挤压出来。那声调，那神态，和电影中的刁德一还真像。年级组长、辅导员和董敏芝紧锁的眉头，舒展开了。

彩排结束后，铁蛋对刘晓岚说："对不起，我走神了。"

"你今天表现不错，比我想象得要好。"刘晓岚没有批评铁蛋。

听到刘晓岚说："比我想象得要好"，铁蛋如释重负。

迎新晚会上，《智斗》演出成功，刘晓岚光彩照人，胡司令的憨厚引起台下大笑，铁蛋表现则中规中矩。

"铁蛋你是去教室，还是打算去图书馆？"星期天早晨刘晓岚从食堂回寝室，迎面遇上准备去看书的铁蛋。

"去教室。"

"那你帮我占个位置。"

"好的。"

铁蛋在教室的最后一排，找了一个位置，把书放在旁边一个空位子上，表示这个位子已有主人了。

不到10分钟，教室的位子，被学生填满。约半个小时后，刘晓岚来到教室，走到铁蛋旁边，轻声对铁蛋说声："谢谢。"就专心看书了。

刘晓岚在专心看书，而铁蛋的心则在七上八下乱跳，虽然眼睛还在书上，却没看进一个字。铁蛋仿佛感到全教室的人都朝他看来，弄得铁蛋双颊绯红。他坐在那儿一动也不敢动，生怕碰到刘晓岚身体。这个上午对铁蛋简直就是煎熬。

大约在10点钟，坐在铁蛋前面6排的潘永军去了一趟卫生间。在他返回座位时，他惊讶地看见刘晓岚和铁蛋坐在一起，竟然一时忘记坐下。

教室很安静，只有"哗、哗"翻书的声音。刘晓岚注意到了，今天铁蛋翻书的声音最少。到了11点，陆续有同学离开教室。刘晓岚还在认真地看书，并不时用笔在书的空白之处写下几个字，一点儿离开的意思也没有。这可急坏了想出去透透气的铁蛋。如果身旁坐的不是刘晓岚，铁蛋早就说了："对不起，请让一下。"

大约在11点20分，潘永军起身离开座位，他本想回头看铁蛋和刘晓岚，但只是低着头，快步走出教室。

教室里的人越来越少，刘晓岚合起书，转过脸对铁蛋说："铁蛋，复习得怎样了？"

"看完了。"铁蛋连忙回答。

"那我们去食堂吃饭吧。"

"不，我忘了带饭菜票，我回寝室去拿。"

"我这有啊。"

"不，我饭碗也在寝室，必须得回寝室。"

"好吧，那我就先去吃饭了。"

这个上午，铁蛋经历了从来没有过的紧张，而且这个紧张影响到他的呼吸，弄得他有点儿透不过气。铁蛋回到寝室躺在床上，慢慢地从紧张、僵硬中恢复过来。他估摸着刘晓岚应该吃完饭回寝室了，才去食堂。

由于是周末，待铁蛋到食堂时，已没几个人，食堂师傅们正准备收拾打烊。铁蛋随便要了点剩饭剩菜，胡乱吃了几口，就离开了食堂。回到寝室，铁蛋的心还是很乱。他从来没有这样的经历，他站也不是，坐也不是，心绪就像舞台变幻的灯光，一会儿东，一会儿西，一会儿暗，一会儿明。他需要安静，让纷飞杂乱的思绪回到正常轨道。

铁蛋一改往常吃完饭后，就去教室或图书馆看书的习惯。这次，他躺在床上，眼睛直愣愣地、发呆地看着天花板。他的思绪又回到教室，他仿佛看见教室里的同学，把目光全部投向他和刘晓岚。铁蛋又似乎听到同学们窃窃私语的议论声。

"铁蛋这小子，真不赖，居然把刘晓岚搞到手。"

"嘿，这假戏还真做了。"

"没什么，一毕业就分手了。"

"一个从农村来的穷光蛋，这是癞蛤蟆想吃天鹅肉。"

"他们俩还真般配。"

各种声音充斥着铁蛋的耳朵。

同学们的议论声慢慢地退下去了，取而代之的是刘晓岚的身影。刘晓岚是那么的漂亮、聪明、温柔，一举一动都是无可挑剔的。铁蛋越想越开心，越想越入神，幸福和喜悦洋溢在铁蛋的脸上。自己喜欢刘晓岚，但对方是否也是喜欢自己呢？对此，铁蛋心里没数。刘晓岚是城里姑娘，或许只是大方一点儿，根本没有到达男女之情那一步。

下午3点钟，陆恩源左手一个包，右手一个袋，从四川北路回来。当陆恩源看到铁蛋躺在床上，有些惊讶。因为铁蛋是班上学习最用功的同学，把这么好的学习时间浪费在床上，多少有些反常。

他放下东西，走近铁蛋，关切地问："铁蛋，身体没什么不舒服吧？"

"没有，身体很好。"

"身体好就好，我去教室看书了。"陆恩源是这个小组唯一做父亲的人，平时话不多，对小组内同学之间的恩恩怨怨也很少关心。

陆恩源走后，铁蛋起身，拿一本书和一个笔记本去图书馆。在图书馆，铁蛋思绪仍然有些乱，注意力不能集中。晚上，铁蛋一直到图书馆关门才离开。

"各位请安静，我给大家报告一个重大新闻。"铁蛋正准备推开寝室门，只听见潘永军在说："今天上午，我看见铁蛋和刘晓岚坐在一起，两人的关系绝对不一般。"

"我以为是什么重大新闻呢，坐在一起有什么了不起，今天下午也有个女生坐在我旁边。"郭建国有些酸溜溜地说道。

"怪不得，我今天下午从街上回来，看到铁蛋躺在床上，我还担心铁蛋是否生病了。"陆恩源说道。

"铁蛋身体好得很，我看是心病。"孙邵东说道。

"兄弟们，特别是孙邵东、潘永军，你们平时咋咋呼呼地评价这个女生怎样、那个女生怎样，见到女生就献殷勤，结果一个也没有敲定。瞧瞧人家铁蛋，一声不响地就把刘晓岚搞到手了。"王小强开始起劲儿了。

郭建国反驳道："两人若仅仅是因为坐在一起，就一个上午时间，就说是敲定了，哪有那么容易的事。"

"现在看来，铁蛋有新动向啊。"组长何立勇说道，"铁蛋比较老实，我们可要帮助他。"

"班长同志，到底是谁帮助谁啊？铁蛋这小子有福，兴许俩人在散步呢。"孙邵东参与进来。

"不可能。"郭建国立即反驳道，"这么晚了，谁还去散步。"

"今晚我出来的时候，看到刘晓岚还坐在上午那个位子上，铁蛋好像不在教室。"潘永军说道。

"得啦，这有什么好议论的，一个大姑娘，一个大小伙子，两人坐在一起，很正常。"作为过来人陆恩源对这事显得特别的宽容。

铁蛋站在门口，听着这些议论，脸上红一阵，白一阵。他本想离开，待他们议论结束再进寝室，或待室友睡着后再进寝室。正在这时，邻室的一个同学从外面回来，对站在门口的铁蛋说："铁蛋，怎么啦？忘带钥匙啦？"

"哦，我正在拿钥匙。"铁蛋的手装模作样地在裤子口袋摸索着。

铁蛋打开门，装作若无其事的样子进了寝室，寝室又炸开锅了。

"铁蛋，感觉如何？"王小强坏笑道。

"感觉？什么感觉？"铁蛋故作糊涂说道。

"老实人也装糊涂了。"潘永军说，"我今天上午可是亲眼看到你和刘晓岚坐在最后一排，好羡慕啊。"

"那纯属巧合！"铁蛋没有说是刘晓岚叫他占座位。

"在一起就是在一起，不要不承认，你小子真不赖啊！"郭建国也掺和进来。

"喂，大家听着，铁蛋和刘晓岚都是咱们小组的，肥水不流外人田。铁蛋，你要好好努力，追求刘晓岚的人不少啊。"何立勇鼓励铁蛋恋爱。

"姜还是老的辣啊！我怎么就一点儿看不出来？"王小强说道。

"好了，好了，这么大岁数的人了，谈个恋爱很正常，睡觉吧！"老大哥陆恩源发话了。

铁蛋在阅览室看书，准备第二天的生物化学考试，这学期最后一门考试。铁蛋早已把教材的内容背得滚瓜烂熟，今天看书，只是考试前的习惯而已。这时，王小强走到铁蛋身边，凑到铁蛋耳前，轻声说："刘晓岚在门口等你。"

"去，去。"铁蛋头也没抬，朝王小强挥挥手，示意王小强不要捣乱。

"不是和你开玩笑。她的确在门口等你。"

"别瞎扯，好好看书，明天就要考试了。"铁蛋心想，刘晓岚若有什么事，根本用不着叫王小强来传话。

"铁蛋，是刘晓岚的哥哥，刘家成。"

"刘家成？他在哪儿？"

"就在门口。"

虽然有两年多未见面，刘家成还是和离开陈家村时一样，清瘦的脸庞，和善的眼睛透出微笑。

"你什么时候回上海的？"铁蛋问刘家成。

"昨天。你复习得怎样了？"

"早就看好了，只是大家都在看书，自己不好意思不看书。"

"这里讲话不方便，到我家去坐坐。"

刘家成家在离学校不远的医院职工宿舍。职工宿舍是六层楼的建筑，每户都是两室一厅的房子。刘家成家在四楼，两个房间不大，厅则更小，不足10平方米，贴墙角放了一张桌子。厨房在进门的过道上。七八十年代，是上海住房最困难、最紧张的时期。男青年只要有一间房，就能结婚。

刘家成从铁蛋的眼神中看出了铁蛋的惊讶。于是刘家成说道："在上海很多人家五六口人，挤在一个房间。年轻夫妻在睡觉时拉一块布帘和家人分开，实在是没办法。我有自己单独一个房间，已很不错了。"在上海医学院一些知名的老教授，有的已是三代同堂，还住在两室一厅的房子里。在铁蛋心目中，上海大医院的医生应该是穿着整齐，打着领带，住着宽敞明亮的大房子。

"是啊，上海人实在是太多，能有个房子就不错了。"铁蛋说道。

"你在上海生活怎么样？"刘家成问铁蛋。

"我在这里很好。8个人一个寝室。我的时间基本上是在教室或阅览室里度过的，寝室只是睡觉而已。"

"市中心去过没有？"

"外滩、南京路都逛过。北京怎样？"铁蛋很想知道北京怎样，进北京大学读书曾经是铁蛋的梦想。

"我刚开始去的时候，不怎么喜欢北京，后来慢慢喜欢了。"

"怎么慢慢喜欢了？"铁蛋好奇问道。

"首先，北京的冬天要比上海好过。北京虽然温度低，但是干冷，感觉不到冷。上海以及全国南方地区是湿冷，冷得往骨头里钻。"铁蛋第一次听到"干冷"和"湿冷"。

刘家成接着说，"北京虽冷，但室内有暖气，在房间里用不着穿很厚的衣服。我们有些南方来的同学，到冬天都不愿回家。"

"北京真是个好地方，怪不得皇帝都喜欢住北京。我小时候的理想就是考上北京大学，只可惜我没有考上。"

"上海医学院也很不错，在全国可是个数一数二的医学院校。每个学科的教授在全国不是老大就是老二。"

"是的。"铁蛋点头同意。

"北大是综合性大学，理科和文科都很强。老师和学生的思想很活跃，大家经常讨论一些历史、人生和国家发展的事情。"

在铁蛋心中，北京大学是个神圣了不起的地方。北京大学是五四运动和中国新文化的发源地，从北京大学走出了中国共产党最早一批领导人，喊出了"民主、自由、科学"的口号。所创办的"新青年"杂志对中国文学、法律，以及中国社会历史进程，都产生极其深刻的影响。

"我们每天的课安排得满满的，根本没有时间看课外的书。"铁蛋有些抱怨地说道。

"经常有外国教授来北大讲课。"

"学生可以去听吗？"听到有外国教授来讲课，铁蛋精神为之一振。

"当然可以去。"刘家成继续说道，"若有外国教授来讲课，学校或系里会在布告栏贴出通知。"

"讲中文，还是讲英语？"铁蛋问刘家成。

"讲英语，但有人翻译。"刘家成继续说道："只要有我这个专业的外国教授来讲课，我都去听。一是练练英语听力，二是了解物理学最新进展。"

"那你的英语一定很好。"

"我只是能听懂一些。我爸妈英语比我要好得多。"刘家成接着说："其实英语是最好学的。只要你下定决心去学，就一定能学好。"

"我在英语上花的时间不多，以后要多花些时间。"铁蛋坦率地说着。

"在北大，想出国的学生很多。出去读研究生，或在实验室工作，不但能学到知识，而且能挣很多钱。"

刘家成见铁蛋听得认真，于是继续讲下去。

"北大学生，热衷学英语，每次外国教授来讲课，总有学生索要外国教授的地址，然后写信给他们，要求到外国教授实验室做实验或申请读研究生。"

"那你也准备出去吗？"铁蛋问刘家成。

"我有个姑姑在美国。两个月前，和我家联系上，叫我们全家去美国。"

刘家成父亲和母亲都有在海外的亲戚，而铁蛋家亲戚就在陈家村方圆几十里。

"那你们什么时候走？"

"我爸妈快五十岁的人了，这些天正忙着晋升正高。他们希望我出去。我想等到大学毕业后再去美国。"

挂在墙上的钟，敲响了 4 点半的时间。铁蛋觉得时间不早，该走了。于是铁蛋对刘家成说："今天听了你的话，很受启发。时间不早了，我该回去了。"

"今晚我父母不回家吃饭。我们自己随便做一点儿。"

"到学校食堂怎样？看看上医食堂和北大食堂哪个更好。"

"那好吧。"刘家成接受铁蛋的建议。他从房间拿出两大包北京的特产：果脯和什锦，送给铁蛋。在刘家成的一再坚持下，铁蛋只好收下。

"食堂的饭菜，你吃得惯吗？"刘家成关心地问铁蛋。

"吃得惯。你们学校食堂怎样？"

"北京什么都好，就是米饭少，得经常吃面食。不过，最近中餐和晚餐都有米饭的供应了。"

"那伙食就没问题了。"铁蛋说道。

"铁蛋，你要好好学习英语，争取也出国一趟。趁现在大家没有意识到这一点，你抢先一步，走在别人前面。如果我到美国，我也可以帮你联系出国。"

"好的，那太谢谢你了。"

第二天上午考完生化后，铁蛋和王小强、郭建国 3 人一起去南京路购物。说是购物，也只是挑几件便宜的上海东西，比如糖果、五香豆等，带回家送人。

第 8 章　恋 爱

　　这次寒假回到家，铁蛋常常陷入沉思之中。铁蛋常回想他和刘晓岚在一起的时光。铁蛋有时也在想刘晓岚这时在做什么，刘晓岚有没有把他们的关系告诉她的父母。想到这里，铁蛋自己笑了。到目前为止，他和刘晓岚只是普通同学关系。初恋带给铁蛋的既有甜蜜，又有折磨。

　　母亲似乎注意到儿子这些微小的变化，她猜想儿子是否有了心上人。

　　一天中饭后，家里只剩下铁蛋和母亲。

　　"孩子啊，你有没有相好的？"铁蛋母亲十分谨慎地问铁蛋。

　　"没有。学校有规定，读书期间，不准谈恋爱。"

　　"对！学生就是要专心学习。"

　　和铁蛋一样，刘晓岚也是心神不定，铁蛋常常萦绕在她心头，她承认自己喜欢上了铁蛋，铁蛋在人品和学业上是优秀的。但想到毕业分配，刘晓岚犹豫了。她不知道将来两人能否在同一家医院或是在同一个城市工作，她担心自己的恋爱会不会以毕业而结束。她干脆对自己说："不想这事了，专心学习吧，等将来工作再说。"可话刚说完，铁蛋的身影又窜出来。

爱情是那么美好，那么令人神往。铁蛋和刘晓岚正在爱情的大门前徘徊，现在他们俩试图用学习和将来的分配来强压制住纯洁的爱情，但是没有成功。每当有情侣从自己身旁走过，爱情之火立即在他们心中熊熊燃起来。

自从提出实践是检验真理的唯一标准后，文艺界涌现出一批关于知青、知识分子的文学和电影作品。文学和电影开始关心人性，歌曲呈现出一些轻松愉快、向往美好生活和爱情的元素内容。人们敢于表达对爱情的向往和对美好生活的追求。

学校放了两部新电影，是在风格、题材上完全不同于"文革"时期的电影。一部是《小花》，另一部是《庐山恋》。这两部电影在学校大礼堂放映了两天，场场都是爆满。

铁蛋一向对电影不感兴趣，之前那些电影，在他心中留下了太深的烙印。《庐山恋》，还是王小强和潘永军拉着他看的。

"铁蛋，别去看书了，我们一起去看电影吧。"潘永军叫铁蛋一同看电影。

"电影有什么好看的。"铁蛋随口答道。

"铁蛋，现在电影和之前的电影不一样了。"王小强说："我姐姐来信说，她班上有位同学看了三遍《庐山恋》。《庐山恋》非常好看，值得一看。"

"哪有那么好看的电影？"铁蛋半信半疑。

"铁蛋兄，这可是一部爱情影片啊。嘿，电影中还有亲嘴呢。"潘永军故意逗铁蛋。

"你听谁说的？"铁蛋长这么大还真没有看过亲嘴。

"走吧，走吧，铁蛋，我来请客。"王小强连拉带推，把铁蛋拉到学校大礼堂，看《庐山恋》。

铁蛋上次看电影还是在初三第一学期，学校集体组织的，电影是《红灯记》。再往前，是在学校操场上看的《智取威虎山》。看《红灯记》每人交 5 分钱。《智取威虎山》是露天放的，免费。这次看电影是 2 毛钱，铁蛋有点儿心痛。

《庐山恋》一开始就展示庐山漂亮的自然风光。早晨，太阳从山顶升起，穿过树林的缝隙，把金色的光洒在松软的青草地上。青草以及灌木叶上的晶莹水珠，在阳光照耀下，熠熠闪着光。翠绿的树林，清澈见底的小溪，大小不等的瀑布，鬼斧神工的石头，大自然是那么美丽。影片中的女主角，一个 20 多岁美丽活泼的姑娘，穿着各种漂亮的衣服，与美丽的庐山互相映衬。

过去，银幕上人物的衣着永远是灰色，语言永远是那种单调、枯燥口号式语言。而《庐山恋》男女主人公的对话，紧紧扣住电影院内少男少女的心，无数头小鹿在心中乱跳。特别是当男女青年在热恋时，轻轻一吻，冲破了人性的压抑。年轻人敢于表达爱，敢于追求自己的幸福。中国人的感情像决堤的洪水，汹涌不可阻挡。受电影的感染，校园里恋爱人数成倍增加。

《庐山恋》在铁蛋心中掀起巨大波浪，激发起铁蛋对爱的渴望。就在铁蛋憧憬甜蜜爱情的时候，他在想另一个问题。年轻人为什么向往爱情，爱情是从哪里来的？要明白爱情从哪来的，首先要搞清楚人是怎么产生的。铁蛋查阅了大量的资料，最后在传说中，找到似是而非的答案。关于人的起源，中国有两种说法，一则是"盘古开天辟地"，另一个是"女娲补天造人"。在这两个传说中，只是讲了人是怎么来的，没有讲爱情是怎样产生的。进化论也只讲了人是从猴子变来的，也没有说明男女为什么会相爱，而且爱得死去活来。

偶尔一天，铁蛋在一则希腊神话中，找出满意的答案。这个希腊神话的大意是：很早以前，在地球上有一种有四条腿，四只胳膊，两个脑袋叫作人的动物。人不但力大无穷，而且又极其聪明，在地球上横行霸道，令天上的诸神很是伤脑筋。为了解决这个问题，神用刀将人从中间劈开，一分为二。人从原先的四条腿，四只胳膊和两个头的巨人，变成只有两条腿、两只胳膊和一个头的现代人。从此，人的能力就大大地减弱。为了获得能力，人就拼命地寻找自己的另一半。找到后，两人就结为夫妻。铁蛋认为这个解释最好，它既回答了人的起源，又解释了人为什么要恋爱、结婚，因为他们原本就是一体的。

　　这则希腊神话给了铁蛋极大的鼓励。他认为年轻人追求爱情是天经地义的，是追求生命的另一半，是人性本能所使然。一个没有爱情的人生必定是不完整、不美好的人生。

　　这些天来，刘晓岚的心也像翻江倒海一般。她不但看了电影《庐山恋》，还看了电影《小花》。电影《小花》的插曲《绒花》中的歌词："世上有朵美丽的花，那是青春吐芳华"，歌颂年轻人花样的年华，青春的美丽。学校广播站，每天播放这首歌曲，学生们跟在后面唱，歌唱自己的青春。

　　在此期间，以及以后的岁月，一大批歌唱自然、歌唱青春的抒情、优美歌曲，如雨后春笋般出现在神州大地上。代表的歌曲有《林中的小路》《军港之夜》《太阳岛上》《祝酒歌》《年轻的朋友来相会》。还有一批之前的优秀经典歌曲，如《在那遥远的地方》《花儿为什么这样红》《草原之夜》等，在大江南北广为传唱。经历了物质匮乏、人性备受压抑摧残的年代，20世纪80年代初产生的婉转轻唱、歌颂青春、歌颂美好生活的歌曲，慰藉了无数渴望滋润的心灵。

　　和歌曲、电影的创作一样，80年代也涌现一批优秀的小说，如《班主任》《伤痕》《人生》和《蹉跎岁月》等。和铁蛋爱钻牛角尖、刨根问底不一样，刘晓岚喜欢文学作品故事情节，关心文学作品中的主人公的命运。当她看到主人公悲惨遭遇时，会情不自禁地流下眼泪。她为他们逝去的青春、逝去的宝贵人生年华流泪。俗话说："物以类聚，人以群分"，和铁蛋一样，刘晓岚也是个富有怜悯心的人。她庆幸自己出生较晚，上了高中，到农村只有半年时间，最后还考上了大学。她为那些只读了初中，就离开父母，从大城市到遥远的边疆的知识青年惋惜。这些人不但青春年华逝去，有的还落下一身疾病，身体和心灵遭受抹不去的创伤。

一个星期六的下午，教室里没几个同学在看书。灿烂的阳光透过窗户，照射在教室的桌子和地面上。铁蛋坐在倒数第三排的位子，后面的同学已离开教室，刘晓岚看准这个机会，走到铁蛋的身边。

"铁蛋。"刘晓岚轻声叫了铁蛋一声。

平时女同学一律叫铁蛋为陈铁蛋，刘晓岚也是叫他陈铁蛋。这次，刘晓岚轻声叫一声铁蛋，使铁蛋受宠若惊。

"陈铁蛋，你最近有什么新发现，同我来分享一下。"刘晓岚发现铁蛋有些紧张，看来铁蛋承受不了这亲昵的称呼，又改用陈铁蛋。

现在刘晓岚主动接近铁蛋，正是铁蛋梦寐以求的。但铁蛋一和女同学交往，就不由自主地紧张。铁蛋对自己说："铁蛋啊铁蛋，你怎么这么没出息，你不是天天在想着刘晓岚吗？你不是在为自己暗恋刘晓岚找理论依据吗？现在，人家主动和你说话，你怎么不知所措了呢？！"

铁蛋努力使自己镇静，然后从容地对刘晓岚说："我最近倒真的有个新发现。"

"说给我听听！"

"嗯，和医学无关。"

"不管什么都可以。"

"嗯，是关于人恋爱、结婚的发现。"

听铁蛋讲在"恋爱、结婚"上有发现，刘晓岚差点儿笑出来，她眼前这个怪人时常有一些让人意想不到的思想。

"铁蛋，你真可以。讲给我听听。"

接着，铁蛋就把他最近所看的有关人的起源，爱情起源的内容，完完全全地告诉了刘晓岚。在铁蛋讲到希腊神话，男人和女人本来就是一体，互为一半时，引起了刘晓岚极大的好奇心。刘晓岚明知道是假的，心里却十分喜欢这个传说，从心底里希望或认为爱情就应该如此。

这时她脑子里闪出这样一个问题："铁蛋是不是为了谈恋爱，才看这些书的？对，很有可能！"刘晓岚灵机一动对铁蛋说，"铁蛋，我对你讲的希腊神话很感兴趣，男人和女人原本就是一个整体，就像现在夫妻一样。所以，人到一定的年龄就应该谈恋爱、结婚，是吧？"

"是的。"

刘晓岚等着铁蛋接着说下去，可是铁蛋只是说到"是的"就停下来了，陷入停顿。又过了一阵，还是刘晓岚先开口："陈铁蛋就是与别人不一样，和你交谈总是有收获。这就是我愿意和你，或者说听你说话的原因。"

有人对自己有些崇拜，或者找到个知音，无论如何是件令人高兴的事。

"其实，你比我聪明、能干得多。只是你没有把时间用在这方面。"铁蛋谦虚地说道。

"你就不用谦虚了。虽然学校用功的人也不少，但是像你这样有思想的人，我所知道的就你一个。"

"哪里，哪里。"铁蛋面对表扬有些不好意思。

"铁蛋，"刘晓岚又称呼他为铁蛋，"你能告诉我，你为什么研究人要恋爱、结婚？"

铁蛋的脸腾地全红了。这可是这个年轻小伙子心中最大的秘密啊。他陷入爱的网罗，又不知道他这样是不是正常。于是，他为他的所作所为，寻找理论依据。铁蛋毕竟是个老实人，说道："我自己这段时间老想着恋爱，我于是看书，为自己找些理由。"

刘晓岚扑哧一声笑出来，她怕声音太大，赶紧用手捂住嘴。

说出来，铁蛋倒轻松，反正是豁出去了。另外，他想刘晓岚不会把他的话到外面乱传。于是铁蛋鼓足了勇气，但还是低着头，对刘晓岚说："刘晓岚，我说出来，你可不要笑话我。这些天，我经常想着你。我也经常提醒自己要专心学习，但控制不住，于是我看书找答案，想知道自己为什么控制不住想你。"

刘晓岚十分感动，为铁蛋的真诚和可爱感动。刘晓岚的脸也有些红了，呼吸也急促了，她真想抱一下铁蛋，亲一下铁蛋。但她没有那样做，只是淡淡地，轻声地说："铁蛋，你真可爱。"铁蛋差不多恢复到正常颜色的脸，又红了。

近吃晚饭时间了，教学楼空荡荡，非常安静。落日余晖洒在学校的各个角落。铁蛋和刘晓岚一起走出教室，天是那么高、那么蓝，蓝得令人心醉。铁蛋顿觉眼前的一切变得那么美好、漂亮，好像一切都换了新装似的。

陆恩源是老三届知青，在农村插队落户期间结婚生子，妻子是当地的一位农村姑娘。何立勇在插队时期入了党，提了干，和县委书记女儿恋爱。如果不是情况有变，何立勇可能已经和县委书记的千金小姐结婚生子了。钱华贵很少说起自己的事，今年暑假，这家伙没有回家。

孙建华的情绪如变幻的天空，一会儿快乐，一会儿沮丧。后来铁蛋知道孙建华追求李丽华，被李丽华拒绝了。李丽华对别人说拒绝的原因是孙建华比她小半岁，没人知道是真还是假。肖腊梅整日忙得不亦乐乎，什么老乡、同学，来找的人特别多，连她自己都嫌烦。副班长董敏芝在校外找了对象，是她哥哥的同学，当过知青，在同济大学读书。

改革开放打碎了人们精神上的枷锁，唤醒了人性最本质的东西，人们开始敢于追求幸福，敢于表达对幸福生活的向往。学校和社会对学生谈恋爱宽容得多了，只要不妨碍别人就行了。王小强在接二连三的恋爱碰壁后，仍不停地对新的目标发起追求。

现在，铁蛋的笑声多了，步履轻快了，幸福和快乐写在脸上，洗都洗不掉。铁蛋嘴里哼着流行歌曲，晚上在寝室和同学一起议论姜昆的相声。

12月初的上海，虽说是初冬，但天气十分宜人。晴朗的夜晚，天空一碧如洗，一轮明晃晃的月亮挂在天空中，柔和银色的月光，把操场变成一个充满柔情、使人产生无限遐想的地方。按和刘晓岚约好的时间，铁蛋离开教室，来到操场的西南角。正当铁蛋沉入遐想中，刘晓岚来了，轻轻地触了一下他的手。

"铁蛋，你在想什么哪？"

"没想什么，不知为什么这里和以往不一样了。"

"这里和以往完全一样，只是你的心情……"刘晓岚没有说完。

心情好了，周围环境也变得美好。在这么一个美妙的晚上，铁蛋和刘晓岚像情侣一样，漫步于操场。

"铁蛋，月底天气就要变凉了。我给你织了件毛衣。"刘晓岚双手把用塑料袋装的毛衣递给铁蛋。

铁蛋从小到大都没穿过毛衣。在陈家村时，铁蛋看到从城里来的知青穿毛衣，非常羡慕。现在，刘晓岚亲手给他织一件毛衣，令铁蛋万分感动。

"刘晓岚，太谢谢你了。"

"铁蛋，你穿上，看看大小怎样。"

铁蛋脱下外套，穿上刘晓岚给他织的毛衣。银灰色毛衣大小正合身，式样是流行的一字领。

"转过身来，看看后面怎样。"

铁蛋穿着崭新漂亮的毛衣，人显得精神多了，少了份土气，多了份洋气。

"真漂亮，像个教授。"刘晓岚对自己的杰作十分满意。

"这毛衣真漂亮，没想到你这么能干。"

"织件毛衣有什么啊！"

"在我家乡陈家村，从来没有人穿过毛衣，更没有人会织毛衣。直到村里来了知青，我才第一次看到毛衣。"

不知觉中，时间就过了一小时。是的，任何幸福的时光转眼即逝，而苦难的日子却异常难熬。

"铁蛋，时间不早了，我们该回寝室了。"

"时间过得真快，我真想多待会儿。"

此后，两人的感情迅速升温，不再躲躲闪闪、不再避讳任何人。教室、图书馆以及食堂，常常能见到他们俩的身影。上海医学院又多了一对恋人。

1981 年元旦，铁蛋收到刘家成从北京寄来的一封信。刘家成在信中说：美国的学校已联系好，今年 8 月底去美国读研究生，每月有一千多美元的奖学金。80 年代初，美元对人民币的汇率在 9 左右，普通人月工资不足 100 元。信中，刘家成热情鼓励铁蛋好好学习英语，争取到国外深造。并列举中国现在所有的名医、名教授都有在国外学习、进修的经历。在信的结尾，刘学成祝铁蛋平安幸福。

铁蛋把刘家成的来信给刘晓岚看，现在铁蛋和刘晓岚已是你我不分了。

"我们也可以朝这个方向努力。"铁蛋说道。

"嗯，你给他回封信，说你也想出国，请他在美国给我们帮忙。"

"刘家成上次回来，就说过他会尽最大努力给我帮忙的。"

星期二上午最后一门课考结束后，刘晓岚叫铁蛋陪她去南京路买些东西。两人坐49路汽车到终点站九江路站下车，穿过江西中路来到南京东路。

刘晓岚在盛锡福帽子店给她父亲买了一顶帽子，在华联商厦（现永安百货）给她母亲买了一条银灰色的羊毛围巾。

人民公园是市中心为数不多的一块绿地，位于南京西路和西藏中路交界处。公园里则是另一番景象，舞剑的、打太极拳的、唱戏的，还有人在一块很小的水塘处钓鱼，半天也没见有鱼儿咬钩。梧桐树下，围了一群人在讲英语。原来这里是人民公园的英语角，一批英语爱好者，每个星期天来这里讲英语，结交朋友。旁边有人摆了个小地摊，卖一些工具书，如《辞海》《牛津英汉字典》等。

南京路上的人太多，刘晓岚建议从与南京路并行的汉口路走回去。在西藏中路与汉口路交汇处有座教堂，是红砖砌成的房。位于西藏路的大铁门上了一把锁，从铁门往里看，可见教堂大门上方"沐恩堂"三个大字。铁蛋真想进去，看看教堂到底是怎么一回事。铁蛋和刘晓岚沿汉口路向外滩方向走去。在路上，铁蛋对刘晓岚说：

"这次寒假，我不回去了。"

"不回家？！"刘晓岚吃惊地看着铁蛋。

"我家在农村乡下，交通很不方便，我要坐火车，先到邻县，然后坐汽车到我们县。"

"你回家一趟是够辛苦的。"刘晓岚眉头皱了皱。

"回家来回跑一趟，要用去三分之一寒假的时间，要花一个月的生活费。另外，我想利用假期，好好学习英语。"

刘晓岚认可铁蛋不回家的理由。只是，刘晓岚觉得铁蛋一人在学校，挺孤单可怜的。于是，刘晓岚问道："寒假期间，学校食堂开门吗？"

"我问过，食堂和平时一样，还有不少老师来食堂吃饭。"

"这样就好。好像去年钱华贵在学校过的暑假。"

"是的。不知今年他回不回家。"

和南京路相比，汉口路人少多了，铁蛋和刘晓岚一路上可尽情地亲热。

第 9 章　寒假

放第一个寒假时，铁蛋迫不及待地要回家，告诉父母他在上海的一切。第二个寒假时，铁蛋虽然一放假就回家，但他在家里，有点儿心不在焉，希望寒假早点儿结束，回到学校。今年是上大学后的第三个寒假，铁蛋决定在学校过寒假，理由有三：第一，寒假时间短，在路上花的时间太多；第二，冬季是农闲季节，无农活可做；第三，回趟家，要用近一个月的生活费。放寒假之前，铁蛋把自己的想法告诉父母，父母理解儿子。这样，铁蛋就成为留守学生中的一员。

令铁蛋惊讶的是，钱华贵寒假又没有回家。在铁蛋问他为什么不回家时，钱华贵的回答有些吞吞吐吐。寒假第二天，整个学生宿舍大楼就空荡荡的，只剩下几个在校过寒假的学生。寒假期间，学校开放一个食堂，食堂饭菜基本上保持了平常水准。

铁蛋在校过寒假的目标非常明确：突击英

语。铁蛋每天早晨六时左右起床，先是到操场跑几圈，早饭后去图书馆看英语。铁蛋从《许国璋英语》第二册开始学习。铁蛋每天上午看一课，下午看一课，晚上复习白天所学的内容。

在夜晚，在铁蛋钻进被窝时，铁蛋就会涌起对刘晓岚的百般思念，可谓是夜深心不静。后来，铁蛋想出一个排解思念的方法：给刘晓岚写信。翌日，铁蛋买了一本练习簿，专门用来给刘晓岚写信。下面是铁蛋给刘晓岚写的第一封信：

刘晓岚：

你好！

今天是放假的第 4 天，只有很少一些家远的学生在校过寒假，高年级的比低年级的要多。另外，我告诉你一个秘密，钱华贵这个寒假又没有回家，他开玩笑说是陪我的。你知道他暑假，整个大夏天也没回家。

由于在校的人少，学校只开了一个食堂，饭菜和开学期间差不多。图书馆人很少，任何时间去，都能找个位子。我的生活和开学期间一样，很有规律。除了看书之外，参加一些体育锻炼。现已开始学习《许国璋英语》第二册第 8 课了。第二册比较简单，因此，进展很快。我争取在寒假期间，把《许国璋英语》第三册学完，使自己的英语水平有个飞跃。

刘晓岚，你好吗？非常想念你。

铁蛋

1981 年 1 月 26 日

铁蛋写完这封信后，心里就踏实多了，很快便入睡了。每写完一封信，铁蛋觉得他对刘晓岚的爱就加深一分。这样的日子一连过了几天。然而有一个夜晚，铁蛋在写完信后，长时间不能入睡。铁蛋索性起床，又给刘晓岚写了一封信。

亲爱的，请允许我用亲爱的称呼你。我或许有些冒失，有些鲁莽，但在我心里有股强大的力量驱使我，叫你亲爱的……

铁蛋在写这封"信"的时候，心脏在剧烈跳动，似乎要撞出胸膛。当铁蛋在信的结束时写道："亲爱的晓岚，我爱你。"顿时，憋在心中多日强烈的感情像岩浆一样从体内迸发出来，铁蛋心里舒坦、轻松多了。

大年三十的前一天晚上，铁蛋从图书馆回寝室，钱华贵对铁蛋说："铁蛋，有你一封信。"

快过年了，铁蛋以为是父母从陈家村寄来的，打开信一看是刘晓岚寄来的。

铁蛋：

你好！

日子过得真快。一转眼，寒假 8 天就过去了。这些天，你好吗？你一个人在学校过得怎样？习惯吗？

回家后，整天和父母在一起，我妈妈每天给我做很多好吃的。我人虽然在家，但我的心却留在学校，被一个叫铁蛋的家伙所偷走。

这些天，我老是担心你一人在学校的生活，特别是学校食堂的伙食。希望你吃得好、睡得好，英语进步。

转眼春节就要来到了，我在这里祝你春节快乐。

刘晓岚

1981 年 1 月 31 日

虽然只有一张纸，短短几行字，充满了对铁蛋的深情和挂念。虽然铁蛋每天都在给刘晓岚写"信"以释放他对刘晓岚的情感，但现在一封实实在在刘晓岚亲笔信呈现在铁蛋眼前，怎能令铁蛋不感动。他的眼眶湿润了，喉咙哽咽了，双手颤抖了，铁蛋无限深情地在刘晓岚的信上吻了又吻。

"房间有个人讲讲话好多了。暑假整个楼就我一个人，真要把我憋死了。夜晚时，楼道若有一点儿声响，就弄得人紧张。"钱华贵非常高兴铁蛋留在学校陪他过这个寒假。

"是的。两个人好多了。"铁蛋回答道。

"我们在一起互相有个照应。"钱华贵接着说，"你看，我就帮你把信拿回来，否则扔在收发室没人管。"

"我根本想不到去收发室查看信件，多亏你了。"

一天下午，铁蛋从图书馆回寝室，钱华贵一边收拾床铺，一边哼着最近的流行歌曲《何日才相会》。放假前，学校大喇叭常播放这首歌。

"我呀啊无家可归，你呀啊有家难回，同是天涯沦落人，苦瓜苦藤……"钱华贵越唱越起劲，铁蛋也跟着唱起来。唱着、唱着，两人对视笑了起来。

"钱华贵，我们俩现在是无家可归，天涯沦落人啊！"

"唉，只是随便唱唱而已，你有家随时可以归，而我，而我……"钱华贵的声音越来越小。

早在去年，王小强、陆恩源、何立勇均问过钱华贵为什么不回家，钱华贵说家里正在盖房子，新房子还没弄好，家人寄宿在亲戚家。

对钱华贵的解释，何立勇曾对王小强说过："我看没这么简单。"

今天钱华贵无意中流露出有家难归，似乎有不少隐情。铁蛋这个人有个好处，就是从不打听别人的隐私，不传播任何小道消息。钱华贵虽然城府比王小强等人要深，但钱华贵从不多嘴、多话，故不讨人厌。

春节后，铁蛋就掐着手指算开学的日子。在整个寒假中，铁蛋只做了两件事：学英语和思念刘晓岚。他坚持每天给刘晓岚写一封信，每封信都是铁蛋对刘晓岚的真挚的情感。2月9日，也就是开学的前三天，铁蛋给刘晓岚写了寒假最后一封信。

亲爱的晓岚：

时间过得真快，大后天就要开学了，转眼这个寒假就要结束了。

这个寒假对我来说特别有意义。我曾担心在学校过寒假会很寂寞、很无聊，或许还有些痛苦。

但苍天对我特别偏爱、照顾，把你的爱带给我。因为你的爱陪伴着我，我的每分每秒都十分充实、快乐。

整个寒假我只做了两件事：一是学习英语，就是放假之前跟你说的《许国璋英语》。我从第二册看起，第二册很简单，第三册前半部分也不难。第三册学了一半。现在，我的词汇量增加了很多。

其实我在学校做的最多的事，还是想你，可谓是朝思暮想。我深深体会到"一日不见如隔三秋"的感觉。你的身影每天、每时都会浮在我的眼前，总是那么亲切，那么可爱。我每天都有很多话要对你说，要把我所做的事告诉你。

亲爱的晓岚，谢谢你给我写信。你知道，我收到你的信是多么的高兴，多么激动。眼睛含着泪，把信看了一遍又一遍，晚上睡觉时我还把信贴在胸前。

亲爱的晓岚，我真的好想你，好在大后天，我就能见到你了。

爱你的铁蛋

1981年2月9日

开学的那天，同学们陆续回到寝室。最先到寝室的是组长何立勇，随后而来的郭建国和王小强，他们俩路途较远，在火车上过了一宿。

"怎么？铁蛋到得这么早？"王小强问道。

"铁蛋根本就没有回家。"何立勇说道。

"嘿，铁蛋这家伙真是有了新娘就忘记老娘啦！"郭建国开玩笑地说道。

"别瞎说。主要是寒假时间短，我家在农村，路上花的时间太多。"

"钱华贵这哥们连续两个假期没回家，肯定有问题。我们得好好审问、审问。班长同志，你可要关心啊！"老陆提醒道。

正说着，孙邵东背着一个包进来。孙邵东是掐着点回来，正好是吃晚饭时间。孙邵东把背包往床上一扔，说："兄弟们，吃饭去吧。"

冬天的夜晚来得早，当学生们吃完饭后，教室和寝室每个房间的灯都亮了。霎时间，校园恢复了生气。在寝室，大伙儿七嘴八舌地交流着家乡的趣闻逸事。

"我这次回家，整天都在和同学串门。"王小强说，"虽然上海也是大城市，但消息还是相当闭塞的。"

"直接说，有什么新动向。"何立勇想听具体内容。

王小强滔滔不绝地给大伙讲所谓的内部消息。

"王小强每次从北京回来，总给我们带来一些消息。问题是我们不知道消息的真假。"

"哥们儿，这消息，绝对可靠。"

"这些消息真的也好，假的也好，和我们有什么关系？我们只需要把医学好，就行了。"平时很少参与这种讨论的钱华贵突然冒出这么一句。

"所以说，学医的对这些不太敏感。"王小强说道。

"我们当地有一个很有思想，也很能干的人到我们当地最大的一家工厂做厂长。他上任后，打破大锅饭，根据每个人的工作情况发放奖金，充分调动了工人的积极性，整个工厂面貌焕然一新。"郭建国讲他家乡的事。

"我这次寒假，没有去老婆家。"老陆突兀地来这么一句。

"老陆，这个不行啊，是不是嫌弃人家是农村的？"孙邵东立即说道。

"你这小子，想到哪里去了。我老婆和孩子前天才离开上海，他们在上海过的年。"

"铁蛋，你们家有什么新闻？"孙邵东忘记了铁蛋这个寒假没有回家。

"啊，我家那里现在也不错，农村搞分田到户，搞承包，除了种水稻之外，还种些蔬菜、瓜果等。"铁蛋应付道。

"对了，铁蛋这次没回家，是一个人没回家，还是两个人没回家？"何立勇想换个话题，活跃气氛。

"对，对，是不是你们俩就住在我们的寝室里？"王小强做个鬼脸，调皮地对铁蛋说道。

"瞎扯，我就一个人没回家。钱华贵可以为我做证。"铁蛋有些急了。

"钱华贵，你应该主动把寝室让出来，到别的地方待着。你怎么这么不知趣呢？"孙邵东开玩笑说道。

"铁蛋的确一个人在学校。若是刘小姐在，我怎么能做电灯泡呢？"钱华贵笑着说道。

"铁蛋，一个人住在学校里多没劲，你怎么没去拜访泰山大人？她家离上海不远啊。"何立勇知道刘晓岚是常州人。

"是啊，刘晓岚怎会把你一人孤苦伶仃地扔在学校里？！"王小强调皮地说道。

"我们只是刚刚开始，离见她父母还差十万八千里，我们每天写信。"

"哟，每天写信，哪有那么多的话要讲。"孙邵东故意装作疑惑不解地问。

"孙邵东同志，你怎么连这个问题都不懂，这叫热恋。"王小强对着孙邵东大声说道。

"钱华贵连续两个假期都没回去了，真是不容易。"陆恩源话里有话地说道。

"我是没办法，家里在盖房子。"钱华贵脸上掠过一丝不安和窘迫。

"澎、澎。"有人在敲门。

"是潘永军回来了，这小子总是在家待到最后一分钟。"

"肯定不是潘永军。潘永军哪次进寝室是先敲门，我们哪个回寝室不是门一推就进来了？"何立勇说道。

"是不是找铁蛋的？"陆恩源毕竟是过来人。

"嘎吱"一声，房门打开，满面春风的刘晓岚走进来。

"哟，你们房间真热闹啊。"刘晓岚镇定大方地说道。

铁蛋正为如何见刘晓岚发愁呢，现在刘晓岚主动到他寝室来了。

"哟，刘小姐，几天不见，又漂亮了啊！怪不得天天有人担心啊。"王小强调皮地说道。

"我们以为铁蛋和你一起，到你家过年的呢。"郭建国也跟着在起哄。

"刘晓岚，他们就是爱开玩笑，瞎起哄。"铁蛋赶紧和刘晓岚一起走出宿舍。

"你什么时候到校的？"铁蛋问刘晓岚。

"下午到的。"

"寒假过得好吗？"

"过得还可以。我的信收到了吗？"

"收到了。你不知道我收到你的信，有多高兴。"

"我在家里，很想你，就随便写上几笔。你是哪天收到的信？"

"是过年前一天。"

两人很快就来到操场，偌大的操场，只有他们两人。昏黄色的路灯，更加衬托出夜的静谧。铁蛋和刘晓岚手牵着手在操场上漫步。

"说说寒假，你是怎样过来的。"刘晓岚对铁蛋说道。

"主要是学习英语。到昨日为止，我已把第三册全看完了。"

"这样很好。我在家也看英语，只不过没你看得多，第三册，才学一课。"

"你在寒假也在学习英语，这太好了。这样我们就能，有个成语叫作什么，叫作比翼……对，比翼双飞。"

"你想得美，谁跟你比翼双飞。"刘晓岚故作娇嗔地说道，"不过，学好英语的确很重要。"

两人默默地在操场上走着，刘晓岚转过头，瞥铁蛋一眼说：

"你一人在学校过年，想父母吗？"刘晓岚本打算问铁蛋是否想她，可话到嘴边，变成"想父母"。

"当然想。不知为什么我更想你。"

"我也是。"听到铁蛋说更想她，刘晓岚非常满意。

"刘晓岚，我还每天给你写封信。"

"你每天给我写信？"刘晓岚又惊又喜。喜的是铁蛋每天给她写信，惊的是她从来也没收到铁蛋一封信，而且铁蛋也不知道她家的地址啊。

"在寒假期间，我特别想你，每天有很多话要对你说。于是我每天晚上，偶尔在下午，给你写信。告诉你，我每天做的事。"

"那我为什么没有收到？"

"第一嘛，我没你家的地址。第二，怕被你笑话。我在信中称你为亲爱的。"

"谁让你叫亲爱的啦！"刘晓岚脸顿时涨得通红，好在被夜色遮掩过去。

铁蛋停住了脚步，他努力镇定自己。

"你的信，倒真是给我巨大的惊喜。我看了一遍又一遍，晚上睡觉时，还放在胸前。"

"铁蛋……"刘晓岚深情地看着铁蛋，差一点儿在铁蛋脸上亲吻一下。

二月的上海，尤其是夜晚，仍十分寒冷。铁蛋对刘晓岚说："外面还是有些冷，另外，时间也不早了，我们回去吧。"

"听你的。"

"走吧。"铁蛋本能地把右手臂搭在刘晓岚的肩膀上，刘晓岚也配合地向铁蛋靠近，俩人相拥着走回宿舍。

第 10 章　临床课

　　医学课大致可分为基础课和临床课。从这学期开始，铁蛋开始学习临床课，时间为一年，其中还要去医院见习。临床课仍是老师在教室里给学生上大课，形式和基础课一样。只是上课的老师，是来自教学医院的医生，基本上是主任医师或科主任之类的人担任。铁蛋在上外科课时，第一次见到刘家成的父亲，刘彼德。

　　"我叫刘彼德，同学们可以叫我刘医生或刘老师。今天由我给大家上'外科休克'。"刘家成父亲首先做自我介绍。

　　"如果某个人伤得很重，我们会说这个人都休克了。我们常用休克反映受伤或病的严重程度。病人为什么会发生休克？休克时，机体会发生哪些变化？现代病理生理学研究表明：休克是机体有效血液容量减少，导致组织代谢障碍。"接着刘家成父亲从基础讲到临床，从医学原理讲到病人的临床表现，一环扣一环。讲课结束，课堂响起热烈的掌声。

当天晚上，铁蛋给刘家成写了一封信：

家成：

你好！

好久未联系了，不知你近况如何？美国留学的事办得怎样了？

今天你父亲给我们上外科课，课讲得非常好，非常生动。

以前，我以为外科医生只会看病、开刀。万万没想到你父亲的医学基础知识是那么的扎实，真是叫人佩服！

我想我这一辈子怎么努力也达不到你父亲的水平。

另外，《许国璋英语》我已学到第四册了。

礼！

铁蛋

1981 年 3 月 19 日

在外科学总论教学中，刘家成父亲还上了一课："外科营养"。

外科营养是外科学中比较枯燥、难讲的一课。经过刘家成父亲深入浅出、生动的讲解，引起学生们极大的兴趣。

"大家或许听说过这样一句话'某某医生手术做得很好，但最终病人死了'。我们做医生的，是为了治病救人，最终目的是为了救活、治好这个病人。一个医生手术做得再好，没有把病人治好，那么，再好的手术也失去了意义。"讲到这里，刘家成父亲稍停顿一会儿，然后接着说，"外科手术是治疗疾病的主要手段或方法之一。在治疗过程中，我们必须要考虑各种可能对手术愈合不利因素。营养不良会影响到组织愈合和对感染的控制。而手术本身反过来会加重营养不良，形成恶性循环。"

刘老师从临床谈起，一下就抓住学生们的心，然后进入主题。

上半年，铁蛋第三次见到刘家成父亲是在一次学术活动中。那是一个星期五下午，医院邀请美国霍普斯金医学院的一名外科教授来学校进行学术交流。刘家成父亲做现场翻译。

从 5 月开始，学校安排 78 级学生去医院见习。见习和实习不一样，见习，完全是看、观摩，是临床教学的补充或组成部分。

第一次是去内科病房参观，何立勇带领小组同学在八点钟之前，来到内科医生办公室，参加交班，然后跟着医生后面早查房。

"同学们，到这里来集中一下。"一位四十来岁的医师招呼大家跟着他看病人，"我姓姜，同学们就叫我姜医生。"

姜医生站在 36 床病人的床头的右侧，同学们围着病床站开。

"阿婆，侬好。"姜医生对 17 床病人说，"伊拉都是大学生，来问问侬病情。"姜医生和蔼可亲地用上海话和病人说话，接着向同学们介绍病情。

"这位阿婆，在 10 天前，突然出现头痛，讲话含糊不清，右腿不能动。来的时候，血压 210/120mmHg，神智基本清楚，查体发现右侧肢体活动障碍。请问，病人的诊断是什么？"

"脑出血。"12 位同学异口同声回答。

"很好。该病人很明显是由高血压导致的脑出血。脑出血是很严重的疾病，病人的临床表现与出血量以及出血部位有关。"姜医生接着问："病人来了以后，需要怎样治疗？"

刚进入临床，老师突然提问怎样治疗这么一个重病人，谁敢随便说啊？！

"我刚才讲了，这位阿婆出血是由于高血压引起脑血管破裂出血，所以在治疗方面，首先应该怎样？"

"应该……"大家的嘴唇在蠢蠢欲动。

"谁是班长？"姜医生问道。

"是我。"何立勇站出来。

"我们今天是第一天到医院，答错了没关系。我先请班长回答。假如你是负责治疗这个病人的医生，你该怎样治？"

"嗯，既然是脑出血，我想应该用止血药。"何立勇答道。

"回答得很好。对出血性疾病就要用止血药。除了止血药还要用其他药吗？请女生来回答，谁自告奋勇回答？"

"既然出血是由于高血压引起的，而且入院时血压在210/120mmHg，应该降低血压。"刘晓岚鼓足勇气，涨红着脸回答老师的提问。铁蛋暗暗为刘晓岚叫好。

"请问你贵姓？"姜医生问。

"我姓刘。"

"小刘同学刚才回答得很好。病人来了，就应该这样治疗。高血压引起的脑出血，治疗就是降压、止血。还有什么治疗方法吗？"

于是大家七嘴八舌，各抒己见。

过了五分钟后，姜医生叫停了大家的讨论："我刚才听了同学们的讨论，很好。"姜医生又用一次"很好"。"老师叫你们讨论，就是让把你们在书本上的知识应用到实践中来……"

第一个病人讲完后，接着看第二个病人。

第二个病人是个十九岁漂亮的女孩。女孩有双明亮清澈的大眼睛，眉目之间透出书卷清气，又似乎隐藏着莫名的忧伤。若不是身着病号服，谁也想不到她是个病人。

"姜医生，我什么时候可以出院啊？"病人问姜医生。

"到了医院，就要安心治疗，别老想着回家。"姜医生笑着对病人说。然后，招呼同学："同学靠拢一点，站好。这次是她第三次住在我们科室。每次都是因为头晕、皮肤有出血点而住院。今天是这次住院的第6天，现在基本好了。"

"我本来就是没什么病啊。"病人说着，眼睛眨巴眨巴地，把见习医生打量一遍。

姜医生开始介绍病情："她得的病叫作'特发性血小板减少性紫

癜'。顾名思义，该病是由于血小板减少造成的皮下出血。脾肿大，脾功能亢进是引起血小板减少最常见的原因。对于找不到原因的血小板减少性紫癜，我们称为'特发性血小板减少性紫癜'。"

在学校，老师说过这种病是一种免疫性疾病，需要终身治疗。铁蛋在心中暗暗为这个漂亮女孩可惜，心想这种讨厌的病怎么能和这么一位漂亮的女孩联系在一起呢？他恨不得自己能发明一种治疗方法，发明一种药，让这位漂亮女孩立即康复。

晚饭后，铁蛋和室友们热烈讨论在医院的所见所闻。

"我看医院论资排辈很严重。主任往那一站，其他人都不说话，根本没有民主发言之说。"何立勇首先对医院的现象发表评论。

"附院条件真不错，将来我不知能否留在附院工作。"潘永军说道。因为潘永军是上海人，有留在附院工作的可能。

"你说这个老太婆，自己知道有高血压，平时就应该注意。"钱华贵说道。

"脑出血的治疗，全是被动。病人能恢复到何种程度，只有天知道。将来，能否发明一种药，能让脑组织恢复正常就好啦。"陆恩源在思考脑组织的治疗问题。

"铁蛋，你怎么没发声？"何立勇认为铁蛋应有很多话要讲。

"唉，那么漂亮的女孩，得了这么一种怪病，实在是可惜。"铁蛋冷不丁说出让大家意想不到的话。

"铁蛋你是不是看上了那个漂亮的女病人？"王小强说着做了一个鬼脸。

"尽胡说。我在想为什么有些病，这么多年还是不能治。"铁蛋为自己辩解。

"议论女病人嘛，铁蛋只能和我们这些光棍在一起讲讲而已，他哪敢动半点歪心思。"孙建华说道。

之后，他们又去外科见习。在外科见习计划中，有一个上午去手术室参观。

上午八点半，何立勇带领小组全体同学在手术室门口集合，手术室护士长宣布手术室纪律。

"进手术室后不许乱走、乱动，站在规定的地方看手术。如果哪位同学不遵守纪律，我就要请他出去。知道了吗？"

"知道了。"大家齐声回答。

"知道就好，现在我们就进手术室。今天去第三间参观胃切除手术，记住在里面不要讲话，站在规定的位置。"护士长说话时，一点儿表情也没有。

同学进手术室时，手术刚刚开始。手术医师有3人，分别是主刀、一助和二助。二助是实习医生，也就是拉钩的。

"把拉钩拉好，用点儿劲。好，就这样保持住。"主刀医师不停地指示实习医生这么做，那么做。

半小时后，主刀医生又说话了："喂，拉钩又不对，要这样拉。"

起初，铁蛋在心里责怪这位学长怎么搞的。但仔细一想，该实习医生站在病人的右上方，根本看不到术者操作到哪一步，所以拉不好也正常。如果换上自己站在那里，结果也一样。慢慢地，铁蛋同情在手术台上拉钩的实习医生。

"喂，拉好，这样叫人无法开刀。"主刀医生有些不耐烦，呵责实习医生。

下午见习结束回到宿舍，同学之间的话题，自然是手术室。

"据说手术室的护士长很厉害，不仅实习医生怕她，就连一些本院医生对她也敬让三分。"孙建华说道。

"谁娶到这种女人，那可就倒霉啦。"王小强接着说。

"工作和家庭两回事。"何立勇说道，"手术室的护士长必须泼辣、严厉，否则手术室乱得一团糟。"

"手术室护士真是不错，如果我做手术，有这样的护士配合就好了。"陆恩源表扬手术室的护士。

"铁蛋，你看这个护士怎么样？"王小强故意拿铁蛋开玩笑。

"护士都不错。"铁蛋应付道。

"是人不错,还是工作不错?"王小强狡黠地笑了一下。

"和内科那个女病人比。"孙建华给王小强帮腔。

寝室里爆发出一阵愉快的笑声。

"你们这帮小子,只会拿我开心。时间不早了,要是再晚一点去食堂,只有剩菜和剩饭啦。"

晚饭后,铁蛋到教室时,刘晓岚已在教室等铁蛋了。

"今天怎么来得有点儿晚?"刘晓岚问铁蛋。

"在寝室里议论手术室的事。"

"我们女生回去后,大家也议论了一番。"

看来,不论是男同学,或是女同学,第一天去手术室,总会有很多的新鲜东西。

"铁蛋你注意到没有,手术台上实习医生的表现。有句非常形象的比喻,叫作'持续性拉钩,阵发性刮胡子'。"

"这句话真是形象生动,是谁告诉你的?"

"董敏芝同学说的。几乎所有的实习医生都有过这样的经历。"

"实习医生拉钩拉得不好,不能全怪实习医生。"铁蛋开始为实习医生打抱不平,"第一,他看不到手术,当然就不知道拉得对不对。第二,手术者应该告诉他,下一步要做什么事,或者为什么这么做,这样实习医生就会主动配合。"

铁蛋继续说道:"在手术台上,实习医生像个傻子似的,不知道要做什么;相反手术室护士动作非常麻利,两者反差太明显。"

"当个外科医生也不容易,手术从上午八点半到中午十二点半,医生一站就是 4 个小时。还有更长时间的手术,身体一定要好才行。"

"是啊,外科医生身体一定要好。"

"这个暑假,你回家吗?"刘晓岚问铁蛋。

"这个暑假一定要回去。7 月底到 8 月初是农村最忙的时候,我想回家帮家里做些农活。农忙结束后，我尽可能早点回来。"

期终考试结束，铁蛋在宿舍收拾行李。这时，刘晓岚拎一包东西进来。

"我买了两件衣服，一件是给你姐姐的，另一件给你外甥女。"刘晓岚对铁蛋说道。

铁蛋姐姐是前年结婚的，去年4月生了个女儿。以往铁蛋回家，只是买些上海产的糖果和饼干，衣服价钱毕竟大了些。

"你怎么这么快就从南京路跑了个来回？"铁蛋问刘晓岚。

"我是上个星期天去南京路买的。"

"对了。你说过上个星期天陪肖腊梅上街买东西。原来你是专门为我上街买东西。正好我什么也没买。"

"我就怕你急于回家来不及买东西。你想想，你姐姐结婚、生孩子，你都不在家。所以，你这次回家一定要带些东西给你姐姐。"

"晓岚，你考虑得真周到。"

刘晓岚给大人和孩子各买了件衣服。衣服很漂亮，布料也不错，铁蛋看了满心欢喜。

"晓岚，我姐姐一定会喜欢这两件衣服，就是太贵了。你真不应该买这么贵重的东西。"

"还好，不太贵。明天我来不及送你了。"

"应该是我送你。我只顾自己急着回家，多不好。"

"你一年没回家，应该回去。我回寝室了，我去整理东西，我是明天上午的火车。"说完刘晓岚在铁蛋脸上吻了一下。

经过一天多时间的旅程，铁蛋回到了陈家村。在过去的一年时间里，陈家村最显著的变化是最后两家土房，变成了砖瓦房。

暑假是农村最忙的时间。陈家村种双季稻，即早稻和晚稻。早稻一般在7月中旬成熟，晚稻必须在8月上旬种好。节令就是这么捉弄人，在最严苛的气象条件下，要求农民在短时间内完成收割和种植，即所谓的"双抢"：抢收，抢种。回家能为家里做些事，是铁蛋最大的愿望。故铁蛋一回家就立即投入紧张的"双抢"劳动之中。

时值盛夏，烈日炎炎，大地烫脚，连吸进的空气也是滚热的。农民们弯着腰，挥着镰刀收割水稻。在三十八九摄氏度的高温下，铁蛋干不到十分钟，汗水顺着脸颊往下淌，浸湿了身上的衣服。铁蛋直起腰，脱下草帽，用毛巾擦汗，喘了口气接着又猫着腰继续割水稻。

连续数日的农活使铁蛋手掌本来已退去的老茧，又重新长出。晚上，铁蛋腰酸背痛，只想躺在床上，放松一下腰背部的肌肉。做母亲的看在眼里，痛在心里。

"铁蛋，你明天就在家休息休息吧。你爸跟你弟俩人够了。"母亲心想儿子是个大学生了，哪能吃得这番苦。

"妈，我没事。只是长时间没有干活而已，习惯了就好了。"铁蛋哪肯休息，他回家就是为了帮父母做些事。毕竟是年轻人，尽管一天劳作下来，全身肌肉酸胀，可一觉睡过来，第二天就恢复了体力，又可以参加新的一天劳动。

烈日的暴晒使得铁蛋脱了几次皮，太阳照在新皮上特别疼痛。灼热的阳光把铁蛋皮肤，晒得黝黑发亮，铁蛋变成了黑蛋。

太阳落山后，红色的晚霞逐渐转为暗灰色。夜幕开始降临，清澄天空，布满了大大小小、或明或暗的星星。有的星星一暗一亮，就像顽皮的孩子在不停地眨巴眼睛。看着满天的星星，聆听各种蛙鸣虫叫，铁蛋重新回到大自然的怀抱。

良好的生物植被和大大小小的水塘，给陈家村提供了一个适宜人居的生态环境。白天再热，到了晚上总会变得凉爽。一天劳累之后，一家人坐在屋前乘凉，享受大自然送来的清爽的晚风。

乘凉时，小孩总缠着大人讲故事。大人们给孩子们讲从老祖宗传下来的七仙女、哪吒闹海等故事。铁蛋在家，讲故事的主角自然是铁蛋。铁蛋把在上海和医院的所见所闻讲给大伙听。

8月16日，晚饭后，铁蛋对陈若望说他要去陶厚权家走走。之后农村实行了农田责任承包制，农民们各自种各自的田地。所以，陶厚权用不着像过去一样操心村里大大小小的事，反而落得个轻松。今年应该是陶厚权最高兴的一年，家中有两大喜事：一是儿子陶家顺要结婚，定在今年的国庆节；二是女儿陶家萍考上了中国科技大学。陶厚权女儿是继铁蛋之后，第二个考上大学的陈家村人。

　　铁蛋到的时候，陶厚权一家正坐在屋前，享受着山村夏天夜晚的清凉和融融的亲情。

　　铁蛋姑妈第一个看见铁蛋向他们走来，"这不是铁蛋吗？"

　　铁蛋三步并两步，快速上前，说道："姑父、姑妈好！"

　　"哟，铁蛋回来啦，有一年时间没见面了，快快坐下来。"陶厚权高兴地招呼铁蛋坐下。

　　"家萍考上中国科技大学真是不容易。"在铜怀县，中国科技大学的录取分数线和北大、清华一样，被认为是中国最好的大学之一。

　　"家萍比她两个哥哥强。我经常教育她，要以你为榜样，向你学习。"陶厚权说道。

　　"铁蛋吃西瓜。"铁蛋姑妈端上西瓜招待铁蛋。

　　铁蛋连忙说："谢谢姑妈。"

　　"再过几年你和家顺差别就大了。"陶厚权对铁蛋说："你是个有学问的人，在大城市生活；而家顺永远是面朝黄土、背朝天，做个修理地球的农民。"

　　铁蛋心里明白读书改变了他的命运。

　　"铁蛋，你快毕业了吗？"陶厚权换了个话题。

　　"医学院是学五年，我还有两年。现在在学临床课，就是教人怎样看病治病。"接着，铁蛋把学校的情况，上海的见闻讲一遍。

　　"铁蛋毕竟是在上海读书的大学生，见识比我们多多了，还是城里好啊。"

　　"城里有的人，全家人挤在一间屋子里。"铁蛋试图安慰陶厚权。

"我们这里，虽然连续 3 年，收成还不错，但只是吃饱肚子而已。水稻的亩产在一千斤左右，扣掉买化肥、农药以及上交的税，几乎剩不了几个钱。所以，种田永远没出头之日，永远是穷。"

政府曾下决心要缩小城乡差别，缩小工农业产品的剪刀差。陶厚权对前途充满希望，以为经过几年的努力，农村人就能过上城里人一样的生活。随着时间推移，城乡差距不但没有缩小，反而越来越大。农民们的生产方式仍是"锄禾日当午，汗滴禾下土"，非常的辛劳。

上次回家，铁蛋已意识到这个问题，这次陶厚权再说到这些事时，铁蛋的心情十分沉重。

暑假过后，黑黝黝的铁蛋回到了学校。同学们都拿他取乐。

"铁蛋，你是否去了非洲？"

"铁蛋一定挖煤窑了。"

"啊呀，嫂子看到铁蛋黑成这样，那一定会心痛死了。"王小强调皮地说道。

"黑点儿有什么关系？我本来就是从农村来的，黑点儿没什么。"铁蛋没把黑当回事。在陈家村，几乎所有的人，夏天过后，比以前都要黑不少。

"铁蛋，你怎么黑成这样，像个非洲人似的。"刘晓岚看到铁蛋禁不住"扑哧"笑出来，"我干脆叫你黑蛋算了。"

"嘿嘿。"

"你是不是在田地里干活晒的？"

"是的。"

"怎么不注意保护一下？"

"穿得太多没法儿干活，光着膀子干活方便，大家都这样。"

"哎哟，你脱皮了，是晒过头了。脱皮时痛吗？"刘晓岚心痛地说道。

"当时有一点儿，没大碍。"

"家里好吗？"

"家里还好，弟弟谈了个女朋友。"接着铁蛋把回家的所见所闻，特别是对农村靠种田脱贫致富的担忧，全都说出来。

"你告诉你家人我们的关系了吗？"刘晓岚问铁蛋。

"没有。要是告诉他们，他们一定问什么时候结婚。我说学校不准恋爱、结婚，学生要专心学习。"

"铁蛋，"刘晓岚手拉着衣角，咬着嘴唇小声说道："我告诉了我父母，我妈天天追着问，实在是没办法。"

"那，你父母是什么态度？"铁蛋的心一下子提到嗓子眼儿上。

"他们当然听我的。"

"那就好。"铁蛋的心立即回到了原处。铁蛋生怕听到刘晓岚说："我家人不同意"，那可要了他的命。

"他们详细问了你的情况。现在你的形象在我父母那里很高大，你这么黑可不行。"刘晓岚开玩笑地说道。

"没关系，过几个月黑就会褪掉。"铁蛋继续说，"晓岚，你不要在你父母面前把我说得太好，万一见面会让他们失望的。"

"这，我心里有数的。"刘晓岚胸有成竹地说道，"我妈特别想见见你，本来，她要和我一起来学校的，我没同意。得亏没来，否则，没有见到铁蛋，倒见到个黑蛋。"

"嘿嘿……"铁蛋憨厚地笑了。

这学期除了继续学习内科和外科之外，还开设了一些新的课程：如中医、眼科、口腔科、皮肤科等。

"阴阳五行是中医认识和治疗疾病的基础。阴离不开阳，阳离不开阴，两者是矛盾的对立统一体。水、木、金、火、土，五者相生相克，互相制约，维持人体平稳。"中医张教授像是个哲学家开始了他的中医教学。

"祖国医学博大精深，以全局来看病。"接着张教授举例说明，

"有一个 43 岁的女病人，每顿要吃一斤半的饭，一会儿就饿了。到医院查了这又查那，最后连胃镜都做了。所有的检查结果都正常，什么毛病也没查出。后来，这个病人找到我。很简单就是脾虚导致的胃火旺，胃火是虚火。所以，我给该病人开出一个药方：在大补脾虚的同时，给予清火凉血的药物，不到一个星期病人就好了……"张教授口才特别好，讲话抑扬顿挫，非常有吸引力。

听了张教授的讲课，同学们后悔没去学中医，而铁蛋则改变了对中医的看法。

这学期，刘家成父亲刘彼德教授又给铁蛋上了两堂课，其中一堂课是阑尾炎。

"同学们好，我们又见面了。大家还记得我姓什么吗？"

"姓刘。"大家异口同声地回答。

"年轻人记性就是好。今天我们要学的内容是'阑尾炎'。"说完，刘教授用粉笔在黑板上写下三个刚劲有力的大字"阑尾炎"。

"大家听说过阑尾炎吗？"刘教授用提问，来增加学生的注意力，活跃课堂教学气氛。

"听说过。"同学们齐声回答。

"阑尾炎是最常见的外科疾病，阑尾切除术又是外科医生做的最多的手术。人们常说'阑尾切除术是个小手术，连实习医生都能做'。"说到这儿，刘教授稍停顿一会儿，眼光扫视台下的学生，看到学生脸上有些兴奋的表情，突然语调一转："但是，阑尾炎是外科误诊最多、纠纷最多的一种疾病。"顿时，整个教室安静下来，学生们等待刘教授讲原因。

"在 17 年前，我参加一个医疗事故鉴定。一个 10 岁的男孩，以腹痛待查，在急诊室输液治疗两天后，出现剧烈的腹痛，并很快出现休克。这时急诊医生突然想到可能是阑尾炎发生穿孔了。立即收住院，以'急性腹膜炎、阑尾炎'准备手术。可是，还未进手术室，这个小男孩的呼吸心跳就停止了。这个男孩 10 岁，当时我的儿子也是

10岁。"

讲到这里，刘教授声音有些哽咽。"所以，同学们，我们今天一定要认真学好阑尾炎这课，避免悲剧再次发生。"接着刘教授按病因、解剖、临床表现讲解阑尾炎。

"同学们，病人来找我们看病，是对我们最大的信任，来找我们开刀，是把生命托付给我们。所以，做医生，特别是做外科医生，一定要感觉到身上的责任重大。要像关心你家人一样，关心、爱护每一个病人。今天的课就到这里。"

"啪、啪……"教室里响起同学们热烈的掌声。

第 11 章　情变

1981 年 10 月，铁蛋身边发生了两件事。10月 7 日，一个自称是钱华贵未婚妻哥哥的男子，来到寝室找钱华贵。

"你怎么到这儿来啦？"钱华贵有些惊慌。

"我为什么来，难道你还不知道？"对方冷冷地说道。

"我哪知道？"

"不要装糊涂了。我问你，你为什么两年没有回家？"对方逼问道。

"我不是写信给翠花了吗？我最近学习很忙。"

"翠花说你这个学期一个字也没给她写，是不是想把翠花甩了？"

"哪里的话。"钱华贵竭力辩解。

"钱华贵，是不是你考上了大学就看不上翠花了？当初翠花和你谈恋爱，我父母嫌你家穷，不同意。那时，翠花顶住多大的压力啊。"

"翠花是很好，将来我一定会报答她。"

"我这次来是好心和你商量，劝你不要辜负翠花对你的一片痴心。你要对过去做的事负责。"

"肯定。"

"本来，翠花要到学校找你，我把她给拦住了。"

"谢谢你。"钱华贵十分清楚，若翠花到学校给他来个一哭、二闹、三上吊，他自己就没法在学校待下去。他必须妥善处理这件事，故信誓旦旦地说，"去年学习太忙，这个寒假我一定回家。你回去叫翠花放心，我没有变心，我在外面更没有人。她若实在不放心，可以到学校调查，就知道我说的全是实话。"

"好的，我当你讲的全是实话，但你得写个保证，我回去好有个交差。"

"我看用不着写，其实也没什么好写的。我保证在外面没人，今年寒假一定回家。"

"你不写，翠花那头肯定是过不了关的。若她来到你这里，后果你自己好好想想吧！"

如果翠花到学校来闹，后果肯定不堪设想。现在只能暂时稳一下，一切等到毕业以后再说。于是钱华贵说道："写就写吧，其实，写不写都一样。你说怎样写？"

"你是大学生，还问我这个初中生怎么写啊？"

"好，我写。"钱华贵就在一张白纸上，写下了保证书，交给翠花的哥哥。

钱华贵这件事就这样悄悄地过去了，除了当事人，谁也不知道。可不是所有人都像钱华贵这么幸运。何立勇的事可闹大了，弄得全校都知道。

何立勇插队时，和当时县委书记的女儿孙晓霞谈恋爱。当初何立勇一个劲儿追求她，把她当成心肝宝贝。1976年年底，孙晓霞父亲"靠边站"，这时，仍是县人事局局长的何立勇父亲，不再像以前一样巴结孙晓霞的父亲。先是对孙晓霞的热情和笑脸减少，在何立勇考上大学后，更是横竖看不上眼。

"立勇啊，晓霞那么凶，有什么好。从小娇生惯养，一点儿不知道关心人。"何立勇母亲也劝何立勇和孙晓霞分手。

孙晓霞是个精明、能干的姑娘。之前就当上了县团委书记。孙晓霞早就发现何家人在她父亲大权旁落后，对她态度的转变。她能原谅何立勇父母的所作所为，但她不能原谅何立勇对她态度的变化。虽然何立勇没有中断书信，但她凭着女性特有的敏感，察觉到何立勇不再像以前那样爱她了，或者是说不爱她了。孙晓霞猜想，一定是何立勇有了新的目标。上海那么大，医学院校女生又多，何立勇若在同学中找一个完全是可能的。

何立勇放假回家，她仔细观察何立勇的一言一行，甚至看了何立勇的学习笔记，没有发现何立勇与哪个女孩有特别的来往。一天孙晓霞问何立勇："学校是不是经常搞一些联谊活动？"

"很少，每年一次田径运动会。年底一次文艺晚会。其他没什么了。"

"你是小组长，没有组织小组活动？"

"有两次，都是组织大家搞卫生。"

"听说，现在学生的观念比以前要开放得多，男女交往很随便。"

"观念肯定比以前要开放得多。"

听到何立勇说这话，孙晓霞警觉起来，"具体说说。"

"学校对学生之间谈恋爱也宽容了。"

"谈恋爱很随便吗？"

"那得看人。我们小组两个应届生，谈恋爱好像随便一点儿。今天和这个谈，明天和那个谈。我对你提过的陈铁蛋和刘晓岚谈了一段时间了，两个人的关系好像不错。"

"谈恋爱，学校不管吗？"

"管什么？"何立勇反问道。

"是啊，恋爱自由。那你有没有谈啊？"

"有啊，我不是和你在谈吗？"何立勇反应很快。

"不要和我装傻，我问你有没有在学校，瞒着我和女同学谈恋爱。"

"没有。大家都知道，我有女朋友。"

"有对象算什么，结婚还可以离婚。"

"学校最头痛这些事。77级有位已婚的男生和女同学谈恋爱。他远在家乡的妻子知道后到学校闹，弄得该男生没办法在学校待下去，只好退学。这件事在学校引起很大震动。"

"何立勇，你可要引以为戒，千万不能糊涂。"

"那当然。"

"你大学毕业，肯定是不回小县城了，这是摆在我们之间的现实问题。正好你父母反对我们继续交往，干脆我们分手，你在学校另找一个算了。"

孙晓霞是个为别人着想、通情达理的人吗？绝对不是。这点何立勇心里十分清楚，这是孙晓霞给他下的圈套。故何立勇顺着孙晓霞的话往下说："话是这么说，但人是有感情的，我和你谈了这么多年了，我啊除了你，谁也不要。"

孙晓霞知道何立勇说这话，是应付她。她不允许何立勇做出任何伤害她的事。孙晓霞在心里酝酿一个报复的计划，但在实施这个计划之前，她要再给何立勇一次机会。

孙晓霞的父母已觉察到女儿的变化，问女儿和何立勇关系怎样。

"还好吧。"起初，孙晓霞这样应对父母。

"我也说不清。"后来，孙晓霞自己也不知怎样说，她的确没信心。

"晓霞，婚姻这事啊，不能强求。不行赶紧散了，重新找一个。"孙晓霞母亲劝女儿。

"何立勇他家算什么东西，我在做县委书记时，他们像狗一样围着我转。现在我下来了，他就不理人，是什么个玩意。我看是个陈世美，对，就是个陈世美。"孙晓霞父亲激动地说着。

孙晓霞按自己的计划，先给何立勇一个机会。她给何立勇写了一封信，她在信中说："最近父母十分关心我的婚姻，问我们俩处得怎样，准备何时结婚。希望双方父母坐到一起，把日子定下来。"

何立勇平时最怕的就是收到孙晓霞的信。现在孙晓霞这封信明摆的是向他发出最后通牒。他前思后想，给孙晓霞回封信。信的大意是："我也想早日和你结婚，因为是在读书，只能等到毕业时才能结婚。现在没有必要为这个问题，把双方父母弄到一起开个会。"

孙晓霞接到这封信，心里明白，何立勇根本不想和她结婚。因为怕她到学校闹，想把她暂时稳住。

10月底，学校转交给78级一封人民来信，信的题目是："揭露当代陈世美"，学校的批示：严肃处理。

信是孙晓霞写的，检举何立勇在考上大学后，忘恩负义，见异思迁。信中说何立勇在当时是怎样追她，以及何立勇父母对她是怎样的好，关系发展到了谈婚论嫁程度，在当地几乎是人人皆知。又说何立勇在刚上大学时，还对她发誓，这辈子只爱她一个人等。信写了5页纸，最后的结论是何立勇是当代的陈世美。望学校严肃处理，否则将向上级反映。

学校最头痛这些事。发生这些事的人，都是当过知青、年龄大的学生。因为年龄的关系，一些大龄知青在农村结了婚，甚至有了孩子。结婚的对象可能是知青，也可能是当地的农民。学校在处理这些问题时，左右为难。地位变了，就要抛弃原来的对象，不符合中国传统伦理道德。所以，学校在处理这些问题时，基本上是劝和。

学生处在接到这封信后，决定由年级组长吴志明亲自和何立勇谈。星期二下午放学后，吴志明把何立勇叫到办公室，把孙晓霞来信一事告诉了何立勇。开始何立勇大吃一惊，但很快就平静下来。何立勇明白，孙晓霞决定和他分手了，她要让何立勇付出代价。

"她总仗着她父亲是县委书记，娇气、霸道，蛮横不讲理。对我和对我父母一点儿都不尊重。对此，我一直是忍着，认为男的应大度一些。"

"是啊，男的应该让着女方。是不是你上了大学，就看不上女方了？"

"吴老师，你说到哪里去了。"何立勇急得直冒汗，"你看我像那种人吗？"

"那她为什么说你要分手？"

"我上大学后，顶住父母的压力，一直和她保持着恋爱关系。然而，她总是无端猜疑我在学校里是不是有了新对象。1个月前，她提出要双方父母把结婚的事定下来。"

"后来怎样？"

"我想结婚的事，等毕业再说。可能这件事，我没有和女朋友很好地沟通，造成女朋友的误会。"

"你没有提出分手？"吴老师又问道。

"没有。"

"你给她写封信，好好解释。"

"好的，我知道该怎样处理。"

"何立勇，我再问一个问题，你有没有在学校谈恋爱？"

"没有，绝对没有。"何立勇斩钉截铁地说。

"没有就好。我先跟学校汇报，你给你女朋友好好写一封信。"

"知道。"

凭着对孙晓霞的了解，何立勇知道孙晓霞就是要给他增加麻烦，把他的名声搞臭，最好是学校把他开除。孙晓霞毕竟是县团委书记，来学校闹的可能性不大，但她可以一封接一封地给组织写信，而且可以写得声泪俱下，把他送到道德的法庭。

过了两天，年级组长吴老师又来找何立勇谈话。

"我们做了调查，你的确没有在学校谈恋爱。"

何立勇的眉头舒展了些，他"嗯"了一声，知道没什么大问题了。

"你在上海上大学，你女朋友在小县城。她的担心是可以理解的嘛。你给她写封信，好好解释。我以学校的名义给她回封信，实事求是向她说明真相，消除误会。"

何立勇本来要说："给我女朋友写信也没用，我对她太了解了。"但话到了嘴边，又收回去了。何立勇十分平静地说："谢谢你对我的关心和帮助，我一定会按你的要求去做。"

"哎，这就对了。有什么情况，及时向我汇报。"

何立勇心里十分清楚给孙晓霞写信纯粹是多余，但他必须配合年级领导的工作。何立勇经过深思熟虑，给孙晓霞写了封信，信的大意如下：

自从上大学以来，从未对任何别的女孩产生过兴趣，没有和任何女同学有过交往，我是一心爱你的。只是最近学习任务重，给你的信少了，请你不要有任何误会。再有一年多点时间就毕业。毕业后，我们就能在一起了。

何立勇写到"我是一心爱你的"时，真想把这句话划掉，因为此时，他已不爱她了。这是一句假话，何立勇对这句话狠狠地呸了一口。

为了慎重起见，何立勇在把信寄出之前，特地将信的内容向吴老师做了汇报。吴老师听后，认为可以，何立勇就把信寄出去了。

孙晓霞认真读了何立勇和学校的来信，凭着她的社会经验，她判断何立勇的信一定是在学校压力下写的。虽然在学校给她的回信中，没提到要处理何立勇，但说明学校是重视学生婚姻问题的。在愤怒、报复情绪驱使下，孙晓霞提起笔又给学校写了一封信。

尊敬的学校领导：

　　首先，感谢学校领导对我来信的重视，并及时给我回信。何立勇也给我来了一封信，在信中说是误会。我想这封信，一定是他在你们的压力之下才写的，明眼人一看就知道是权宜之计。

你们在来信中说何立勇在校没有和女同学谈恋爱，有可能是这样，有可能不是。只要两人的恋情不公开，又有谁会知道呢？

我和何立勇相恋6年，我们的关系在我们家乡是家喻户晓的。若不是他上了大学，我们早就结婚生子了。自从我父亲退居二线后，何立勇的本质、丑陋的灵魂逐渐暴露出来。他是个阳奉阴违、口是心非的人。如果他真的愿同我和好，让他显示真心，让他和我领结婚证。

我相信组织一定会对这件事有个公正的处理，绝不允许陈世美的事发生，学校也定不会允许陈世美之类人，破坏学校的形象，破坏天之骄子大学生的形象。

此致

敬礼！

孙晓霞

吴老师以为给孙晓霞回过信后，这事算是过去了。谁知，孙晓霞又来一封信。看了这封信后，吴老师暗叹何立勇遇到对手了。现在是恋爱自由，婚姻自主，学校哪有权力逼迫或命令谁和谁结婚。如果何立勇不与孙晓霞结婚，孙晓霞肯定不会善罢甘休，定会继续向上级反映。

为此，学生处召开了一次会议，学生处处长、各年级组组长，以及78级的辅导员全都参加。首先是吴老师介绍事情的经过。

"何立勇说他们俩谈了快6年了，只是因为最近功课多，写信少了一点儿，引起女方的误会。我们调查过，何立勇在学校没有和女同学谈恋爱。因此，何立勇和孙晓霞结婚是有可能的。"

"现在恋爱自由、婚姻自主，我们怎能命令学生结婚？即使你让何立勇去领结婚证，如果他不同意怎么办？"79 级年级组组长对吴老师说道。

"这个孙晓霞比较厉害，我们随便应付一下，肯定不行。万一来闹，造成的影响非常不好。"参会的一位辅导员说道。

"好了，各位都发表了自己的意见。由于时间的关系，我做一总结。"学生处处长做总结，"现在有些人地位变了，就要与配偶分手、离婚，在社会上造成极恶劣的影响。关于这点，我们必须有鲜明的态度。有些学生因为上了大学就要和以前同甘共苦的老婆或丈夫离婚，这是绝不允许的。这既不符合上级的精神，也不符合我国传统的道德。俗语说宁拆十座庙，不拆一门亲嘛。所以，对于这件事要严肃处理，才能旗帜鲜明地表明我们的态度。"学生处处长做总结，继续说道，"我们先治病救人，如果对方拒绝被救治，那么就要严惩，给予组织处分。必要时，开除学籍。只有这样才能刹住这股歪风。让那些正在和配偶闹离婚和对象分手的人，起到警示的作用，让他们悬崖勒马。否则的话，我们学校的正常教学秩序得不到保障。"

会后，吴老师把会议的内容如实向何立勇传达，希望何立勇能认清形势，作出正确的决定。同时，吴老师给孙晓霞又回了一封信，信的大意是：学校对这类事情的态度一贯是十分明确的，绝不容许这类事情的发生，一定会对这类事进行严肃处理……

虽然，吴晓霞没有来学校闹，但由于学生处和年级为此事专门开了个会议，所以这件事，很快就在系里传开了。

"铁蛋，听说何立勇的女朋友很厉害，非要让学校处理何立勇。"一天，刘晓岚对铁蛋说。

"何立勇说过他在插队时谈过一个女朋友。"铁蛋说道。

"铁蛋，你在陈家村，是不是也有相好的在等你呢？你要早点告诉我啊，让我有个心理准备。"刘晓岚调皮地说道，并朝铁蛋瞟了一眼。

"没有，没有。我原先想钱华贵连续几个假期没回家，会不会是恋爱出了问题。没想到何立勇在这个方面出了问题，真是搞不懂了。"

"对，我们女同学也在议论这事，说钱华贵和女朋友正闹着呢。铁蛋，你可要记住，你不许有这种事。"

"绝对不会。"铁蛋知道刘晓岚是绝对不会容忍这类事情的。

刘晓岚和铁蛋以前的感情是空白的，一张白纸才好绘制最新最美的图画。

第 12 章 　见 习

外科病房似乎总比内科病房要凌乱。每到夜晚，外地病人家属，睡在走廊、过道，任何可以容身的地方。每天早晨护士长早早来到病区，第一件事就是清理病房，请病人家属离开病房。有些病人家属希望在查房时，能和医生讲上一两句话，护士长则坚决不松口。病人家属只好站在病房外，等医生查房结束，从病房出来的一瞬间，赶紧迎上，抓紧机会询问病情。

11月23日，何立勇带着小组全体同学，早早就来到外科病房，开始半天在外科的临床见习。正好这天是外科主任大查房。主任在前面走，后面跟着10多个年资不同的医生。

主任很自然地站在病人床头的右侧，其他医生围绕着病床站开。主任扫视一眼，见大家站好，便问："这个病人是谁管的？"

"是我管的。"站在主任对侧，一位年轻姓夏的医生答道。

"夏医生，请你把病人的情况说一遍。"

"病人，男，59岁，因上腹部胀痛两月，伴有消瘦、乏力入院。"

"体检有什么发现吗？"

"右上腹有轻压痛，并在右上腹可触到一个 6cm×8cm 大小、质硬的肿块，超声波检查提示是……"

"好。把病历给我看看。"主任说道。

主任翻开病历看了一会儿，又把病历交回给夏医生。然后自己询问病史，给病人做体检。铁蛋注意到，主任在给病人做腹部检查时，眉头短暂皱了一下。

"医生，我的病能治好吗？"病人用无限期待的眼神看着主任。

"能。你的病虽然复杂一点儿，但我们能想出办法的。"主任回答说。

查房结束后，医生们回到办公室。

"我们今天只讨论 29 床病人，请夏医生先发言。"主任主持病例讨论会。

"病人的病史是上腹部疼痛两个月，伴有明显的消瘦乏力，体检发现右上腹有个 6cm×8cm 的肿块，超声波检查提示肝脏肿瘤。"夏医生简要把病人情况作一汇报，"目前，我们小组认为，病人肝癌可能性较大。"

"赵医生，你是小组组长，请你分析一下病情。"

赵医生看上去近 40 岁，说道："根据病人的病史和检查结果，肝癌的诊断应该是成立的，而且是到了晚期。现在主要的问题是治疗。当地医院，已宣布了该病人的'死刑'，但病人不甘心，特地来到上海。目前，病人肝功能检查大部分指标正常，因此，还尚有一线手术切除的机会。"

"还有谁要发言？"主任问道。

会议陷入短暂的沉默。铁蛋心里在想，这有什么好讨论的，立即手术切除。切除肿瘤后，病人就能出院回家，又能从事农村的生产劳动。在铁蛋眼里，附院没有不能治疗的病。

主任把在场所有的人看一遍，见没有人打算发言，就说道："从这位 59 岁男性患者的病史和检查来看，肝癌诊断应该是明确的，而且是到了中晚期。病人说上腹疼痛有两个月，但仔细问病史，病人有上腹部不舒服已近 1 年了。随着病程的进展，右上腹疼痛将会越来越严重。一般来说在右上腹能摸到固定肿块，往往是失去手术切除机会。刚刚赵医生说，病人肝功能还正常，是不是存在一线手术机会？"主任自问自答道："人肝脏储备功能非常强大，只要有三分之一的正常肝脏，就能维持正常的肝功能。肝癌能否被切除，主要是看肿瘤与门静脉、胆管，以及肝静脉的关系。"

"老师，能不能做个检查就能知道肿瘤和门静脉、胆管以及肝静脉的关系。这样，我们就可以知道，能否切除肿瘤。"铁蛋突然提出问题，语出惊人。

在场人的目光全部集中在铁蛋身上，小组同学惊讶铁蛋的勇敢。外科医生也惊讶，一个医学生能想出这样的问题。只有刘晓岚知道铁蛋常常有他自己的想法。

"请问你叫什么名字？"主任非常礼貌地问铁蛋。

"我叫陈铁蛋，是 78 级 2 班见习的学生。"铁蛋准确给自己定位。

"哦，是个见习同学，你以前做过医生吗？"

"没有。"

"很好，作为一个还没有毕业的学生，能提出这样的问题，难能可贵。"主任表扬铁蛋。

听到主任表扬，铁蛋倒觉得不好意思。而站在铁蛋身边的刘晓岚脸上则露出得意的笑容。

"目前阶段，我们还没有办法在手术前判断肿瘤与血管的关系。因此，对于这位肝癌病人，夏医生，你要和病人家属详细交代病情，如果病人以及家属强烈要求手术，可以考虑剖腹探查术。这个病人就讨论到这里。"

在 1982 年以前，我国没有 CT，也没有核磁共振。因此，没有办法通过检查方法确定肿瘤与血管的关系，只能打开肚子，看看能否切除肿瘤。这是由当时的医学水平和条件所决定的。

"病人卖猪、卖粮食到上海来看病，还是不能确定能否切除肿瘤。"铁蛋对刘晓岚说。

"目前的医学水平就这样，谁也没办法。"

"我一定要想出一个办法来，来检查出肿瘤与血管的关系。"铁蛋自言自语地说道。

"我的铁蛋就是爱想问题。很好，给予表扬。你当时提问时，我特别为你感到骄傲。"

"我当时急了。我希望能把那个病人治好。"

刘晓岚知道铁蛋怜悯心特别强，他想帮助病人，希望病人能痊愈回家。

两天后，铁蛋他们又到外科见习，当医生查到肝癌病人床位时，病人已被送入手术室。由于要做手术，这次上午的查房，比较简单。参加手术的医生，快速处理日常事务性工作，就去手术室了。

不到 10 点钟，病人被送回病房，病人脸色很苍白，呼吸有些急促，医生和护士迅速把氧气给病人接上。

夏医生一回到病房，病人家属立即把他团团围住。

"我丈夫怎样？"病人妻子焦急地问夏医生。

"你是病人的妻子？"夏医生再确定一次。

"是的。"

"打开腹腔后，我们发现肿瘤位于肝脏的膈顶部，部分膈肌受侵犯。膈肌受到侵犯没关系，可以和肿瘤一并切除。问题是肿瘤侵犯了肝静脉和门静脉，我们试图做一些分离，但很快出现出血，只能放弃手术。"夏医生在说到"只能放弃手术"时，眼泪从病人妻子绝望的眼睛里流出。

夏医生对病人家属说："再过一会儿病人就会醒的，你们千万不要当着病人的面哭，这样对病人的康复非常不利。要给病人鼓励，让他尽快从手术打击中恢复过来。好了，就这样，有什么事可尽管找我。"

这时，来了一个门静脉高压症的病人，带教老师让大家过去看看。

病人是浙江省嘉兴市人，得了血吸虫病有 20 余年，最近出现脾脏肿大。

"同学们请站好，快点。"带教老师显得有些不耐烦。

"嘉兴是我国血吸虫病流行区。在嘉兴农村，有很多人由于下田干活，被感染上了血吸虫病。血吸虫对人体有很大的破坏作用，其中之一就是造成肝硬化和脾肿大。谁能回答，肝硬化后，会引起机体哪些变化？"带教老师开始提问。

"消化道出血。"王小强立即答道。

"对，还有吗？"带教老师肯定了王小强的回答。

"脾脏肿大。"很少发言的肖腊梅说道。

"食道、胃底静脉曲张。"董敏芝发言了。接着李丽华和刘晓岚都发了言。

"女同学讲得都很好，怎么男同学成了哑巴啦？"

"血吸虫肝硬化常引起机体一系列改变。"铁蛋站出来，有条不紊地回答："首先是血吸虫破坏肝脏造成肝硬化，门静脉回流受阻，门静脉系统压力逐渐增高。门静脉压力增高的后果是：食道胃底静脉曲张，脾脏淤血性肿大。"这时的铁蛋就像老师给学生上课一样，讲述门脉高压症的病理、生理和临床表现。

"这位同学讲得非常好，也很全面。一般来说，正常人脾脏是摸不到的，如果在左肋下能摸到脾脏，就可以认为有脾肿大。现在大家检查一下，体会一下触摸肿大的脾脏的感觉。检查时，动作要轻柔。"

大家依次给该病人做腹部检查。在左肋缘下，同学们都触摸到肿大的脾脏。

"今天的见习，就到这里结束，时间也不早了，大家回去吃中饭吧。"带教老师宣布本次见习结束。这次见习后，大家觉得收获特别大，因为他们看到很多阳性体征，对疾病有了更深入的认识。

铁蛋离开医生办公室，经过29床病房，看见病人家属蹲在门外，一手拿着一个馒头，一手拿着榨菜，算是在吃中饭。一看就知道，馒头是早晨买的，铁蛋的心不禁一酸。

12月31日，食堂宣传栏贴出一张海报，说晚上7点钟，80级学生举办迎接新年文艺晚会。

晚饭后，铁蛋和刘晓岚早早来到礼堂，找个位子坐下，一边聊天，一边等演出开始。

"星期一要去医院见习，到星期六结束。再下周就是期终考试，铁蛋你知道吗？"

"知道啊。"

"我认为这样安排不好。铁蛋你想想，见习一结束，回来马上就是期终考试，谁还会安心见习啊，见习效果肯定会受到影响。"

"也是。"

"据说，我们学校的眼科、耳鼻喉科很有名，从外地来看病的人很多。"刘晓岚仍对学校不重视小科室有些不平。

"演出开始了。晓岚，不管见习的事了。"

刘晓岚看了看手表，7点。80级的迎新晚会准时开始。

一个长相漂亮的女生和一个帅气的小伙子，走到舞台中央。女生身着大红的天鹅绒连衣裙，男生则身着藏青的中山装。女生脸上带着微笑，男生则显得有些紧张。

"各位领导、各位老师、各位同学。"女生先说话。

"80级迎新晚会，"男生说。

"开始啦！"两人同时说。

"首先出场的是80级一班的唐雅萍同学，她给我们带来的节目是独唱《我们的生活充满阳光》。"

"有请唐雅萍。"男生说完，两位主持人便退到后台。

大幕徐徐拉开，演员从舞台左侧走向舞台的中央。当聚光灯集中在女演员身上时，本来喧闹的会场突然安静，观众被演员漂亮的服装惊呆了。

唐雅萍身着一件雪白拖地宽大下摆的礼服裙，一字型的领子，使肩部半隐半现。衣服在腰部收缩，在视觉上造成宽大的肩胸部和瘦小的腰腹部。腰部以下的裙子越往下越大，形成约1.5米的下摆，下摆的褶皱随着人的走动而波动，洋溢着女性青春的美丽，给人视觉的巨大冲击。短暂的安静后，观众中爆发出剧烈的掌声。

不仅是铁蛋，就连在城里长大的刘晓岚也是第一次看到。

"幸福的花儿心中开放，爱情的歌儿随风飘荡。"铁蛋和刘晓岚轻声地随着唐雅萍一起哼唱。铁蛋的手不停地在刘晓岚手背抚摸，两人沉浸在幸福之中。

这次晚会唱的都是当年的流行歌曲，如《祝酒歌》《军港之夜》《吐鲁番的葡萄熟了》《青春啊青春》《金梭和银梭》和《太湖美》等，都是深受学生们喜爱的歌曲。

这次晚会虽然和78级举办的晚会仅相差两年的时间，但铁蛋和刘晓岚明显感到，舞台的灯光亮了，彩色多了。演员的服装洋气了。

1981年是中国原创歌曲大丰收的一年，歌唱生活、歌唱爱情的歌曲成为主流歌曲。

1982年第一个星期一，小组全体人员去眼科见习。

"阿婆，侬好，请坐。"医生礼貌地招呼来就诊的病人。

"谢谢！"一位年纪约在65岁的老年女性，坐到医生的对面。

"阿婆，侬哪能不适意？"医生问病人病情。

"阿拉眼睛不来塞。看人面孔看不清爽。"

"看不清有多少日子？"

"大约一两个号头。"

"阿婆，我先帮侬查查好吧？"

"好的，谢谢侬。"

医生给病人看视力表，阿婆只看到第 3 行，再往下，就看不清了。

"老了，不中用啦。"

"小毛病，能治好的。"医生安慰病人。"阿婆，把眼睛睁大。"医生让病人把眼睛睁大，用眼底镜检查病人的眼底。

"阿婆啊，侬是白内障。现在还没有成熟，侬先用些眼药水。一个号头后，侬来我格的，做手术。手术后，侬马上就能看清爽。"

"噶神啊？！好，一个号头我一定再来寻侬。"

"阿婆，这是侬格处方，侬到一楼拿药。回到屋里厢，侬每天用眼药水滴眼睛 3 次就可以了。"

"我晓得了。"

"阿婆慢走。"

"医生，侬态度老好，谢谢侬，再会。"

"再会。"

铁蛋站在医生旁边，静静地看着，中国教科书式医生接待病人的场面。

医生看病不仅仅需要医学知识，还有其他，比如人文修养和爱心等。从眼科医生嘴里说出来的是极其普通的话，却带着温暖。病人离开时满心欢喜，左一个谢，右一个谢。

"眼科医生对病人态度特别好，简单几句话，让人感觉特别舒服。"见习结束后，铁蛋对刘晓岚说。

"我跟的那个医生，人也特别好。他对病人总是笑呵呵的，和病人谈话就像唠家常似的。接人待物，我们要好好学一学。"

"对了，我想起来了，这就是一个所谓的医学模式问题。我前段时间在杂志上看到一篇文章，说我们现在看病的模式是生物学模式，要把它转变为社会学模式。说的是人和动物不一样，人有情感，有思想，是一个社会人。"

"似乎有道理，你怎么没给我说过你的新发现。"刘晓岚略带责怪的口气说道。以往铁蛋若有什么新发现，新感受，都是在第一时间告诉刘晓岚。

"当时看那篇文章的时候，理解不透。到医院见习后，颇有感悟。"铁蛋老实说道。

"据说，眼科连续8年被评为医院先进集体。眼科主任年年被评为先进科主任。整个医院没有一个人不说他好的。只可惜，两星期前去世了。"

"死了？！"铁蛋感到无限的惋惜。

第二天上午铁蛋所在的小组去眼科病房见习，恰巧遇到了医院院长来科室宣布人事任命。

"今天，我代表院党委宣布徐永平教授担任眼科主任。"院长年近60，头发已花白，但精神抖擞，声音洪亮。"徐主任长期以来一直是杨主任的得力助手，在杨主任生病住院期间，徐主任主持眼科日常工作，得到了院领导和广大群众的肯定。我希望在座的各位，就像支持杨主任一样，支持徐主任的工作。"

医生和护士响起热烈的掌声。

"徐主任，你讲几句。"

"首先感谢院领导和大家对我的信任。杨主任给我们树立了一个很好的榜样。我们要向杨主任学习，把科室当成自己的家，把病人当成自己的亲人，做好自己的工作。不辜负院领导对我们科室对我的殷切希望。"

接着护士长还有几个业务骨干也作了简短发言。

上午铁蛋在眼科手术室观看了白内障手术。从手术室出来时，正巧听到两个40岁左右的护士在议论不久前过世的杨主任。

"医院对杨主任评价还是蛮高的。"

"是啊！像杨主任这样以医院为家，一心扑在工作上的医生很难找啦。"

"杨主任不仅工作好，科室什么事都能搞得定。去年，科室发生一例青霉素过敏死人的事。若不是杨主任，病人家属要闹翻天。"

"是的，我记得这件事。病人在接受青霉素治疗时，突然出现严重过敏反应，来不及抢救，病人就死了。杨主任为此事非常难过，病人家属知道后还反过来安慰杨主任。"

病人在医院死于药物过敏反应，病人家属不但没有闹事，反而安慰医生。铁蛋想这样的病人家属多好啊，希望自己在以后的工作中遇上的，都是这样的病人家属。不幸的是，这种事只能成为传说或传奇。

考试临近，刘晓岚问铁蛋假期的安排，"铁蛋，你这个寒假是怎样安排的啊？"

"回家。这是我们最后一个寒假了。虽然在学校还有一年半时间，但实习期间是不放假的。"铁蛋说道。

"铁蛋，我陪你一起回家，怎样？"

"你陪我一起回我家？"铁蛋简直不敢相信自己的耳朵。

"是的，我把你从学校送到陈家村，然后我就回我自己家。"刘晓岚调皮地笑着说道，"你不是说路上时间长吗？我陪陪你。"

"那你爸妈同意吗？"

"这你不用管了。"

"你要是去我家，那我爸妈可高兴得不得了。我要立即给他们写信，告诉他们这天大的好消息。"

"不要告诉你父母。我只是看看我们伟大铁蛋诞生的地方。"

看到刘晓岚这么认真地说，铁蛋确信刘晓岚是真的准备和他一起回陈家村。铁蛋能把城里女大学生带回家，那是多么给父母长脸的事啊。铁蛋眼睛噙满了幸福的泪水。

期末考试结束，两人坐车来到南京路，直奔第一食品商店。在第一食品商店，刘晓岚挑了两袋糖果，两盒饼干和两袋五香豆。

"这次回你家是两个人，当然要多买点。"刘晓岚心想第一次上门，礼数要到，带的东西一定要比铁蛋一个人回家带的东西要多。

刘晓岚还在时装商厦给铁蛋的弟媳妇，买了一件冬天的夹袄和一套婴儿服装。给铁蛋姐姐买了一条薄的丝巾，给铁蛋妈妈买了一条厚的羊毛围巾。最后，还在盛锡福帽子店给铁蛋父亲买了一顶帽子。刘晓岚心细，考虑十分周全。

刘晓岚主动提出到他家，而且带这么多东西给他家人，铁蛋自然十分开心，但他又心疼刘晓岚花钱太多。刘晓岚虽然来自城里，但也是个穷学生，这些买东西的钱，是她平时一分一厘节省下来的。好人有好报，铁蛋人好，有这么好一个女朋友。

经过一天的长途跋涉，铁蛋带着刘晓岚来到了陈家村。大嗓门像往常一样坐在自己家的堂屋前，看进出村子的人。大嗓门远远看见有两个人走过来，就在她想看清楚是谁的时候，铁蛋挥手向大嗓门喊了一声："大娘。"

"啊，是铁蛋。怪不得身影这么熟悉，回家过年啦？"

"是的。"

"这次把媳妇带回来啦？我早就看出来啦，你是个有出息的人。"

刘晓岚听到大嗓门说她是铁蛋的媳妇，脸变得通红。

"大娘，不是媳妇，是我女朋友。"

"女朋友是什么？"

"女同学。"铁蛋知道没必要跟大嗓门多解释，干脆说是女同学得啦。铁蛋知道大嗓门这时说刘晓岚是自己的媳妇，刘晓岚肯定会难为情。

"啊哟，铁蛋你们家祖坟一定是发热了。你们家祖上积德，现在回报到你身上来了。"

"大娘，我们先回家，有空过来看看你。"

"铁蛋，我可不是你媳妇，你可不许乱说。"

"农村人，不知道什么是女朋友。"

铁蛋父母早已是望穿双眼了，看到儿子带个漂亮女大学生回家，高兴得不得了。

"路上辛苦了。"铁蛋父母问候刘晓岚。

"伯父、伯母你们好。我和铁蛋一路挺顺利的。"

"孩子，先把东西放下，喝口水。"铁蛋母亲说道。

"谢谢伯母，我自己来。"

晚饭前，桂霞一家三口，铁林带着媳妇，来看望铁蛋和刘晓岚。铁蛋父母准备了他们家有史以来最丰盛的晚餐。

晚餐的气氛是热烈的。不但铁蛋父母一个劲儿给刘晓岚夹菜，桂霞和铁林也劝刘晓岚吃这、吃那。

"晓岚，这是我爸妈的拿手好菜。"铁蛋夹了一个鸡大腿给刘晓岚，又拿了个小碗，盛了大半碗鸡汤，"尝尝这鸡汤，味道特别好。"

刘晓岚端起碗，喝了一口，由衷地赞叹道："呀，这鸡汤真好喝。"

"凡喝过我妈妈做的鸡汤的人，没有不说好的。"

"好吃，就多吃一些。"铁蛋母亲说道。

铁蛋一家人非常客气，刘晓岚不停地说："谢谢，谢谢。"晚饭后，刘晓岚把从上海带的礼物拿出来，铁蛋的父母、桂霞和铁林，人人都有份。

经过一晚上的休息，刘晓岚消除了旅途的疲劳。第二天一大早，太阳从大山后面探出脑袋，揭去了夜晚编织的幕纱。群山、田野都沐浴在金色的霞光中。

早饭后，铁蛋领着刘晓岚在村里四处走走。首先来到村部。铁蛋指着村部说：

"这里原是陈家祠堂。现在的房子是村部，是在 13 年前建的。我曾在这里做过会计。"

"嗯，你说过，你做过村会计。"这时刘晓岚的思想，完全在陈家祠堂上。铁蛋讲过祠堂是陈家村的文化和生活中心。祠堂对维持陈家村的秩序、人们的价值观起着非常大的作用。

"晓岚，这条小路，可以一直通到山顶。在山顶就可以看到陈家村的全貌。"说着铁蛋拉起刘晓岚的手，往山上走去。桃树、槐树等其他一些杂树，在冬天寒风的梳理下，只剩下树干和干瘦的树枝。山路铺满了枯黄的树叶，走上去却有些松软和弹性。不足半小时，两人就来到最高点。由于是冬天，没有东西可以挡住他们的视线。缠绕山间的雾霭，已被太阳驱散的无影无踪。

刘晓岚站在这高高的山顶，放眼远望，整个陈家村尽收眼底。陈家村坐落在群山环抱之中，村东口是群山留给陈家村人通向外面世界的大门。这里所有人家的房屋建在半山腰上，群山环抱中有一小块"平原"，是村民的稻田。

"村长家在那。"铁蛋用手指向一处房子。

"嗯。"刘晓岚顺着铁蛋指的方向点点头，表示自己看到了。

"我给你讲过，村长也是我姑父。他儿子家顺和我是好朋友。我和他一起去乡里上小学，小学毕业后，他没有上中学。现在，在家里种田，已经结婚了。"

"铁蛋，如果你不是去上大学，你可能已是孩子他爸了吧？"

"没有，没有。我在上大学之前，根本没谈过女朋友。"

"真的没有？可不许骗人啊。"

"对了，村长的女儿去年考上了中国科技大学。"

"考上中国科技大学，真是不容易。陈家村就是个出人才的地方。"

当铁蛋和刘晓岚从山上回家时，整个村子热闹起来了。人们争先恐后，从家里探出脑袋，看看铁蛋从城里带回来的女大学生。铁蛋把刘晓岚带回家，是陈家村的大新闻。一个普通农民的儿子，能把一个漂亮的城里的女大学生带回家，是多么骄傲的事。铁蛋和刘晓岚走在村里任何一个地方，人们都投来羡慕的眼光。

第13章 内科实习

1982年2月，寒假结束后，铁蛋开始了实习医生的生活。实习是以小组为单位，安排在大学附属医院或其他教学医院。铁蛋所在的小组被安排在附属医院实习，其中内科4个月，外科4个月，专科4个月，专科包括：儿科1个月，妇产科1个月，眼科、耳鼻喉科、口腔科、放射科各两个星期，加起来共一年时间。

何立勇、铁蛋、孙邵东、李丽华4人安排在内二病区实习；陆恩源、王小强、钱华贵、刘晓岚分在一组，到外科实习；另外一组是董敏芝、郭建国、潘永军和肖腊梅在专科实习。

医院各科室早就盼望78级学生来实习。从77级学生实习结束，到78级学生来到医院，有10天的空档。在这10天的时间，可把各科室的住院医生忙坏了，他们不得不亲自写病历、亲自换药。所以，这帮住院医生们对78级学弟翘首以盼。盼望78级学生的还有医院未婚的护士们。

护校是三年制，77级、78级的护校学生毕业时，和他们同时入学或同年龄的医学生们还在学校上课。所以，有些未婚的护士，把眼睛盯在实习大学生身上。

内二病区是以心血管疾病为主，老主任非常有名，据说曾给国家领导人看过病。

带教铁蛋的卢医生30岁出头，工作很勤奋，深得病区洪主任的喜欢。

"小陈，我们先看看病人。"卢医生领着铁蛋到病房。介绍完病人后，卢医生嘱咐铁蛋尽快熟悉病人，就走了。

卢医生管12个病人，其中有3位重病人。3位重病人中，一个是心肌梗塞，另两个是心力衰竭。心肌梗塞病人躺在抢救室，现在病情已稳定。两位心力衰竭病人都是70岁以上老年人，半坐着，吸着氧气，呼哧、呼哧吃力地喘着气。

下午快下班之前，正当铁蛋抱着病历送回护士办公室时，迎面遇上卢医生。

"小陈，病人熟悉了吧？"

"刚把病历全部看了一遍，大概知道每位病人的病情。"

"好的。病历是病人在住院期间的档案资料。写病历是实习医生一项重要工作。你转告同学，明天下午在办公室召开实习医生会议，讲病历书写。"

第二天下午2点30分，实习医生们，来到内二医生办公室，听卢医生讲病历书写规范。卢医生是科主任助理，主要是负责实习和进修医生的带教。

"大家好，首先欢迎各位来到内科实习。今天我给大家讲病历书写的要点和注意事项。病历，首先是主诉。主诉是……"卢医生按病历书写规范的要求，给同学们讲解病历书写，"新病人入院前三天，每天要记录一次病程录，危重病人或病情有变化的病人，要每天或及时写病程录。"

最后，卢医生强调说："病历不仅反映病人的病情，还反映出医生的水平，希望大家重视，认真写好病历。"

晚饭后，铁蛋从护士站把他管的 12 个病人的病历从病历柜中抽出来，抱到医生办公室，按照卢医生讲课的要求，开始整理、书写病程录。待铁蛋写好最后一份病程录时，已是晚上 10 点 12 分了。写病历是花时间的活，实习医生给医院做了大量的事务性工作。

虽然做任何事，都有上级医生指示或指导，但初次做实习医生的感觉还是十分兴奋的。铁蛋和他的同学们每天晚上都在病房，不停地写病历、贴化验单、看书，直到睡觉时才离开病房。

进入内科实习的第二个星期五，老主任到科室查房。老主任看上去近 70 岁，中等个，面相非常和善。平时在科室八面威风的洪主任，见到老主任时，则是恭恭敬敬。每次走到病房门口，洪主任亲自为老主任打开房门，让老主任先进去，处处显示出对老主任的尊重。

老主任来到病房自然站到病人的床头的右侧，全科医生，还有护士长，则围着病床，把整个房间挤得水泄不通。

"谁管的病人啊？"老主任开始查房。

"是我。"站在老主任对面的章婉玉医生开始汇报病史："病人今年 57 岁，半年前开始有心前区疼痛。在无锡一家医院诊断为心绞痛，病情时轻时重，近半个月加重，曾有两次在睡眠中，因剧烈胸痛而惊醒，咳出粉红色泡沫状痰。"

"嗯。"老主任一边听章医生汇报病史，一边翻阅病人的病历。

"同志，您有什么不舒服？"老主任温和地和病人说话。

"起初，我在干活时，胸口处有些疼痛。我去医院，医生给我开了些保心药。最近一个月，在后半夜突然有呼吸困难，咳出血一样的痰。家人说上海水平高，便从无锡到上海来看病。"

"嗯，以前身体好吗？"

"以前身体很好，没有什么病。"

"吸烟、喝酒吗？"

"抽烟，偶尔也喝酒。"

"同志，你把衣服解开，我来听听心脏。"

在病人解开纽扣时，铁蛋注意到老主任的一个细节。老主任先用自己的手把听诊器捂了几秒钟，然后再把听诊器放到病人的胸部，猫着腰给病人听诊。这时，站在旁边的医生，则屏住呼吸，看老主任给病人做检查。

"章医生，你听过病人心脏吗？"老主任问章婉玉医生。

"听了，病人有心律不齐。"章医生回答说。

"是的。该病人有早搏。心尖区可以听到非常柔和的舒张期杂音。这个舒张期杂音非常轻，很容易被呼吸音掩盖。章医生你再试试。"

章医生把听诊器放在老主任手指的部位，听了约莫3分钟。章医生兴奋地站起来说："主任，我听到了舒张期杂音了。"

"好。"老主任满意地点点头，又接着说："这种杂音多发生在中老年人，是心肌或瓣膜顺应性降低所致。病人的诊断是什么，怎么治疗的？"老主任问站在章医生旁边的李丽华。

"章老师说是冠心病，目前给予活血化瘀、扩张冠状动脉以及增加心肌收缩的药物。"李丽华流利地回答老主任的提问。

"根据病人的病史，是一个典型的心绞痛。由于长期心肌缺血，心脏收缩功能受到影响。在治疗上给予改善心肌血供和减轻心脏负荷。"章医生补充道。

"回答问题就要像章医生这样。做医生一定要认真询问病史，不能放过任何一个可疑之处。要仔细体检，要多听，才能积累经验。冠状动脉狭窄，导致心肌血供不足，特别是在病人进行体力活动时，血供不足就十分明显，病人心前区就会出现疼痛。长期的心肌血供不足，病人的心肌收缩能力就受到影响，一旦左心收缩力量不足，肺里就会出现淤血，病人就会咳粉红色的痰。"老主任继续说道，"发病的根本原因是冠状动脉狭窄，导致心肌血供不足，也就是我们平常以及老百姓所说的'冠心病'。现在我问大家一个问题，为什么病人会在晚夜间、睡觉时发生左心衰？"

老主任看了在场的所有医生，眼光停留在孙邵东身上，说："你是新来的吧？请你给大家讲讲为什么左心衰易在晚夜间睡觉时发生。"

"这个不知道。"孙邵东难为情地用手抓抓头。

"刚来不知道没关系。卢医生，请你给大家讲一下。"老主任对卢医生说道。

"这是因为平卧后，心脏的回心血量增加，心脏的负荷加重。"

"卢医生讲得很好。在白天，冠心病人勉强维持人体的正常血液循环。在病人睡觉时，由于病人躺卧，这时回心血量增加。再加上病人睡觉时，迷走神经兴奋性增加，心肌收缩能力进一步减弱，左心室不能及时将左心室的血液泵出，在肺里的血就不能及时离开肺，就造成了肺淤血。肺淤血就会影响气体交换，病人就会憋醒，咳出粉红色的痰。左心衰是临床比较紧急的一种情况。请你回答该怎样处理？"老主任问铁蛋。

"主任你刚才讲了，急性左心衰是由于回心血量增加，心肌收缩不足，肺淤血造成的。因此，解决问题，就要从这三方面着手。"接着铁蛋把治疗的步骤有条不紊地讲述一遍。何立勇，孙邵东，李丽华为铁蛋的回答暗暗叫好。

"说的很对。"老主任十分满意铁蛋的回答，和蔼可亲地对铁蛋说："我们治疗急性左心衰的治疗原则就是这样。"

接着，老主任特别强调西地兰的用法，指出 0.2mg 和 0.4mg 产生的效果是不同的。整个一本内科书就好像全装在老主任的脑袋，就连病人也一个劲儿不断地点头称是。

查房结束，回到办公室。铁蛋感慨地对卢医生说："老主任水平真高。"

"老主任水平在全国是数一数二的。老主任是我们科室的一面旗帜，金字招牌。"卢医生自豪地说。

"能在老主任的科室实习，是我们幸运。"

"可以这么说吧。"卢医生肯定地说道。

"我发现老主任人特别好。不论是对病人，还是对医生都和蔼可亲的。不像传说中知名教授威严，与普通人之间有段距离。"铁蛋继续颂赞老主任。

"老主任人的确很好。老主任特别强调做医生的基本条件之一，是要有同情心。医生要关心和爱护病人，处处为病人着想。所以，在我们科室里的病人，不论是外地来的农民，还是市领导，他都十分认真地给他们看病。"卢医生对老主任的人品，给予高度评价。

"同情心，关心病人。"铁蛋重复这句话。

"同情心、关心病人。说起来容易，但做起来难啊。老主任说过，将来医学院校招生时，最好要有面试，看看一个人，有没有同情心。同情心差的人，不适合做医生。"

"做医生要面试，同情心差的人，不适合做医生。"铁蛋反复思想这句话。

卢医生作为科主任助理，除了负责实习医生和进修医生的带教，卢医生还要替洪主任到医院参加一些耗时、无聊的会议。所以，卢医生每天都很忙，查完房后，对铁蛋交待一天的任务后，就不知去向。

"1床今天加用氨茶碱，把6床病人的西地兰停掉，7床病人请泌尿外科医生会诊……"卢医生查房就像在前线作战的指挥官对下级布置任务。铁蛋很认真地记下卢医生布置的各项任务，然后一项一项去完成。

铁蛋每天早早就到了病房，在8点钟之前，已把自己管的病人巡视了一遍。在查房时能准确地把病人情况向上级医生汇报。在病房，一天最忙的时间是上午，铁蛋要在上午开医嘱、开各种化验单、检查单，对病人做各种解释工作。有时还亲自陪病人到放射科等科室做各种检查。下午和晚上，铁蛋的时间用在书写病史上。经过两个多星期的摸爬滚打，铁蛋的临床能力增加了不少，跟刚到临床时，两眼一抹黑完全不一样。

实习医生每天做了大量的事务性工作，这些事务性工作，对一个医学生转换为医生是必须的。由于实习医生做了大量的事务性工作，本院医生就能把时间用在看书、看杂志、写文章上。当实习医生的新鲜劲过后，也会发出一些抱怨声，发一些牢骚。难得有一天晚上，小组 8 个男生全在寝室。

"自从实习以后，就很难见到潘永军和王小强的身影。今晚你俩咋没陪护士值夜班？"

"班长，我可没有天天陪护士上晚夜班。这段时间，我外婆身体不好，我常回家。"潘永军反驳道。

"不是吧，上星期四的晚上，我到你们科会诊，已是 11 点 30 分了。你还在和护士热烈地聊天，被我逮个正着。"何立勇特地用"热烈"这个词。

"那天晚值班的护士是我表妹，我们谈家里亲戚的事。"

"潘永军，我们在一起快四年了，从来没有听说你有表妹。怎么你一实习，护士全成了你的表姐表妹了。"郭建国也上来插话。

"和护士聊天，没什么。潘永军用不着紧张。"铁蛋也参与进来。

"还是铁蛋人好，理解人。20 好几的光棍和护士聊个天，就是谈恋爱也是正常的嘛！孙邵东你说是不是？"潘永军想让孙邵东给自己帮腔。

"是，是。"孙邵东连忙答道。

"要是在农村，你们早就做父亲了。王小强，潘永军你们几个人虽然年龄不老小了，但和同年龄的护士比，你们的社会经验比她们差远了。做老哥的，给你们提个醒。"陆恩源善意地提醒。

"老陆讲得对，要小心。不然护士把你们卖了都不知道。"何立勇说道。

"谁卖谁呀？"王小强不屑一顾地说道，"听说上届有位哥们，在医院实习一年，谈了三个女朋友。内科谈一个，外科谈一个，儿科谈一个，弄得这三个护士争风吃醋，就差没打起来。实习结束，当这个哥们儿要离开时，这三个女护士哭得像个泪人儿。"

"这些乱七八糟的事，你听谁说的。王小强你还是应该把精力放在实习上。"铁蛋说王小强。

"我们是应该把精力放在实习上。但和护士相处好，也没什么错。郭建国你说是吧？"王小强说道。

"你不要把郭建国扯进来。我们首先要管好自己的病人，完成带教老师布置的任务。另外，和护士交往要有个度。"铁蛋说话像个大哥。

"我在儿科跟在蔡医生后面，算是倒了八辈子霉。"潘永军气愤地说："儿科病人没住几天就出院，床位周转特别快。除查房之外，就是没完没了地写入院录、病程录，还有出院小结。一个病人住没几天，要写七八张纸，手都写酸了。蔡医生什么都不管，只把我当成一个给他做杂事的劳动力。"

"大家都一样。老陆、钱华贵和王小强在外科实习，不但要写病历，还要换药，上台拉钩，也很辛苦。"何立勇说道。

"我知道，写病历是我们实习医生的一项主要工作，但带教老师也要给我们讲讲，分析下病情，为什么要用这些药。只知道叫我干活，从不带教，那叫什么带教老师？！查完房就和几个医生躲到值班室，或找护士聊天，谈论什么邓丽君的歌曲。"

"潘永军，带教老师这样做是有些不对。越是这种情况，自己更要努力。要不然在儿科实习损失就更大了。"老陆插话道。

"何班长，你能否向院方反映，不让蔡医生带教。否则，我们会成为下一个受害者。"孙邵东说道。

"对，把蔡医生换掉，越早越好。"潘永军坚决地说道。

"外科也有令人讨厌的医生。他自己有事没事就找护士聊天，整天和护士扎堆在一起。我和护士讲几句话，他满脸不高兴，总是把我支走。好像科室的护士全是他私有财产似的。"王小强抱怨道。

"我看不能全怪那位外科医生。你每天晚上都陪护士上晚夜班，他怕影响你的实习。"何立勇说道。

"那小子儿子都3岁了。我看他老婆迟早要和他离婚。"王小强气愤地说。

"王小强，这个不好随便说。"陆恩源提醒王小强。

"弟兄们，我们到医院实习，是来学本事的。遇上一些不公平的事，必须要忍。眼光看远一点，熬过这一年，这五年的学习不就结束了吗？"何立勇劝道。

铁蛋和潘永军一样，也希望有人经常给他指点，有人给他讲怎样处理病人。卢医生人还可以，只是太忙。平日，铁蛋最盼望的就是主任查房和病例讨论，老主任和洪主任知识非常渊博，看问题往往比别的医生更深入一点。有时，主任对病人治疗方案稍微一调整，看上去就是简简单单换个普通药，或是剂量改一下，病人的病情就能好转。在老主任和洪主任之间，铁蛋更喜欢老主任。

铁蛋喜欢老主任，主要的是铁蛋喜欢老主任的性格。老主任为人十分谦和，没有一点儿架子。在老主任查房时，很多年轻医生还有进修医生，都敢于向老主任提问，甚至问一些很简单的问题。老主任总是十分耐心、认真给予回答。然而洪主任则给人太多的威严，俨然一副大医院大医生做派，让人很难接近。

四月第一个星期二上午，老主任一大早来到医生办公室，参加交班。交班结束后，老主任讲话："我告诉大家一个好消息，洪主任当选为我国心血管内科专业委员会的委员，还被增选为《中华内科杂志》的编委。"

"啪啪"，医生和护士拼命鼓掌。

洪主任高兴地向大家扬扬手，表示谢意，接着开始了作为洪委员的演讲。

"我这次当选，完全是老主任多年的栽培。没有老主任，就没有我和科室的今天。我们要像老主任一样，把科室当家，一心一意搞好科室建设。当老主任告诉我，当选为全国委员后，我十分高兴，同时感到责任重大。我一定要加倍努力工作，把我们科室建成全国最好的心内科。"

洪主任讲完后，又响起了一阵掌声。

之后，停止了多少年的学术团体又重新开展了学术活动。中华医学会内科学分会，这个代表中国内科最高水平的学会，对中国医学的发展起了指导、规划的作用。能在这个学会里任个委员，都是中国顶级的内科专家，是大医院内科主任们的梦想。新陈代谢是自然界永恒的规律，老的离去，需要新人来补充。补充进来的人，都是老专家推荐的。被推荐的人，不外是自己的助手，就是自己的学生，据说竞争挺激烈。

洪主任当选为全国委员的事，在医院引起极大的反响。

有天铁蛋去食堂比较晚，食堂只剩下稀稀拉拉几个人。离铁蛋不远处，有两个高年资医生边吃边聊。

"老董，你知道这几天我们科李主任，有些心神不定。"

"为什么？"

"内二科的洪主任，当选为全国委员，对李主任压力很大。"

"两个人井水不犯河水，有什么压力。"

"唉，你这个人是真糊涂，还是装糊涂？"

"我没有装糊涂啊。"

"明年，大内科主任要退休，像李主任、洪主任这些人，都盯着这个位置。"

"谁当大内科主任，就要看他在全国的地位。"

"对。就是这回事。"

"在我们医院担任大内科主任的人，一定要在全国有影响，有学术地位的人才行。"

"据说洪主任担任全国委员，全靠老主任鼎力相助，推荐上去的。"

"若没有老主任保荐，他根本不行。"

"你看，洪主任平时对病人凶巴巴的，特别是对从农村来的病人，总是摆副臭架子。但他把老主任和院领导哄得很好。"

"听说洪主任在医院受到表扬。"回到寝室，孙邵东对王小强说。

"听说内三科李主任水平也很高，在医院有很高的威望。"王小强说道。

"你听谁说的？"何立勇以为王小强只会对护士有兴趣。

"是我们科主任说的。我们科主任和你们洪主任是大学同学，他们可是知根知底的。"王小强说道。

"那你说他们是怎么议论洪主任的。"何立勇听到王小强说外科主任和洪主任是大学同学，倒真想听听这些人对洪主任的评论。

"不仅是外科主任这么说，就是外科其他医生也这么说。"

"到底是怎么说？"

"在外科，很多人都说洪主任这个人太精明，太势力，很会见风使舵。"

"怎么会这样？"铁蛋心想像洪主任这种高水平的医生，应该一心专于事业。

"我在科室也听到别人这么说过。他们说洪主任为了当上全国委员，整天围着老主任转，拍马屁。"同在外科实习的钱华贵也站出来讲话。

"我们主任说：内科老主任人特别好，是个真正的知识分子。"王小强接过话说。

"老主任人很好，只是和我们接触太少。"何立勇说道。

"老主任的水平，在医院是一致公认的。"

"大家都说老主任人好，一心为医院，一心为科室。老主任为了不把这个名额给外院人抢走，就拼命推荐洪主任。洪主任真是有福气。"

"跟好人在一起是幸福的。好人会帮助你,最起码不会害你。"老陆像个长者在作总结。

"喂,兄弟们,听好,这些事,我们千万不要掺和进去,听听就行了。"何立勇提醒大家,不要忘记自己是实习医生。何立勇毕竟下放过,做过村长,社会经验比王小强等人丰富得多。

通过四个月的内科实习,铁蛋打下了一个非常好的基础,对医院的流程、疾病诊疗常规非常熟悉,也可以说是得心应手。故在铁蛋要离开内科时,他的带教老师卢医生真是有点儿舍不得,因为铁蛋做事他最放心。很多事卢医生只要点拨一下,铁蛋就能领悟,然后认真去做。

6月,铁蛋完成了在内科的实习,按计划到外科实习。而这时,刘晓岚则完成了在外科的实习,转到专科室实习。

第 14 章　外科实习

　　铁蛋到外科三病区实习，非常巧合的是，带铁蛋的那个医生就是带教刘晓岚的刘医生。刘医生平常话不多，但做事十分认真踏实。

　　"陈医生，这个病人是胃癌术后第 4 天，肛门已排气，今天给予流质。这个是新来的甲状腺病人，请五官科会诊，手术安排在明天。这个病人是阑尾切除术后第 3 天，今天给换个药。这位病人明天出院，今天就要把出院小结写好。"刘医生带着铁蛋查房，把所管病人的病情向铁蛋作了简要的介绍。

　　"陈医生，你尽快熟悉这 13 个病人。我上午要参加手术，有什么事下午找我。"刘医生又补充道，"陈医生，你如果有兴趣，今天上午你也可以去手术室看手术。"说罢，刘医生就去了手术室。

　　一开始铁蛋也想去手术室，但一想到自己对所管的病人一点儿也不熟，决定先熟悉病人。于是，铁蛋拿着一个小本子，来到病人床边，询问病情，并作记录。在13个病人中，上海人7个，外地人6个。在内科实习时，铁蛋最怕遇上年纪大的上海老人。因为有些年龄大的上海人既不会讲普通话，又听不懂普通话。为了写病历，铁蛋不得不请孙邵东或护士做翻译。在内科实习4月后，铁蛋基本上能听懂上海话，还不时地从嘴里蹦出"阿拉""侬好""哪能"等词语。

吃过晚饭，铁蛋和刘晓岚一起来到外科病房，迎面碰上晚班的护士。"刘晓岚，你去哪个科室了？"

"儿科。"

"要常来看看我哦。"护士故作亲热地说道。

"肯定。"刘晓岚也客气回答道。

由于铁蛋和刘晓岚来科室比较早，医生办公室只有铁蛋和刘晓岚两个人。刘晓岚对铁蛋说："外科医生人都不错，大家各忙各的事，很少东家长西家短的。刚刚碰上的护士小张，别看她表面很客气，却是个很有心计的人，特别喜欢给主任打小报告，千万不要得罪她。还有廖佳媚，你最好离她远点儿。这个人，对付男的很有一套。王小强被她弄得神魂颠倒，每天陪她上夜班。"

"哎哟，小刘在这。"刘医生突然来到医生办公室。

"我来看7床病人。"刘晓岚急中生智说自己以前管过的病人。

"小陈。"刘医生对铁蛋说："小刘在我们这里表现非常好。有个阿婆还要小刘做她的儿媳妇。"

"刘老师就是喜欢开玩笑。"刘晓岚脸红了。

"刘老师这么晚还没回家。"铁蛋把话题岔开。

"我来看今天上午手术病人。陈医生，你晚上注意病人的血压和心率。如果有异常，及时告诉值班医生。再见，我回去了。"刘医生说完，就离开了办公室。

"外科医生，晚上都会来看看当天的手术病人，星期天上午也会来看一下。"刘晓岚向铁蛋介绍外科医生工作特点。

"嗯，外科医生看来比内科医生要辛苦、累一些。"

"是吧。"

外科医生工作的重点是在手术室，查房比内科医生要简单。术前查房主要是看化验结果，明确诊断和有无手术禁忌证。手术后查房，重点是看有无并发症。相对于内科，外科实习医生处于无人管的状态。实习医生要想学东西，更多的是靠自觉和主动。

铁蛋第一次上台是一个胃癌手术。主刀是俞主任，刘医生做助手，铁蛋就是助手的助手。由于是第一次上手术台，铁蛋紧张多于兴奋。俞主任用手术刀利索地在病人上腹部，划出一道笔直的切口，依次切开病人的腹壁，进入腹腔。虽然铁蛋学过解剖学，但这活生生的胃、肠、肝等器官还是第一次见到。

"这是胃癌组织，已侵犯到浆膜外了。同学你来摸一下，体会什么是胃癌。"俞主任对铁蛋说。

铁蛋顺着俞主任指的方向，看到在胃的中央有一个 $3cm \times 4cm$ 大小的隆起，呈灰白色的。铁蛋用手摸了一下，感觉这块灰白色的胃壁比周围红润的胃要僵硬。

"体会一下就可以了。"俞主任让铁蛋把手移开。

由于是第一次上台，铁蛋不知道怎样帮忙，显得有些笨拙。看着俞主任做手术的一招一式是那么娴熟、麻利，铁蛋羡慕不已。

中午 12 点，刘晓岚给铁蛋买了中饭，在外科医生办公室等着他。孙邵东也在办公室，这天是他值班。

"刘晓岚，我们这个办公室要成为医院最热闹的办公室了。"孙邵东说道。

"为什么？"刘晓岚反问道。

"王小强在这里谈了一个女朋友。王小强肯定有空就要往这里跑。另外，就是你。"

"我怎么啦？"

"铁蛋在外科，你肯定要来。比如，今天你给他送饭来。"

"孙邵东，听说你和内科一个护士处得不错啊。"刘晓岚开始反击。

"哪里的话，只是聊天而已。我可没有铁蛋好福气，找个大学生，我只好找护士聊聊天。"

"别瞎说，你是上海人，眼光高。外地人在你眼里全是乡下人。哎，你看李丽华怎样？"刘晓岚故意刺激孙邵东。她知道李丽华看不上孙邵东。

"我可高攀不上。"

在学校，男同学围着女同学转，女同学则是爱搭不理的。到医院后，这帮20好几的小伙子，碰上热情大方的护士，马上把女同学放到一边，和护士热烈地恋爱起来。

这时，铁蛋拖着疲倦的身子回到办公室。

"铁蛋，人家给你送中午饭来啦。铁蛋你慢慢吃，我正好要去看病人。"孙邵东知趣离开。

"晓岚，你中午怎么没回去休息一下？"

"你快吃吧。"刘晓岚心疼地催促铁蛋快吃饭。

"晓岚，你也挺忙的。以后不要送了。"铁蛋知道儿科很忙。

"没事。顺便给你带一份。"

"饭还是热的。"

"那就好。"

在护士办公室，孙邵东和护士聊天。

"听说，你在内科实习时，谈了一个朋友。谁呀？也许我认识。"护士问孙邵东。

"大家只是在一起玩过几次，根本算不上正式朋友。"

"你是不是还想谈几个？然后在中间挑一个？"护士故意问孙邵东。

"我哪有这个本事。刘晓岚你认识吧？"

"认识，刚从我们科出去的。"

"铁蛋，你认识吧？"

"铁蛋是谁？"护士反问道。

"就是跟在刘医生后面的实习医生。"

"我知道，和你一起刚来的。我只是叫不上名字。"

"俞主任今天上午做了一台胃癌手术。刘晓岚给铁蛋送饭来了。"

"你说他俩是一对？"护士来了兴趣。

"是的。他们谈了有一年多了。"

"铁蛋这个人真不简单。"护士立即对铁蛋刮目相看。

在大学里，女生少，漂亮的女生往往很高傲。能在大学生中找到女朋友，小伙子一定很优秀。

"他是怎么和刘晓岚谈上的？"护士问孙邵东。

"怎么谈上的，这谁知道？！"

"那你为什么没有谈个女同学？"护士又问孙邵东。

"不是每个人都有这个福分。"孙邵东补充道，"有些女同学，装得很清高，我懒得理她们。"

护士的眼睛亮起来，来了精神，"是啊，没有必要装得高人一等。不就是读了大学吗？有什么了不起。"

在外科，铁蛋每5天参加1次值班。现在铁蛋已参加了3次值班，只是在第2次值班时，晚上9点钟来了个胃穿孔病人。手术在11点钟之前就结束了。然而何立勇、孙邵东，就连女同学李丽华每天晚上都有急诊，而且是忙到天亮。有一次何立勇值班，一下来了三个急性阑尾炎。急性阑尾炎是实习医生最愿意遇到的病种，带教医生往往会让实习医生自己做。通过这3例手术，何立勇对阑尾切除术有了一定的心得。有一天孙邵东值班，刚睡着，来了一个急性化脓性胆管炎病人，手术结束回到病房已是凌晨4点。由于过了睡觉时间，孙邵东再也没能入睡。第二天上班，孙邵东对铁蛋说："我昨晚一分钟没捞到睡。你运气真好！"

此后，铁蛋再也没有那么好运气了。铁蛋第 4 次值班时，约在晚上 12 点，来了个阑尾炎。跟病人家属谈完话、签好字后，刘医生带铁蛋进手术室。手术刚开始，病房来电话，说又来了一个消化道穿孔的病人。

"铁蛋，后面还有个病人。这个手术要快点结束，这个手术我来做。"刘医生也称陈铁蛋为铁蛋。

"嗯。"

于是刘医生自己三下五除二，完成阑尾切除术，从切开皮肤到缝合皮肤不足 30 分钟。

5 天后在手术室，一台阑尾切除术正在进行。

"铁蛋你站到右边。"刘医生叫铁蛋站到主刀位置。

"好的。"铁蛋站到主刀位置。

"从这里，做个切口。不要太长，5cm 够了。"

"好的。"铁蛋说完，拿起手术刀，在病人右下腹做了一个长 5cm 的切口。在刘医生指导下，铁蛋用手术刀逐层切开腹壁各层组织，进入腹腔。

"进入腹腔后，首先是寻找阑尾。找阑尾有以下几个要点：一、大网膜下移的地方，就是阑尾所在地；二、沿侧腹壁的结肠旁沟，可看到升结肠，向下就是盲肠。在盲肠附近，就能找到阑尾。如果病人肥胖，腹壁厚，可用手指在右下腹寻找，凭感觉找，手指碰到一个质地偏硬、条索状东西就是阑尾。"刘医生很有耐心地教铁蛋做手术。

"不错，第一次就做到这样，真的不错。"刘医生肯定铁蛋的表现。"手术记录写好后，给我看看。"

"好的。回到病房，我马上就写。"

"用不着那么急。明天上午先睡一觉，值班挺辛苦的。"

"谢谢刘老师。"虽然手术经过很顺利，但由于紧张，铁蛋全身的衣服被汗水所浸湿。

第二天晚上，铁蛋来到儿科病房，看望刘晓岚。

"你白天睡了吗？"刘晓岚知道铁蛋昨晚有急诊手术。

"上午睡了一会儿，下午把手术记录写好，交给了刘医生。"

"什么手术？"

"阑尾。"

"你做的？"刘晓岚接着问。

"是的，刘医生人很好，从头到尾都是让我做的。"

"我的铁蛋就是行，我对你说过不用急，机会多的是。"

"刘医生经验很多，我从他那里学了不少。"

"刘医生有什么经验，他只是个小医生，跟主任比差得远。"

"刘医生的阑尾手术做得非常好。"铁蛋心想主任的层次太高了，他目前需要的是从最小的手术学起。

"你这几天忙吗？"铁蛋关心地问刘晓岚。

"这几天小儿肺炎比较多，每天忙着写病历。"

铁蛋想起潘永军在寝室，抱怨过儿科病人周转快。于是铁蛋说："儿科病人周转快，是儿科特点所决定的。"

"铁蛋，你以后要做个外科医生，做一个手到病除的外科医生。"

"好的，我一定要做一个手到病除的外科医生。"

有一次星期一，病房来了不少新病人，直到晚上 10 点钟，铁蛋才把病史写完。他离开时，恰巧俞主任从办公室出来，准备回家，俩人一同从楼梯向下走。

"俞主任好。"铁蛋礼貌地喊一声俞主任。

"你好，你来外科有多少时间了？"俞主任客气问道。

"两个半月了。"

"为什么现在才回去？"

"今天来了 4 个病人，刚刚才把 4 份病历完成。"

"在外科实习还是比较辛苦的。"

"还好。"

"主任也这么晚才回家。"铁蛋反问道。

"利用晚上时间看看书。"

"主任还需要看书啊？"

"谁说主任就不需要看书呀？内科医生看书，外科医生更要看书。"

"那做个外科医生比内科医生辛苦多了。"

"差不多吧。"

此后，铁蛋经常看到俞主任办公室的灯，很晚才灭。

"晓岚，俞主任经常很晚才回家。"

"是啊，他一直是这样。他在医院是一个人一间办公室。据说他家5口人挤在两间房子里。"

这时，铁蛋脑子浮现出刘家成家的房子，若5个人生活在一起，的确很挤。于是铁蛋说道："那房子的确小了点。"

"正由于家小，很多主任晚上在科室看书。如果病房有什么紧急情况，处理起来也方便。"

"将来，我要是做了外科医生，可就没时间做家务事啦。"

"哎哟，谁还指望你做家事，不过有你这份心就行了。"刘晓岚笑着用手摸了摸铁蛋的脑袋。

俞主任的生活方式，预示着铁蛋将来全部时间都要用在医院里，没有节假日、没有时间陪家人。

一天，从外地转来一个病人。该病人是一个半月前，在当地一家医院做了胃切除术，术后出现了并发症。在当地治疗了一个多月时间，也没有治好。

"铁蛋，11床来了一个重病人，你去看看。"护士远远地喊道。

"哦，马上就到。"铁蛋拿一张纸和一支笔，询问11床病人的病史。

病人面色有些晦暗、颧骨突出、面颊内陷，一个典型慢性营养不良病人。

"我姓陈，是你的床位医生。"铁蛋到医院实习有半年的时间了，能熟练接待新入院的病人。"你们谁能告诉我，病人的病情。"铁蛋本来要直接问病人，但看到病人体质太弱，就问家属。

"4月初，我丈夫因为胃癌，在我们当地医院接受手术治疗。手术做得很好，可到手术后第5天，我丈夫突然出现肚子痛。"病人妻子介绍病情。

"什么手术做得很好，手术做得根本就不好，我爸差点儿命都没啦。"站在旁边一个20岁出头的年轻人，情绪有些激动。

"医生说是吻合口瘘。我们那里医生想尽了办法，可就是好不了。我爱人原先体重有140多斤。现在，只剩下90斤了。这是出院小结。"病人妻子把当地医院的出院小结递给铁蛋。

"好的，出院小结暂放在我这里。我来看看病人。"说着铁蛋掀起病人的被子，顿时惊呆了。腹壁向下凹陷，皮肤发黑。上腹正中有个20cm长的切口，切口敞开，可见肠管，并有肠液和脓液从切口处流出，散发出刺鼻的恶臭。右侧腹壁，上下各有一根引流管，引流管附近的皮肤已破溃、糜烂。

"怎能弄成这样？"铁蛋在心里对自己说。铁蛋不理解这么一个并发症，怎么把病人弄到这种程度。

在办公室，铁蛋认真看对方医院的出院小结。

"患者，男，63岁，因上腹痛3月，以胃癌收入我科，入院后，于1982年4月9日，在硬膜外麻醉下，行胃癌根治术，术后第5天出现吻合口瘘……"

对方医院的出院小结写得简明扼要，把病情演变过程讲得清清楚楚。

"漏了，再缝起来不就行了吗？是啊，当地医院的医生缝过啊，可没过几天又漏了。"铁蛋苦苦地想为什么会发生这种情况。

"我开医嘱，你来帮我填写化验单。"刘医生给铁蛋布置任务。

刘医生沙沙地一口气写满了三张医嘱单。医嘱单从外科护理常规开始，接下来是一级护理、禁食、记引流量……铁蛋第一次见到这么复杂的医嘱。

　　"铁蛋，我们去给病人换药，把创面清理一下。"刘医生带铁蛋一起换药。平时换药，刘医生完全交给铁蛋操办。

　　换药结束后，刘医生对铁蛋说："这个病人的病历要抓紧时间写，明天科室要讨论。"刘医生又补充道，"你写好后，先给我看看。"

　　"好的。"

　　在下午下班之前，铁蛋把写好的11床病历，交给刘医生。

　　刘医生看完铁蛋写的11床病历，眉头略微有紧蹙。他对铁蛋说："现病史部分记录较详细，但在最后分析以及诊疗计划上写得不好。治疗应该是肠外营养支持，而不是早日手术。明天上午听俞主任给我们讲肠瘘的治疗。"

　　铁蛋按刘医生的意见，把诊疗计划作了修改。

　　第二天上午，俞主任带领全科医生查11床肠瘘病人。恰巧这天，有医学院见习的同学，故跟在俞主任后面浩浩荡荡近20人。

　　俞主任见铁蛋抱着病历，对铁蛋说："是你管的病人？请汇报病史。"

　　"病人，63岁，因胃癌术后并发肠瘘49天，于昨天住入我科……"铁蛋熟练汇报病史。

　　俞主任认真听铁蛋汇报病史，不时点头，铁蛋汇报完后，俞主任问刘医生："刘医生，有什么要补充吗？"

　　刘医生先把病史简要说一遍，最后指出："目前，病人存在的问题是营养不良和腹腔感染。"

　　"嗯。"俞主任把病历还给铁蛋，刘医生迅速把病人被子移去，暴露病人的腹部，让俞主任给病人做腹部检查。

　　检查完毕，俞主任和蔼地对病人说："不要紧张，我们能治好你的病，只是需要一段时间。"

俞主任的话，使病人看到生的希望。病人激动地伸出瘦骨嶙峋的手，颤抖着说："主任，我这条命全靠你了。"

"我们会尽最大努力救你。你安心接受治疗就行了。"

在医生办公室，俞主任用粉笔在黑板上画了个胃癌手术示意图。

"这是胃癌手术胃肠道重建示意图。胃肠道缝合部位有：十二指肠残端，胃空肠吻合。因此，每位胃切除病人，从理论上讲都存在十二指肠残端瘘或胃空肠吻合口瘘的可能性。小刘，你说说引起瘘的原因。"俞主任提问刘医生。

"引起瘘的主要原因：一是吻合口的血供，二是吻合口的张力，还有就是营养状况。"刘医生回答道。

"刘医生回答得很好。大家要记住产生瘘的原因有三：血供、张力、蛋白水平。一旦瘘发生后，病人和手术医生都很着急，想立即进入手术室给病人做瘘修术，缝合瘘口。"说到这，俞主任稍微停顿一会儿，提高了声音说："这样做就错了，瘘口非但没有因为缝合愈合，反而越弄越大，病人情况会更差。"

铁蛋正为这事不解，故举起手。俞主任看见铁蛋举手，说道："你有什么问题？"

"瘘就应该缝合、修补，结果怎么会越来越糟糕？"

"大家记住千万不要缝，下面我来讲这个问题。首先，瘘口周围是炎性水肿组织，组织很脆弱。因此，要等炎症消退后，再做确定性手术。腹腔炎症消失、粘连消失，往往要近3个月的时间。怎样度过这3个月的时间，是治疗成功的关键。"

在场的医生，不论本院，还是外院来进修的，都聚精会神听俞主任讲课。讲课结束后，医生们在办公室七嘴八舌议论。

"下面医院哪有这个条件啊，发生瘘只能转院。"来自江西的进修医生说道。

"是啊，这里有深静脉高营养。这就是所谓的大医院的条件。"从安徽来进修的王医生说道。

"深静脉营养总比手术简单吧。回去后，我也能开展。"另一位进修医生插话道。

"哪有什么学不会的，只是我们在基层医院见得世面少而已。否则，我们就用不着出来进修了。"王医生赞同说道。

铁蛋在外科病房实习已有 3 个月的时间了，不但与科室的医生、护士很熟，而且与在科室进修的医生相处得也不错。在这些进修医生中间，铁蛋与来自安徽的王医生关系最好，经常在一起聊天。

"小陈，毕业后争取分到一个大医院，能进附院最好。"王医生出于好心对铁蛋说。

"为什么非要到大医院？"铁蛋觉得有些不解。

"大医院条件好，病人多，有好的上级医生带你，这些对医生成长非常重要。"

"哦，是这样。"

"毕业后，最好留在附院工作。"

"在上海，外地人留不下来。"铁蛋有些无奈地说道。

"上海留不下，去别的城市的大医院也行啊。"

第 15 章　大学毕业

铁蛋在外科实习的最后一天，收到一封刘家成从美国寄来的信。这是铁蛋有生以来第一次收到从外国寄来的信，随信还有一张刘家成的照片。照片是彩色的，就像明信片一样，非常漂亮，这也是铁蛋第一次看到彩色照片。

在信中，刘家成说他来美国有近一年时间了，生活很充实。星期天上午去当地一家中文教堂。中文教堂是周末生活在该城市的华人聚会社交的场所。平时，在美国的华人各上各的班。周末，大家聚在一起讲汉语，联络感情，交流信息。在中文教堂你能知道：哪里的商品最便宜，哪个商店几月几日将有什么商品打折。另外，中文教堂，还是传播中国文化的地方。中文教堂教ABC（American Born Chinese，美国出生的中国人）中国文化。

铁蛋把刘家成的来信给刘晓岚看，刘晓岚看过对铁蛋说："给刘家成回封信，跟他客气一些，说不定将来哪一天，我们要麻烦他。"

刘家成去美国一年了，还惦记着铁蛋，令铁蛋很感动。这些年来，刘家成一直鼓励铁蛋努力学习，包括学习英语。铁蛋曾经花了不少时间用在英语上，虽然自学完了《许国璋英语》1—4册。但距离流利英语，特别是听和讲还差得很远。铁蛋给刘家成回了一封信，贴上两元钱的邮票，塞到邮筒里。

一天铁蛋无意中在食堂的宣传栏上，看到一则通知：11月7日下午2时，美国芝加哥大学附属医院的内科医师，来医院讲课，地点在医院会议室。

下午2时，铁蛋和刘晓岚来到会议室时，内二科医师几乎全都来了，老主任和洪主任穿一身笔挺的西装，打着领带，格外显眼。

洪主任站到讲台前，高兴地说："各位医生，请安静，会议马上就要开始了。心律失常，是心内科最常见的一类疾病。有些类型的心率失常，用药物治疗效果不好，即使是治疗好，很快又容易复发。"洪主任说到这儿，停顿了一下。"今天我们请来世界著名的心脏内科专家，美国芝加哥大学菲尔普斯教授，介绍一种新的治疗方法。大家欢迎。"

身材高大的菲尔普斯教授，健步来到讲台，老主任走到他旁边，给他做现场翻译：

"Good afternoon, Ladies and Gentlemen."

"女士们、先生们，下午好。"

"I am very happy to be here."

"我很高兴来到这里。"

"My presentation is…"

"我讲课的题目是……"

美国教授用幻灯开始了他的讲课，幻灯片中用了很多的示意图和照片，简洁明了，让人一看就明白。

不知是美国教授讲得好，还是老主任翻译得好。铁蛋完全被新的治疗方法所吸引，恨不得自己马上开展这个项目。讲座结束后，铁蛋脑海里涌出这样或那样的想法，感慨甚多。

"晓岚，看来真要好好学习英语了。"

"为什么？"

"你看，全国各地的医生来我们这里进修，就是因为我们能向外国人学。我们向外国人学好后，国内其他医院医师跟在我们后面学。"

"嗯，是这样。"刘晓岚同意铁蛋的观点。

"别的医院为什么做不到，是因为他们院没有像刘家成父亲，内科老主任这样精通英语，并能和外国人进行学术交流的医生。所以，我一定要学好英语，最好能到国外进修一段时间。"

刘晓岚扑哧一声笑了出来，"铁蛋，你啊，就是有想法。"这点正是刘晓岚喜欢铁蛋的地方。"好的，我期望着中国有一天出现一个叫铁蛋的大教授。"

铁蛋人聪明，心地又善良，大家有什么事都喜欢拉上铁蛋。12月第一个星期天，孙邵东邀请铁蛋和王小强到他家去玩。上海同学极少邀请同学去家中做客。因此，有人说上海人不热心、小气等。铁蛋去过孙邵东家后，完全消除了对上海人不热心、小气的偏见。

孙邵东家住在天潼路近四川北路，是典型的石库门房子。两层楼的房子一栋紧挨着一栋，楼与楼之间勉强能通过一辆三轮车。大门正中间有个弧形或接近半圆形的拱顶，下面是两扇刷了黑漆的木质大门。孙邵东家在楼上，楼上有三户人家。孙邵东家是正对大门朝南的房子，推门进入，客厅里摆放着一张老式红木八仙桌，桌子两旁各放一把红木椅子，门的右侧放了一张低矮的单人床。客厅的左侧是厢房，厢房不大，约 12 平方米。

"我家住的房子叫作石库门房子，在上海有四分之一的人住在这种房子里，之所以称为石库门，可能与这石头门框有关吧。"孙邵东顺手指向大门，大门与二楼几乎平齐。石库门中央是个 20 平方米的小院。向上仰望，可见蓝色的天空。

"我去过外科刘教授的家，他家和这里不一样。"铁蛋说道。

"学校老师的宿舍，是新工房。新工房在全国哪里都一样。石库门可是上海的一个特色，就有点儿像北京的四合院。"

"北京的四合院比这要大。"王小强立即说道。

"我家是这里最好的房子。正门朝南，厅也比较大，还可放一张床。这张床就是我平时睡觉的地方，里面一间是我爸妈的房间。"

孙邵东父母的房间也十分朴实简陋，一个大衣橱和一个五斗柜，五斗柜上放了一个座钟和一个红灯牌收音机。室内还有一样是上海家庭必备的家具：马桶。

"王小强，铁蛋，你们来上海已经四年了，不该只知道外滩、南京路，也应该了解上海普通老百姓的生活。你俩跟我来。"说着，孙邵东领着铁蛋和王小强下了楼梯。三人走在木质的楼梯上，楼梯发出咯吱咯吱的响声。

"这个房间是卫生间。"孙邵东手指着楼梯下面的一间房间说道，"每天早晨，各家各户提着马桶把一夜的排泄物倒在卫生间里。有些石库门房子没有卫生间，故每天一大早必须把马桶放在大门外，等待人来收马桶。早晨你还没醒，就有人在大门口扯着嗓子喊：'倒马桶咧！马桶提出来哦！'"

卫生间外面有个自来水龙头，地下放了几个竹制刷马桶的刷子。孙邵东住的石库门，虽然没有"倒马桶咧！"的声音，但刷马桶的声音，一年365天从未断过。

"夏天，用盆接水，穿着短裤，站在外面洗澡。"

"不用澡盆？"铁蛋问道。

"男的不用，女的在家用澡盆洗澡。"

"这是厨房。"孙邵东指紧挨卫生间的另一个没门的屋子说。

铁蛋伸头向厨房间看看，狭小的空间放了一张长桌子，上面摆放各种调料，锅、碗、瓢、勺等餐具。靠墙一字排开，放着6个煤球炉。拐角处，堆放着大量的煤球。

"怎么有这么多煤球炉？"王小强问道。

"一家一个。"孙邵东答道。

"我觉得北京四合院比上海石库门房子要好一点儿。"王小强说道。

"上海哪能和北京比呢？北京是首都，现在是党中央所在地。"

"我不是这个意思。"王小强连忙解释。

"南京路上有很多有名的大饭店，真正实惠好吃的还是弄堂或街上的小吃店。比如上海小笼包、雪菜肉丝面、红烧划水、油焖虾、爆炒腰花等，都非常好吃。"孙邵东说出一串他喜欢的菜肴。

"我一直想请你们到我家来看看，房子实在是太小。"孙邵东叹了一口气，"虽然我家的房子不怎样，但在上海则是比上不足，比下有余。"

"比下有余？你是不是指那种简易房子？"铁蛋问道。

"是的。上海人把简易房子集中的地方叫棚户区。最初的棚户区，是从乡下来的农民用毛竹、铁皮、油毡等材料自行搭成的临时住房。我们现在见到的棚户区，只是顶楼是用木板或木条钉成的。夏天热得像蒸笼，冬天冷得像冰窟。对了，潘永军家住在潘家湾，潘家湾是上海最大的棚户区之一。那里路面曲里拐弯、高低不平，路又狭窄。两人相遇，需侧身才行。"

"是不是潘家湾的人都姓潘？"王小强问孙邵东。

"住在潘家湾的什么姓都有。"

"我看到过一些棚户区，好像苏州河以北多些。"铁蛋接着说，"在我们老家，人们以为上海到处都是宽敞的柏油马路，雄伟的高楼大厦，漂亮的小洋楼。谁知道，还有比农村差的房子。"

"是啊，住在这种地方，实在是活受罪。如果，我家住在棚户区，我宁愿到农村做个农民。"王小强接过话。

"上海就是住的地方差点儿，其他的都不错。"说着孙邵东领着他们出了石库门。出大门时，铁蛋用力拉了一下安装在大门上的铜环，大门还真够厚重的。

妇产科虽不大，但病人住院时间短，周转快，弄得实习医生很忙。实习医生每天都要不停地写住院录、病程录，有的病人刚住院就要写出院录，因为生过孩子两三天，病人就要出院。

"接生，是妇产科医生的基本功。俗话说，产妇是一只脚站在棺材里面，另一只脚站在棺材外面。说明生孩子有极大的危险，同时也说明我们妇产科医生责任重大。我们肩上担负着两个人的生命，要确保母子平安。"铁蛋到妇产科第一天就碰到主任查房。主任转头对铁蛋说："你们男同学，将来不论做哪个科的医生，都要掌握接生的基本要领。假如在火车上，遇到孕妇临产，你就可以帮忙。张医生，把新来的实习医生安排到产房。实习医生一定要安排一个星期的时间在产房，观察和熟悉整个产程。让他们知道母亲生育他们是多么的不容易。"

"好的。"张医生回答道。

约在 10 点 30 分，铁蛋做完了文字工作，便去了产房。产房里有 4 个待产妇，张医生负责其中两个病人。

铁蛋进去的时候，助产士正给产妇擦汗，安慰产妇说："再坚持一会儿就好了。下次宫缩来时，就能生出来了。"

"我真不行了，一点儿力气也没有了。"产妇喘着粗气吃力地说着。

"你肯定行。不用紧张。你先喝点水，休息一会儿。"助产士安抚病人。

张医生把听筒放在产妇的肚皮上，听胎音。听后，张医生把听筒交给铁蛋说："陈医生，你来听听。"

铁蛋接过听筒，把听筒放在张医生指的位置。铁蛋听到急速的心跳，约 140 次 / 分。铁蛋心想：胎儿心跳怎么这么快。铁蛋满脸疑惑地问张医生："胎儿心率 140 次 / 分，正常吗？"

"噢，这是正常胎儿的心率。"

"嗯。"铁蛋点头表示知道了。

突然从隔壁的产床上，传来杀猪一样的嚎叫："哎哟，妈呀，痛、痛。王斌，你这个混蛋，我要杀死你，哎哟，痛、痛。"

"再坚持一会儿，用劲！怎么又松懈了？再用一把劲儿就可以了，你一定要听指挥。"助产士在指导孕妇生孩子。

这撕心裂肺的喊叫，确实令人心痛。但听到产妇在骂自己的丈夫，铁蛋又觉得好笑。可能是受旁边产妇的影响，铁蛋管的病人肚子开始痛起来了。

"哎哟，痛。"产妇开始呻吟，但很快呻吟变成痛苦的喊叫。"妈妈，我痛、痛，受不了啦。"

听到病人叫痛，医生和助产士迅速进入自己的岗位。铁蛋是第一次进入产房，不知道该如何帮忙，只能站在旁边观看。

"宫口开得怎么样？"张医生问助产士。

"差不多了。"

"好的。"张医生站在病人的右侧，对病人说："进展很顺利，这次你要听指挥，坚持一会儿就好了。"

"唉，痛、受不了啦，怎么这么痛？"产妇几乎要坐起来了，用双手支持自己的身体。

"躺好，肚子用劲。"张医生命令道，"陈医生来帮忙，帮助病人躺下。"

铁蛋迅速站到张医生对面，和张医生一起按住病人的肩部，不让病人坐起来。

"痛又来了，痛。"病人尽自己最大的力量在喊痛。剧烈的疼痛，使产妇的眼泪随汗水一同流出。

"哎哟。"又一阵剧痛袭来。产妇咬着牙，产妇拼命地摇摆肩膀和头，歇斯底里喊叫着，"哎哟，妈呀，我受不了啦，我不行啦。"

"好的，用力，肚子用劲儿。"张医生教病人正确的用力方法。

病人似乎精疲力竭，张医生非常焦急地对病人说："最后坚持一次，肚子用力。"然后，又对铁蛋说："陈医生，压着病人的下腹部。"

"头大部分出来了，再用把力。"

铁蛋只是机械地把手放在肚子上。他不知道该用多大力，他害怕用力过猛造成产妇和胎儿的损伤。而此时，张医生则使出全身的力气，用力压着孕妇的肚子。

"头全部出来，身子也出来了。"助产士兴奋地说道。

"哇哇……"胎儿全部离开母体，发出清脆的哭声，宣布这次分娩结束，同时宣告一个新的生命诞生。

随着"哇"的一声，产妇全身立即松弛了下来，泪水和汗水，浸湿了产妇的头发和枕巾。张医生也因帮助产妇分娩，一头大汗。

这惊心动魄的一幕，深深地印在铁蛋的脑海里。

"小张，刚才做人流的女孩子呢？"查房时，主任问张医生。

"唉，这家伙在哪呢？！"张医生向四周张看。

"嗨，肯定又是偷偷地跑了。"主任一脸无奈又有点儿担忧地说道。

"张老师，主任为什么这么着急啊？"铁蛋有些疑惑地问张医生。

"刚做完人流手术最好休息观察几个小时。人流术后，极少数病人有出血。"张医生回答铁蛋提出的问题。

"既然这样，那病人为什么要走，冒这么大的风险？"铁蛋问道。

"为什么要走？"张医生盯着铁蛋看了一会儿，心想这家伙是真不知道，还是装糊涂，看表情好像还是真不知道。"刚刚离开的女孩肯定没有结婚，她不想让家人和单位知道，故手术完后赶紧溜掉，或许她用的名字还是假名字呢。"

"哦，是这样。"铁蛋似乎明白一些。

"之前，到医院做人工流产需要带户口簿、单位介绍信和本人照片。所以，上海有些未婚先孕的人，到外地医院做人工流产。反正在外地，谁也不认识谁。个别人就是因为做人工流产，留下了终身的后遗症甚至送掉性命。"

若是在实习以前，铁蛋可能认为这些人活该，哪怕是留下后遗症也是自作自受。当铁蛋到妇产科实习后，亲眼看到"小生命"从子宫内剥离，铁蛋内心涌起对怀孕女性无限的同情。

一年的实习很快就过去了。实习结束，实习医生们又回到学校，准备参加全国医学院校统一毕业考试。据说，卫生部将根据这次考试成绩，进行学校排名。学校对这次考试特别重视，组织老师进行辅导，并做各种各样的试题。同时，学校还明确宣布，这次考试成绩，与毕业分配挂钩。

5年的时间既漫长，又短暂。学子们在学校度过了他们人生最好的年华。现在，他们即将离开校园，各奔东西，这是个令人激动，又是令人伤感的时刻。

在外滩的防洪墙旁，铁蛋和刘晓岚两人紧紧依偎在一起，看着缓缓流动的黄浦江水和江面上飞翔的沙鸥。当他们回头看沿中山东路一字排开的宏伟漂亮的万国建筑，心头涌起说不清的强烈感情。铁蛋情不自禁地用手紧紧地搂住刘晓岚的肩头，两人靠得更紧。

从外滩走到人民广场，虽然建筑没有多大的变化，但铁蛋惊讶地发现人们的精神面貌却发生了巨大的变化。年轻小伙和姑娘戴着麦克镜，上身着大尖角领的衬衫，下身穿着喇叭裤。细长的裤腿，紧紧包裹大腿和臀部，勾勒出青春的美丽。铁蛋清楚记得，在上个学期的年级大会上，辅导员明确宣布学校禁止穿喇叭裤。

在人民公园，个别年轻人手提四喇叭的三洋录音机，放着邓丽君唱的《小城故事》。唱歌的邓丽君就像一个出色的导游，用她那甜美圆润的声音，给游客讲述着小城的美丽和风土人情。

"邓丽君歌唱得非常好听，将来我们也买台收录机，在家里放邓丽君的歌。"刘晓岚憧憬着美好的未来。

铁蛋知道刘晓岚喜欢唱歌，什么新出来的歌，刘晓岚都能唱两句，说道："对。将来我们家一定要有台收录机。"

1983年夏天，铁蛋以优异成绩，从上海医学院毕业，分配到北京协仁医院。刘晓岚到南京市普济医院报到，何立勇分在河南医学院附属医院，董敏芝留在学校病理生理教研室，孙邵东分到上海华东医院，潘永军分在上海市胸科医院，李丽华分到上海市儿童医院，肖腊梅分在浙江省人民医院，郭建国分在山东济宁医学院附院，钱华贵分到福州军区总医院，陆恩源分在江西医学院附院，王小强回北京。

第16章 参加工作

　　铁蛋坐火车来到北京。出北京火车站，按地址很容易就找到北京协仁医院。报到后的第二天，铁蛋在医院大礼堂参加了一天新职工培训。

　　"我们协仁医院建于1921年，完全照搬美国大医院模式建立的一所现代化医院。我们协仁医院，培养出一大批杰出的医学专家，为中国现代医学的发展做出了具大贡献。"院领导在给新员工介绍协仁医院的历史和描绘未来。"之前，医院发展出现了停滞，甚至倒退。党和国家十分关心协仁医院的发展，老专家重新回到自己的工作岗位，带领年轻人奋起直追，缩短与发达国家的差距，努力使协仁医院重新成为亚洲一流医院。"

　　根据科室需要，医院把铁蛋安排在心血管内科。赵主任是科主任，主治医师曹嘉民是铁蛋的顶头上司。

　　"陈医生，你来真是太好了。"进修医生真心地说道，"病人太多，忙不过来。曹医生经常加班，主任还有保健任务。"

"保健任务？什么是保健任务？"铁蛋好奇地问道。

"卫生部经常安排专家、教授，给中央领导看病。"

"那赵主任经常要给国家领导人看病？"铁蛋问道。

"赵主任去的少，主要是罗教授经常给中央领导人看病。罗教授是中央保健医生。"罗教授是科室老主任，在全国名气很大。进修医生来协仁大半年了，对科室的事多少有些了解。

现在，铁蛋不再像大学那样写下一大本没有寄出去的情书，而是写好后，立即贴上8分钱的邮票，鸿雁传情。下面是铁蛋给刘晓岚的第一封信：

亲爱的晓岚：

你好吗？

分手不到一个星期就像好几年似的，十分想你，让我真真体会到"一日不见如隔三秋"是怎样的感受。

协仁医院非常好，历史也很长。院长说：医院建于1921年至今有62年历史，是我国最早的现代化医院。建立医院时，同时建立协仁医学院，为我国培养了一批又一批的医学人才。院长还说：协仁医院曾是亚洲最好的医院，我们现在的任务就是要振兴协仁医院。

这里还有什么保健任务，即给中央领导人看病。医院食堂的饭菜很便宜，每顿饭都有馒头。

寝室住了3个人，今天是周末，北京人回家了，湖南人出去玩了。湖南人走时拉我去，我没有去。我没去原因有两个：一是昨天下班前来了两个病人，病历还没有完成，明天主任要查房；另外，也是最主要的，就是我想等你来北京时，我们俩一起去玩。

亲爱的非常想你。

在协仁医院内科病房，36 床的张先生室上性心动过速突然发作，心率每分钟在 140 次至 160 次之间。

"陈医生，你去下个医嘱，50% 葡萄糖 20 毫升，加西地兰 0.4 毫克，你亲自给病人注射，要缓慢注射。"赵主任交待铁蛋如何处理室上速。

铁蛋坐在病人床旁费力地推着注射器。铁蛋心想赵主任根本用不着嘱咐他也得缓慢推，因为 50% 葡萄糖很稠厚，想推快也快不了。当铁蛋把 20 毫升液体推完后，病人的心率立即降到 80 次 / 分钟，病人恐惧的表情消失了。

铁蛋想起每次用西地兰治疗快速性心率失常时，都是用 50% 葡萄糖作为溶剂；而用西地兰治疗心衰时，用的剂量是 0.2 毫克。

这时铁蛋在心里一个劲儿地想：为什么同一个药物在 0.2 毫克是治疗心力衰竭，而在 0.4 毫克时，在缓慢注射的情况下却成了治疗室上性心动过速的特效药。正当铁蛋为这个问题感到迷惑不解时，赵主任过来看病人。

"怎么样？感觉好点了吗？"赵主任亲切地问病人。

"好多了，谢谢您。"病人感谢道。

"赵主任，"铁蛋抓住这个机会问："为什么西地兰在 0.2 毫克用在治疗心力衰竭，而在 0.4 毫克时则是治疗室上性心动过速的药物？"

"这个问题问得非常好，"赵主任高兴地看着铁蛋，"西地兰是心内科的一个经典药物，我们必须熟悉西地兰的药理作用。首先，西地兰有正性肌力的作用，也就是平时所说的强心作用。同时，西地兰还有抑制窦房结传导的作用，西地兰加大到 0.4 毫克抑制房室结的传导的作用就显示出来了。这就是我们用 0.4 毫克西地兰治疗室上性心动过速的原因。"

"那为什么非要用 50% 葡萄糖？"铁蛋接着又问

"因为 50% 葡萄糖稠厚，推不快，只能慢慢推。如果速度过快，西地兰会抑制房室间的传导，造成心动过缓，甚至出现心跳停止。"

"哦，"铁蛋顿时好像明白了，他喃喃地说道，"这个书上没写。"

"书上只讲药物的基本原理。有些用药的窍门要在工作中体会。"

铁蛋佩服地点头，病人也不住点头，以敬佩的眼光看着赵主任。

"小伙子，你可要好好向赵主任学习啊。"病人对铁蛋说道。

"是的，是的，我一定要好好地向赵主任学。"

"铁蛋，"一个月后，曹医生改"陈医生"为"铁蛋"，"这是新来的进修医生，你给她讲讲科室的情况。"曹医生让铁蛋分担一部分工作。

新来的进修医生姓郭，来自河北省邯郸市人民医院，是 6 岁孩子的妈妈。从基层医院来进修的医生大都是在原单位工作五年以上有一定经验的医生。

"郭医生，我们先去看病人。"铁蛋带郭医生去病房，铁蛋把他所管的病人逐一向郭医生做介绍。

"这位病人姓张，今年 64 岁，是因为频发室性早搏住院。今天是入院的第 5 天，现在室早基本被控制。这位病人今年 71 岁，反复心慌气喘住院的，是风湿性心脏病引起心律失常和慢性心功能不全。入院后主要是给予口服地高辛治疗，这是病人的胸片，心脏有所增大……"

病人介绍完后，铁蛋把郭医生带到护士办公室，告诉她各种物品所放的位置，怎样找，以及动哪些东西需要经过护士的同意。

"每个医院有自己习惯。你先把每份病历认真看一遍，看看我们医院治疗和用药的习惯。"铁蛋说罢，算是介绍结束。

约在 10 点 30 分，曹医生回到病房。"普外科有个手术后病人，突然发生左心衰，折腾近 1 小时。新的进修医生怎样？"

"我把病人一一向她作了介绍。"铁蛋答道。

"好。进修医生到我们这里，是来学习的，也就是说他们是学生，我们是老师。虽然进修医生在原单位工作过多年，甚至个别人已做了科主任或院长，但是到我们这里他们就是学生。"曹医生说到这里略停顿了一会儿，继续说道："比如说郭医生，你可以这样对她说：'郭医生，6床至12床是我们管的病人，你先看看病历，尽快熟悉科室情况，有什么问题可以来问我。'"曹医生在给铁蛋传授带教的经验。

11月初的北京天高云淡，秋高气爽，雨后的天空更是一片碧蓝。地面上，树叶变成金色、金黄色、黄色，绽放生命最后的辉煌。

"甜蜜的歌儿……"铁蛋一路哼着电影《甜蜜生活》中的插曲，迈着欢快的脚步，满脸欢喜来到北京火车站。

周末的北京火车站挤满了南来北往的旅客。铁蛋站在距出口不远的地方，两眼紧张搜索着出站的人员，竖起耳朵听车站喇叭播音。

"接亲友的同志们，从南京方向来的96次列车马上就要进站了，列车停靠3站台。"

"亲爱的马上就要到了，我马上就要见到亲爱的晓岚了。"铁蛋的心随着车站喇叭声兴奋、激动起来。

"同志，是从南京来的吗？"铁蛋焦急而又兴奋地问一个从车站出来的旅客。

"是的。"

"哦，谢谢。"

铁蛋双手握着出口处的铁栏杆，俯身向车站出口通道处望去。

"晓岚，晓岚。"铁蛋看见了刘晓岚，大声呼喊着心爱人的名字。

刘晓岚身着一件青色灯芯绒上装，梳着和在学校一样的齐耳短发，洋溢着青春的朝气。刘晓岚向铁蛋挥着手，快步走向铁蛋。

一进宿舍铁蛋就紧紧地抱着刘晓岚，热烈地亲吻。舌头伸到刘晓岚口腔中，拼命吸吮，恨不得把刘晓岚整个人吸到自己的体内。敲门声终止了他们俩的热吻，原来是一个找人的。

刘晓岚定睛看铁蛋在北京的"家"。近 20 平方米的屋子里，放了三张双人床。上铺堆放个人物品，下铺睡人。说实话和学生宿舍差不多，只是人少些。

　　"我们这个房间 3 个人。一个今天值班，另一个一大早和同乡出去了。"

　　今年和铁蛋一起分来的医生和护士，几乎把北京的大街小巷逛个遍。只有铁蛋一人，只去过离医院不远的天安门广场。不是铁蛋不喜欢北京，而是铁蛋想把游玩北京的幸福时刻和刘晓岚一起分享。

　　虽说刘晓岚是在城里长大的，但她也是第一次来北京。两人怀着激动的心情，来到天安门广场，走到金水桥栏杆前，以最近距离看天安门的真容。

　　"天安门是皇帝发布重大消息的地方。晓岚，你看这 7 座小巧的石桥，是汉白玉做的。桥的栏杆上还有各种精美的浮雕。"

　　"铁蛋，那是什么城楼？"刘晓岚手指向与天安门相对的城楼。

　　"那是正阳门和前门，左右分别是人民大会堂和博物馆。"

　　"晓岚，你把包给我。"铁蛋叫刘晓岚站好，在天安门城楼前留个影，随后，俩人照了一张合影。这是铁蛋和刘晓岚第一次合影，又是在中国的心脏处，因而更具有意义。

　　"故宫是皇帝生活和办公的地方。"刘晓岚挽着铁蛋的手臂走进故宫。在蓝天白云衬托下，太和殿显得格外的雄伟壮观。恰巧有个旅游团来到太和殿，铁蛋拉着刘晓岚的手，小声对刘晓岚说："我们跟在他们后面，听他们讲解。"

　　"各位游客，我们现在来到我国著名的古代建筑太和殿。太和殿是故宫内最雄伟、最漂亮的建筑，室内装饰十分精美。太和殿是皇帝登基、颁发诏书、举行重大仪式的地方。清朝末代皇帝溥仪登基时只有 3 岁，当大典开始时，鼓乐齐鸣，把 3 岁小皇帝吓得直哭。站在他身旁的摄政王哄小皇帝'别哭，别哭，快完了'，摄政王本意是说这个仪式快完了，没想到大清朝，真的很快就完了。"

铁蛋和刘晓岚都是学医的，哪里知道这些八卦故事。铁蛋和刘晓岚干脆就跟在这个旅游团后面，听导游讲解。否则铁蛋和刘晓岚用不了几分钟，就看完太和殿。

后来铁蛋和刘晓岚去了天坛和颐和园。游览颐和园不需要太多的历史知识，只要有一双眼睛，展现你面前处处是景，处处是画。在风景如画的颐和园，铁蛋情不自禁地搂着刘晓岚的腰，刘晓岚挽着铁蛋的手臂，两人紧紧相依，漫步于长廊。不知走了多少时间，他们走到昆明湖的另一侧。碧波荡漾的昆明湖倒映着万寿山上的佛香阁，山湖一色，互为映衬。

"铁蛋，若是在春天，湖边长满柳叶的柳枝浸到水里，风吹过来的时候该有多美啊。"

"是啊。荡漾的湖水，摇曳的柳枝，是多么的诗情画意。"

"春天的颐和园，肯定比现在更美。"刘晓岚说罢把头靠在铁蛋的肩膀上。

"那我们明年春天再来一次。"

刘晓岚在北京的四天时间一晃就过去。除了长城，刘晓岚几乎去了北京的主要景点。刘晓岚回南京不久，铁蛋就收到刘晓岚的信。刘晓岚在信中说：她这次在北京玩得很开心，她喜欢北京，更喜欢那个叫铁蛋的医生。铁蛋兴奋地把刘晓岚的来信读了又读，最后在刘晓岚的名字上深情地吻了一下。

12 月 19 日，北京下了 1983 年的第一场雪。雪后第二天，整个北京城银装素裹，格外亮堂。脚踩在雪上发出咔嚓咔嚓清脆的响声，行人走起路来也显得有精神、有朝气。虽然天气预报北京的温度在零下 5 摄氏度，但铁蛋感觉比上海 0 摄氏度还好过些。医院和宿舍有暖气，铁蛋喜欢北京的冬天或冬天的北京。

铁蛋把北京冬天的优点全部写在给刘晓岚的信中。在信中，铁蛋也提到食堂一日三餐没完没了的面食，令他讨厌。

接到铁蛋信后，刘晓岚立即就给铁蛋回了一封信，内容如下：

前几天我从天气预报上得知北京的气温要降到零下6摄氏度，我一直为你担心。你是在南方长大的人，从来没有碰上这么冷的天，我真担心你会受不了。

没想到北京的冬天反比南京、上海好过，这样我就放心了。你最好买件厚点羽绒服，外出的时候穿。

这些天来，几乎每天都在梦中见到你，地方像是在北京，又好像是在南京，更像是在上海。好在还有十几天你就要来了。

一人在外，要注意保重身体，增加营养。

每当铁蛋看到这充满关爱的信，总是眼泪汪汪，哽咽得说不出话。他像以往一样在刘晓岚的名字上吻了又吻。

第 17 章　医生誓言

　　4 月的北京，绿叶满枝，花儿斗艳，柔软碧嫩的小草，从湿润的土地里探出脑袋，大地返青，到处一片春天的景致。

　　刘晓岚从南京带着单位介绍信来到北京，和铁蛋在北京办理结婚登记。从民政局出来，铁蛋和刘晓岚一会儿亲，一会儿抱，仿佛自己是世界上最幸福的人。

　　"唉，唉。马路上人很多，注意影响。"刘晓岚提醒有些得意忘形的铁蛋。

　　"宝贝，上次去南京时，住在你那里，我生怕别人问起我们是否已结婚。现在，我一千个一万个不怕了。我的宝贝已和我结婚啦。"

　　"我一回去，就向医院申请房子。"刘晓岚说道。

　　"是啊，我也该向医院申请房子了。"

　　"你不能太老实。该向医院要房子了，结婚申请房子是天经地义的事。"

20世纪80年代，协仁医院的房子特别紧张，或许北京其他单位也一样。这可苦了从外地来北京工作的年轻人。一个非常现实的问题，摆在他们面前，结婚后住在哪里？接着还有孩子。

刘晓岚回南京后，铁蛋办的第一件事，就是找医院后勤处，申请住房。

"陈医生，我们领导今天不在。即使他在，他也不能给你一间房间。这事，必须是院长才能定。我们后勤只是个办事的部门。"后勤工作人员说得很实在。

铁蛋来协仁医院工作快一年了，一直在内科病房老老实实上班，坚决地完成上级医生布置的任务，从来没有找过院长。现在铁蛋不得不找院长。当院办小何知道铁蛋的来意后，说负责分房的王院长不在，到供电局协商医院用电的事了。

"怎么，王院长又不在？"一天铁蛋出夜班后，来到院办。

"王院长在开会。"小何回答道。

"怎么天天开会？"铁蛋对自己两次没见到王院长，很不高兴。他认为医院里只有他最忙，行政后勤人员，应以临床一线医生和护士为中心，为临床一线工作人员排忧解难。

"陈医生，今天是开院长办公会议。所有的院长都参加。"

"我过1小时再来。"铁蛋气鼓鼓地说，但转念一想，小何又没什么对不住自己，忙补充一句："谢谢小何，我去图书馆看会儿书。"说罢，铁蛋轻轻带上门，离开了院办。

铁蛋随手从书架上拿下一本《实用内科杂志》，却没有看进一个字。铁蛋估计时间差不多，又来到院办。

"陈医生，会议还没有结束。"小何仍旧客气说道。

"这会怎么这么长？"

"可能是需要讨论的问题多吧。"

"有什么好讨论的。"铁蛋嘟囔地说道。

下午两点半，铁蛋再次来到王院长办公室。小何对铁蛋说："陈医生，王院长刚陪首长看病去了。"

"陪首长看病？！"在病房，铁蛋经常看到，医院领导陪着所谓的"首长"找科主任看病。

"王院长去了哪个科室？"铁蛋恨不得自己去找。

"我不知道。陈医生，这里有报纸，你看看报纸吧。"

"谢谢小何。你这里也很忙。不打搅你了。我去图书馆，过会儿再来。"

"好的，再见。"

医院图书馆分为期刊室和图书室两个部分。期刊是最新的期刊，图书则以旧书为主，不少图书是之前出版的，还有些是解放前英文原版书。英文原版书是铜版纸印刷的，十分漂亮。只可惜，铁蛋的英语不够好，看起来，非常吃力。此时，铁蛋想起他每次到主任办公室，主任桌子上总是放一本英文原版书。

翻着、翻着，铁蛋看到一本纸张发黄、新中国成立前出版的《中国医学史》。虽然书的纸张发黄，边角也有些卷曲破损，但书里的文字，清晰可辨。中国早年的医院，是在 1840 年前后，由来自欧洲或美洲的医生，建立个人诊所开始的。比如，上海仁济医院，南京基督医院和武汉协和医院。

铁蛋被书中人物故事深深地吸引。这些在欧美受过良好教育，家境殷实富裕的医生们，不仅自己来到中国，而且把家人一起带到中国，在中国创办医院。在看这些故事的时候，铁蛋想他们为什么这么做，动机是什么。后来，铁蛋在一本介绍医师誓言的书中，找到了答案。医生的价值不是你服务于什么样的人群，而是你能解决人的病痛。这时铁蛋的思绪回到陈家村，老五还有彭医生，他们用自己点滴的医学知识，守护一方人们生命健康，很难说是城里的大医生伟大，还是生活在乡村的小医生伟大。医生最重要的是仁心仁术，并不是你取得一个又一个学术头衔。1948 年世界医师协会，在古希腊希波克拉底誓言的基础上，制定了《日内瓦誓言》，作为医生的道德规范，全文如下：

值此就医生职业之际，我庄严宣誓为服务于人类而献身。我对施我以教的师友表示衷心感佩。我在行医中，一定要保持端庄和良心。我一定要把病人的健康和生命放在一切的首位，病人吐露的一切秘密，我一定严加信守，决不泄露。我一定要保持医生职业的荣誉和高尚的传统。我待同事如同弟兄。我决不让我对病人的义务受到种族、宗教、国籍、政党和政治或社会地位等方面的考虑干扰。对于病人的生命，自其孕育之始，就保持高度的尊重。即使在威胁之下，我也决不用我的知识做逆于人道法规的事情。我出自内心以荣誉保证履行以上诺言。

铁蛋深思着医师誓言的每一句话。医生服务的对象是所有的人，包括：富人和穷人、城里人和乡下人、当官的和老百姓。怪不得在早年，欧洲医生能在那么艰苦的条件下，到中国做开创性工作。因为人是医生的服务对象，有人的地方，就应该有医生。第三句"我在行医中，一定要保持端庄和良心"，这句话对医生的品质提出了要求。第四句"我一定要把病人的健康和生命放在一切的首位"，正是我们强调的一切以病人为中心，全心全意为病人服务。铁蛋越想越觉得写得好。尽管对"对于病人的生命，自其孕育之始，就保持高度的尊重"有些不理解，铁蛋对医师誓言如获至宝。铁蛋在心里想，应该给上海医学院的老师写信，建议在学生毕业时，按医师誓言，进行庄严的宣誓。

铁蛋陶醉在自己的新发现中，忘记了时间，直到图书馆工作人员提醒要下班了，铁蛋才从精神的畅游中回来，把找王院长的事忘得一干二净。

铁蛋把自己的新发现和喜悦，在第一时间告诉刘晓岚。铁蛋在信中说：最近一段时间，找院长，总是没有碰上面。不知院长整天在忙什么。今天下午，我在医院图书馆看到一本介绍我国早期医院的书。我被那些在 100 年前来中国办医院医生们的事迹深深地感动，他们才是真正的医生，是伟大的医生，就像普济医院创始人马林博士一样。今天我还有个发现就是，看到了世界医师誓言。这个世界医师誓言讲得非常好。铁蛋把医师誓言又完整地抄写一遍给刘晓岚。最后，铁蛋说：自己的思想受到了很大的震动。

　　铁蛋不仅把新发现告诉了刘晓岚，也告诉了办公室的同事。一天下午，铁蛋在办公室和同事闲聊，铁蛋说："前几天，我在医院图书馆看到了医师誓言。按医师誓言做，我们就能成为一名好医生。"

　　"铁蛋，别说的太玄乎。"比铁蛋早一年工作的颜医生，故意刺激铁蛋，希望铁蛋说出来。

　　"外国医师刚工作时，首先要进行医师誓言宣誓。誓言的基本内容是两千多年前，古希腊医生希波克拉底制定的。后来到 1948 年，世界医师协会，进行了修订，成为全世界医生的行为准则。小李，你们学校有没有开展医师誓言宣誓。"铁蛋问身边的实习医生。

　　"没有。"实习医生回答道，"陈老师给我们讲讲具体内容吧。"

　　"好的。医师誓言是这样的：值此就医生职业之际，我庄严宣誓为服务于人类而献身……"

　　"讲得真好。"实习医生小李说道。

　　"这和全心全意为人民服务不是一样吗？"一位进修医生插话。

　　大家就你一句我一言，讨论开了。

　　"铁蛋，你把医师誓言，给我看一下。"接过誓言，曹医师认真看一遍，然后说："所有的医师都应该宣誓一遍。对医生有好处。这样可显得医生职业圣神和庄重。"

　　"誓言的第一句话是为人类服务。也就是说只要是人，就是医生服务的对象，有人的地方，就应该有医生。这是在 100 年以前，西方医生放弃在国内的优越生活条件，不远万里来到中国做医生的原因。"

"对，是这样。"颜医师突然明白什么。

"第 2 句是感恩，第 3 句和第 4 句要求医生把病人的健康和生命放在首位。这是对我们医生提出的职业道德要求……"铁蛋的话就像开闸的水，一发不可收拾。

"你们是不是在讨论医师誓言？"不知何时老主任来到他们中间。

"是的。"铁蛋连忙回答。

"主任一听就知道是医师誓言啊？！"颜医师说道。

"当然知道，我宣过誓。我那个年代，人人都会背。"老主任是协仁 40 年代初毕业的。"解放前，医院门诊大厅，医生办公室都有医师誓言。时刻提醒自己的行为是否违反医师誓言。刚才，我听了大家的议论，非常好。医师誓言不仅要求我们认真治好每位病人，还要求我们医生，尊重和保护自己的病人。"

此后，铁蛋便自觉地以医师誓言要求自己，做个医生。

5 月下旬，北京的天气开始转热，虽然医生办公室窗户全打开，还是没有一点儿风。忙完一天的工作，临近下班前，医生们在一起闲聊。

"19 床病人每天愁眉苦脸的。"颜医生说道。

"病人好像是个知识分子。"曹医生接过话。

"是的。我在一小时前，才知道原因。病人有两个儿子。大儿子没有考上大学，整天和社会闲杂人员混在一起。上大学的小儿子不知何故被学校勒令退学。病人听到此消息时，当场晕倒。"颜医师说道。

"是啊。这事谁遇到，都会晕倒。"进修医生说道。

"7 床脑溢血病人，才 56 岁。住院这段时间，她丈夫从没露过面。从探望她的人中知道，她丈夫带别的女人回家鬼混，把她气成脑溢血。"曹医生说另一个病人的情况。

"老师，看来情绪对心血管病人影响很大。"实习医生说道。

若是在以前，铁蛋肯定会参与，并且早已发言。然而今天，铁蛋坐在那儿，思考着医师誓言："病人吐露的一切秘密，我一定严加信守，决不泄露。"铁蛋认为自己已下过决心，便要遵守。病人告诉医生的任何事情，决不能对第三者说，更不能成为茶余饭后的谈资。铁蛋悄悄起身，到病房看病人。

铁蛋工作认真，自觉地按医师誓言行医，成为病人最欢迎的医生，同时也经常受到赵主任的表扬。

一天科室收了一个心肌梗塞高干病人。病人到医院后，医院迅速成立抢救小组。院长担任抢救小组长，医务处长和老主任担任副组长，抢救小组成员有：赵主任、曹医生、颜医生、铁蛋以及护士长等。

在抢救小组会议上，院长做总结性发言。

病人是个73岁的老红军。20世纪30年代，受父母之命在农村成婚，婚后生一子二女。战争时期，老先生随部队转战南北。1950年，回家寻亲时，3个孩子，只剩下一个女儿。40岁的老婆看上去有60岁，老婆坚决谢绝了丈夫要把她带到北京的建议，坚持留在农村。没办法，两人只得离婚。

老先生在京城，不久便同一个女教师结婚。婚后又生一儿一女。在老人住院的那天，儿媳妇跟他儿子闹离婚并且要带走孙子。孙子可是老先生的命根子，诱发了急性心肌梗塞，是左心室大面积心梗。左心室大面积心梗是心肌梗塞中，死亡率高的一种。在各种检查结果出来后，老主任和赵主任把病人家属，叫到办公室。

"刚才，陈医生把病人的情况，向你们说了。目前，病人很危重，随时有死亡的可能。"赵主任把死亡说出来，是为了防止万一。

铁蛋的责任是监测病人的血压和心率，及时向主任汇报。病人的一切治疗方案，全由主任制定。入院后第3天，病人血压仍然偏低，翻个身都有气急。

"医生，我的病怎样了？"病人略有吃力地问铁蛋。

"首长，没关系。再过几天就能好。罗教授和赵主任，是我们国家最好的医生，他们一定能治好你的病。"铁蛋安慰病人。

"嗯。"病人似乎放心些。

到了第5天，病人的病情明显好转。赵主任建议病人少量吃点东西。

"我父亲这一辈子就是喜欢吃辣的东西。"病人女儿，从家里带来一些病人喜欢吃的饭菜。女儿是很孝敬的，每天医院家里两头跑。病人的妻子也常来，只是病人最喜欢的儿子，直到第7天，才露一次面。

"怎么还没有好？"病人儿子不耐烦地问铁蛋。

"你父亲来的时候，病情很重。现在已经好多了。"铁蛋回答病人儿子的话。

"不会死吧？"病人儿子追问一句。

"一般不会的。"

又过了3天，病人情况进一步好转。病人妻子在陪他聊天时病人女儿进来。

"妈妈，你回去休息吧。我来陪陪爸爸。"女儿对母亲说道。

"闺女来啦。小妮好吗？"老先生从来没有这么温柔地对女儿说过话。小妮是病人的外孙女。

"爸爸，我们都很好。我给你带来了酸菜鱼。"

"还是女儿孝顺啊。"病人无限感慨。

"女儿，你也要注意身体。"母亲关心地提醒女儿。

"我很好。妈，你回去吧。"女儿再次劝母亲回家休息。

又过了几日，病人的儿子来病房探视。

"这几天怎样？"病人问儿子。

"还可以。"年轻人知道父亲问的是他的婚姻情况。

"嗯。我的病是好多了，但我的心里啊，还是惦记你的事，总是放心不下啊。"

"爸爸，我很好。"

"你好，就好。"

随后，是短暂的沉默。

"爸爸，你好好地休息吧。我走了。"

"什么事。不能多待会吗？"

"单位4点要开会。说什么新来的书记要和大家见面。"

"去吧。"病人无可奈何地说。

病人的情况在一天天地好转，老先生能自己下床大小便。饭量接近正常人水平，又过几天，病人痊愈出院。

第 18 章　考研

　　到了 1985 年，铁蛋在协仁医院的房子还没有着落，而刘晓岚则在南京普济医院，分到一间房间。1985 年 1 月刘晓岚怀孕后，铁蛋常奔波于北京与南京之间。1986 年二月初六，铁蛋从北京坐火车来到南京。

　　这次回家，小宝宝已有 3 个月了。小家伙身体健康，嘟囔的小嘴十分招人喜爱。铁蛋情不自禁地用手指尖轻轻触摸儿子的小嘴，说："笑，笑一笑。"小家伙似乎听懂似的，真的就笑了。

　　"嘿，毕竟是亲生父亲，一叫儿子就笑了。"刘晓岚母亲在旁边说道。

　　只要孩子醒着，铁蛋就抱着孩子在房子里转悠。中午阳光好的时候，铁蛋抱着孩子，到室外走走。铁蛋对儿子宝贝极了，简直是爱不释手。

　　"小家伙十分可爱，每天都有变化。铁蛋，你要是天天在就好了。"刘晓岚母亲对铁蛋说道。

　　第二天，刘晓岚母亲趁着铁蛋在南京的机

会，回常州一趟。离开之前，刘晓岚母亲做了大量的菜，把冰箱塞得满满的。

"铁蛋，奶瓶和奶嘴都洗干净放在这里了。宝宝饿了，先给他喂点儿牛奶，我中间会回来一趟。"刘晓岚在上班前给铁蛋交代任务。

"亲爱的，放心吧。"说完铁蛋在刘晓岚前额轻吻了一下。

"看好孩子，我两个小时就回来。"刘晓岚出门前再次嘱咐铁蛋。

刘晓岚上班后，屋内只剩下铁蛋和睡着的小宝宝。铁蛋坐在旁边，仔细看着可爱的小家伙，联想到人从一个小不点长成一个顶天立地的七尺之躯，是多么的不容易。铁蛋趁小家伙睡觉之际，抓紧洗碗，把屋子收拾干净。

"如果能再有间房间就好了。"铁蛋心想，如果再有间房间，给刘晓岚母亲住或日后自己家里来人住。

突然小家伙动了动，接着就哇哇哭起来。铁蛋把奶嘴塞到小家伙的嘴里，小家伙还是哭，而且哭声越来越大。铁蛋把孩子抱起来，右手轻轻拍着孩子的背说："宝宝哎，宝宝哎。"

小家伙根本不理铁蛋这一套，突然铁蛋的手有股热乎乎、潮湿的感觉。铁蛋明白了，小家伙尿尿了。这一泡尿真不少，不仅把尿布湿透，把棉裤也弄湿了。铁蛋知道小家伙哭的原因了，立即换了尿布，又换了棉裤。铁蛋长这么大，第一次单独带小婴儿。以前在陈家村带过能走路的小弟弟。带小婴儿和带小朋友玩，完全是两码事。

不一会儿，小宝宝又安静入睡了。铁蛋则坐在一旁，聚精会神地看着小家伙可爱的模样。大约过了半个小时，铁蛋感到小家伙想动，索兴抱起小家伙，在房间内不停地来回踱步，同时嘴里不停地说："宝宝哎，宝宝哎。"

功夫不负有心人，在铁蛋千呼万唤之下，小家伙睁了睁眼睛，凝视着铁蛋。

"宝宝，你醒了，你知道你刚才做了什么坏事了吗？"铁蛋的话充满着柔情和父爱。

小家伙还是直愣愣地看着铁蛋。

"你怎么不说话？是不是不承认啊？"铁蛋说着用自己的额头轻轻地触碰小家伙的额头，这一碰把本来安静的小家伙吓哭了。

"宝宝不哭，宝宝不哭，爸爸是喜欢你啊。"小家伙还是在哭，铁蛋摸了摸尿布是干的，那可能是要吃东西了。铁蛋把奶瓶塞到小家伙嘴里，这次小家伙没拒绝，但只是吃了两口又不要了。

"小宝宝你到底要干什么呀？"铁蛋抱着小家伙一边说一边在房间不停地来回走动。

刘晓岚在10点回来给小家伙喂奶。小家伙吃了母乳后老实多了，一直到中午11：30，刘晓岚下班回家，没再吵闹。

下午上班之前，刘晓岚又嘱咐铁蛋："下午，宝宝会解大便。"做母亲的十分熟悉孩子的生活规律。

"好的，我一定会注意。"

既要工作又要照顾孩子，做母亲的很是辛苦。吃过晚饭，收拾好厨房，一天紧张的生活暂告一段落。

"带孩子一天了，感觉怎样？"刘晓岚问铁蛋。

"带小家伙真是挺累的。"铁蛋如实回答。

"你带一天就累了。天天带，不但累，有时还烦人。"

"宝贝，你辛苦了。"铁蛋在刘晓岚的脸上亲吻一下。

小宝宝在半夜醒了一次，铁蛋还在迷糊时，刘晓岚已下床给小家伙换尿布、喂奶。铁蛋要下床帮助，刘晓岚对铁蛋说："我一个人行了，你睡吧。"

过了一会儿，刘晓岚轻轻掀起被子钻进被窝，可能是由于受了点凉，刘晓岚用手捂住嘴咳了两声。

"亲爱的，弄好了吗？"铁蛋蒙眬地说着。

"处理好了，睡吧。"刘晓岚想让铁蛋好好地睡一觉，所以她尽可能一个人处理孩子的事。

天还没亮，刘晓岚就起来了。早晨的时间很紧张，刘晓岚就像打仗似的洗漱、做早饭、吃早饭、收拾房间，给孩子喂完奶后，一路小跑去上班。刘晓岚凭着坚强的意志和中国女性特有的吃苦耐劳的精神，克服一个又一个的困难，从未向铁蛋抱怨过一句。

"天天如此，我已习惯了。你知道就行了。"

"我一点忙也帮不上。真是辛苦你了。"铁蛋抱歉地说道。

"还有我妈妈也很辛苦。如果没有我妈妈帮助，我就无法上班了。"

"是啊，你妈真好，我将来一定会好好孝敬她的。"

"你有这颗心就行了。"

小铁蛋的成长凝集着刘晓岚及她母亲的辛苦。铁蛋远在北京，没付出任何劳动，却享受孩子成长的欢乐。

随着中国改革开放的深入，中美两国在医疗卫生领域的交流日趋增多，不少中国医疗骨干远渡重洋到美国进修。

当时中国医院的科主任都是中国本土培养的，科主任年龄大多在50岁左右，这是他们出国学习最后机会。因此，科主任们当仁不让，牢牢地抓住出国机会。

一天晚上，赵主任请科室全体人员去饭店吃饭，罗教授也到场。赵主任、罗教授等年资高的医生在一桌，铁蛋等年轻医生在一桌。人到齐、坐好后，赵主任站起来说道："首先请我的老师、我们医院内科创始人罗教授给大家讲话。"

"赵主任你讲讲就行了，我就免了吧。"罗教授客气地推辞。

"罗教授，我们科室是你一手建的。你不讲话那哪行。大家鼓掌欢迎罗教授给我们作指示。"

盛情难却，罗教授只好站起身来。

"我们科室在赵主任的领导下，有了很大的发展。赵主任马上就要到美国克利夫兰医学中心学习。这不仅是赵主任的一件喜事，更是我们科室的一件喜事。时下学科发展很快，一些新的药物、新的治疗方法不断出现。我们不能墨守成规，要与时俱进。希望赵主任学成回来后，把我们科室带上一个新的台阶。"

"让我们用热烈的掌声感谢罗教授的讲话，大家请用餐。"

"赵主任，这次出国办得真快，不到两个月就把所有的手续办好了，好像飞机是下周五。"医生们私下议论道。

"至少弄了半年以上。赵主任早在半年前，就把出国申请交给了医院。"

"对，对。我曾听院办人说过，在一年前卫生部就开始组织医院的骨干力量去美国进修学习。至今，有一年了。"

"铁蛋，你估计有多长时间了。"颜医生问铁蛋。

"我刚知道。"

"好像美国医院是罗教授帮忙的，是罗教授在美国的老师帮忙联系的。"

"瞎扯，罗教授老师多大了？"

"罗教授的同学联系的。"另一位医生解围道。

"罗教授说过，我们现在心内科治疗手段还是从前那一套。一个县医院医生到我们医院进修一年，水平和我们也差不多。美国这段时间发展很快，什么心脏电生理、造影、射频，非常先进。"

铁蛋想起来他在上海读书期间，有位来自美国的医生讲座，题目就是：心律失常的射频治疗。如果不比较、不对外开放，协仁医院及中国的医学就是一个井底之蛙。所以，从年轻人到50多岁的主任、教授都争着要出国。

"铁蛋是不是喝酒了？"在寝室，姜伟民看见铁蛋脸红通通的。

"我这个人真没出息，只是喝了不到二两酒，脸就红了。"

"你身体好，练几次，半斤八两不在话下。"

"我不喜欢喝酒。喝酒对我来说就是受罪。要不是送主任，我才不喝酒呢。"

"赵主任调走啦？"

"不是调走，赵主任要到美国去学习、进修。"

"嘿，这帮主任真好。国家提供他们在美国的生活费，国内还拿一份工资。"姜伟民感慨道："这种事我们想都不要想。说起出国，我有一肚子气。"

"怎么了？"铁蛋心想医院不是鼓励出国嘛。

"我把出国申请让我们主任签字，那家伙就是阴死阳呵的，问这问那。差一点儿没明说，叫我让给他去。"姜伟民气愤地说着，第一次在寝室内用"那家伙"称呼他的科主任。

"那后来是怎么办的？"铁蛋关切地问道。

"我请他签字是给他面子，毕竟我在外科工作3年了，不能伤感情。邀请信要求在元旦报到，还有3个月时间。"

"那时间还早啊。"

"时间也不早啦。首先医院给你出证明，然后带好医院的证明到公安局申请护照，护照办好后再去美国大使馆申请签证，每一步都要花时间。"

"原来是这样。"

"所以，老百姓出趟国麻烦得要命。指望国家一切给你安排好，还给你钱，那是痴想。"

"出国好啊，大家都要出国。"铁蛋无限感慨地说着。这时突然有个念头在他的脑中一闪，令他兴奋不已。第二天上午，铁蛋出现在医院后勤处。

"李处长，我住的寝室里一共有3个人，徐晓武今年年初结的婚，现在基本不住在房间。姜伟民马上要出国，那么房间只有我一个人。我的意思是我现在住的房间，以后我一个人住。"

"陈医生，实在是没办法，你来到医院工作3年了，医院的情况你不是不了解。我以前告诉过你，我们医院最困难的就是住房。明天就会安排1个人到原来徐晓武住的床铺。另外，只要姜伟民一出国，马上就会有人搬进去。"

铁蛋本来就抱着试试看的心态来的，没有就算了，就去南京吧。当晚铁蛋就在电话中把自己的决定告诉刘晓岚。

　　"铁蛋，你要是到南京来实在是太好了，我们一家人在一起，你也用不着一个人天天在外吃食堂。你家里会有问题吗？"

　　"没关系，我会跟他们说的。"铁蛋淡定地说着，其实他心中也是没底。

　　北京协仁医院是个好医院，北京更是个好地方。明年，铁蛋就要30岁了，他需要一个家，他需要和妻子、儿子在一起。因此，铁蛋不得不忍痛割爱，在1986年10月，离开北京，去南京和家人团聚。

　　南京普济医院内科有三个病区，病房住得满满的，走廊内也住上了病人，医院正准备给内科再增加一个病区。铁蛋被安排在内一病区，刘晓岚在内二病区。内一病区侧重心脏病，内二病区侧重消化疾病，但内科所有的人权、财权全部集中在科主任身上。

　　"陈医生是刘晓岚医生的丈夫，是上海医学院的高材生，大学毕业后一直在北京协仁医院工作……"内科蔡主任简短的介绍，高度概括了铁蛋的三个特质：刘晓岚的丈夫、上海医学院、北京协仁医院。

　　因为当时也有不少人，陆续从外地或别的医院调入普济医院，他们都是托关系从小医院调入的，而且毕业于南京医学院或南京铁道医学院，和全国重点大学上海医学院相比差一个档次。

　　凭着在北京协仁医院打下的三年扎实的内科基本功，铁蛋很快就适应了新的环境，再加上铁蛋为人诚实，关爱病人，铁蛋很快就获得从上到下的一致认可。

　　"女儿，今天是你的生日。你想吃什么？"刘晓岚母亲问刘晓岚。

　　"嗯，铁蛋喜欢喝鸡汤，你买只鸡就行了。"刘晓岚回答母亲的话。

　　当天晚上刘晓岚父亲从常州赶到南京，参加女儿的生日，一家五口人热热闹闹地在一起。

"铁蛋，你一人在北京时，晓岚经常担心你吃的不好，吃不惯北方的饭菜。现在，一家人每天在一起多好啊。我每天给你们做好吃的。"

"谢谢妈妈。妈妈忙了一天，辛苦啦。"铁蛋由衷地感谢丈母娘。

"铁蛋，还是家好吧。"

"当然是家好。"铁蛋到南京后，家务事基本上刘晓岚母亲以及刘晓岚包揽了，铁蛋过着饭来张口，衣来伸手生活。

刘晓岚父亲只是喝了一杯酒，脸就红了，话也多起来。

"你们刚毕业的时候，晓岚说要调到北京去，从内心来说我是不愿意的。偏偏北京没房子住，这也是天意啊。现在你们在南京，我和你妈妈从常州来也很方便。"

"是啊。如果没有爸妈帮忙，我和晓岚真是没法上班了。"铁蛋说道。

"爸爸，铁蛋经常说多亏爸妈的帮助，将来一定好好孝敬你们俩。"刘晓岚说道。

"都是一家人，说什么孝敬，只要对你好就行了。"刘晓岚父亲越说越兴奋，"晓岚，你三叔叔前几天给我电话，说他家有什么人想到南京来看病。"

"老头子少喝点。铁蛋，你爸爸特别为你们俩骄傲，到处向别人讲自己的女儿和女婿在南京普济医院工作。"

刘晓岚在普济医院工作，的确给常州的亲戚朋友来南京看病提供了方便。

1987年春节，铁蛋、刘晓岚带着儿子，从南京坐汽车，来到陈家村。铁蛋一家三口回来，乐坏了陈若望夫妇俩。他们俩有两年多的时间没看到铁蛋了，老俩口更是想见孙子。铁蛋姐姐和弟弟也来看铁蛋，把陈若望家本来就不大的客厅挤得满满的。

铁蛋除了给姐姐、弟弟带来了些礼物外，还给老五和村长带了些礼物。

"铁蛋回来了。"村长陶厚权热情说道。

"是的，昨天回来的。把孩子带给我爸妈看看。"

"你回家，你爸妈高兴得不得了。"

"是的，家顺和家萍怎样？"

"我叫家顺到你家去看看你，这家伙没出息，认为你们俩差距大，不好意思去。家萍现在在美国。"

"什么时候去美国的？"铁蛋略有惊讶地问道。

"是去年 8 月底。"

"家萍真了不起。"

"她学习成绩好，学校推荐去美国的。"说到女儿，陶厚权骄傲了许多。

"铁蛋，这是家萍在美国的照片。"铁蛋姑妈把早已握在手上的女儿照片，递给铁蛋看。

这是一张校园照，家萍一脸灿烂笑容，站在碧绿的草坪上，后面有几个黄头发、蓝眼睛外国人作背景。

20 世纪 80 年代后期，是我国临床医学蓬勃发展的一个时期。不少大医院，抓住了这个历史机遇，走专科化发展道路。大外科不再存在，分为肝胆外科、胃肠外科等。内科一样，原先的大内科分为心血管内科、消化内科、呼吸内科等。但凡走专科化的医院，他们的学术水平以及医疗水平得到迅速提高，很快走在全国的前列。身为同城的江苏省人民医院、南京军区总医院，医院学科建设干得热火朝天。然而，普济医院却按兵不动。铁蛋眼睁睁地看着兄弟医院走在时代的前列，普济医院则从第一集团掉队。开学术会议时，普济医院的医师们，更多是坐在会场，听别人做学术报告。铁蛋看在眼里，急在心里。

"铁蛋你也真是，这些是领导操心的事，我们只要做好自己的份内的工作就行了。"同一个办公室的张医生出于好心劝铁蛋。

"铁蛋，你是真糊涂，还是假糊涂？"林医生碰了碰铁蛋的胳膊，悄悄地对铁蛋说:"你这样说,蔡主任会不高兴的。"

"为什么?我说这些是为了科室发展,为科室好。"铁蛋大惑不解。

"为什么?你看现在科主任权力多大。内科所有的事,他一人说了算。如果分专科,他只能管一点点范围。这涉及到个人利益。"

"哦。是这样。"铁蛋明白了。但在内心,铁蛋仍然顽固地认为:科主任应该带头做专科化这件事,这样有利于学科和医院的发展。

"我们还年轻,方方面面的知识都要学一些。你不是说美国的住院医师要轮转 5 年到 7 年的时间吗?你现在就把现在的状况当作轮转不就行啦吗?待你升到主治医师再说,那时医院不知道有什么变化。"还是妻子最理解丈夫,刘晓岚知道怎样说服铁蛋。

铁蛋觉得刘晓岚的话有道理。就不再为医院发展的事操心了。

医院图书馆虽然不大,但中文的期刊还是比较齐全的。铁蛋常看的杂志主要有三种:《中华心血管病杂志》《实用内科杂志》和《国外医学内科学分册》。铁蛋发现,心血管内科发展最快。心血管内科朝着介入、有创方向发展,同时心血管内科的基础研究也在一些大医院开展起来了。

铁蛋感受到医学正处在一个快速发展时代,可院方安于现状,铁蛋只能干着急,眼巴巴地看着别人前进。于是,出国或读研究生的念头,在铁蛋脑海中出现,而且是越来越强烈。

经过一番激烈的思想斗争,铁蛋把自己的想法,告诉了刘晓岚。刘晓岚听后说道:"是啊。再这样发展下去,我们和普通市级医院没什么区别。什么上海医学院毕业的学生,也沦落到和普通医学院校毕业生一样。"刘晓岚也有同样的感受。

"还是宝贝理解我。"铁蛋长吁一口气。

经过一番深思熟虑,铁蛋和刘晓岚一致认为:铁蛋应该去母校读研究生。决定读研究生,是铁蛋在认识上的一个重大转变。在此之前,铁蛋认为做医生没有必要去读研究生。现在,读研究生是改变现状唯一途径。

第 19 章　出国

1989 年，铁蛋大学毕业 6 年后，晋升为主治医师，同年参加研究生入学考试，再次成为上海医学院的学生。铁蛋读的是心血管内科研究生，导师就是铁蛋在实习时，刚上任大内科主任，现在是心血管内科的洪主任。

1990 年 1 月，学校研究生处和科室同意铁蛋到匹兹堡大学医学中心做访问学者。经过 14 个小时的长途飞行，铁蛋在美国东部时间 1990 年 2 月 17 日星期六下午 3 时，到达美国底特律国际机场。海关工作人员是位面带笑容、胖乎乎、圆眼睛的黑人中年女性。她打量一番铁蛋，似乎在核实眼前这个人是否和护照是同一个人。然后拿起图章，"咔嚓"一声在铁蛋的护照上戳了个大印，笑着说道："Okay, welcome to America."

机场到处都是行色匆匆的人，机场喇叭不停地播放登机或到达航班的消息。铁蛋一个一个登机口看过来，就是找不到飞匹兹堡的登机口，铁蛋只能问机场工作人员。原来底特律机场有两个航站楼，去匹兹堡的航班在另一个航站楼。好在机场标识很清楚，铁蛋循着地面标识穿过一个很长的甬道，走了近20分钟的路，到了另一个候机大厅，找到飞往匹兹堡的登机口。

铁蛋走到候机大厅的玻璃幕墙，向外望去，外面正下着鹅毛大雪。雪呈絮状织成片，如布帘挡住了铁蛋的视线，远处什么也看不见。候机厅的人不多，居然也有个中国年轻人，也在等候去匹兹堡的飞机。那人会意地冲着铁蛋笑了笑，两个身在异乡的中国人便坐到一起聊起来。

"你也是坐美国西北航空公司的飞机到底特律的？"铁蛋惊讶又兴奋地问道。

"是的。我是从北京坐飞机到日本东京，然后从东京中转。我们俩同时从东京中转的。"

"可能是飞机上人太多，没注意。"

"你去匹兹堡？"那人问铁蛋。

"是的，到匹兹堡大学医学院做访问学者。"铁蛋回答道。

"我妻子在 UPMC 肿瘤中心做研究工作，我是来探亲的。"

铁蛋知道 UPMC 是匹兹堡大学医学中心的四个字的首字母：University of Pittsburgh Medical Center，UPMC。

"你们夫妻俩可以在美国好好玩玩。"铁蛋说道。

"我去年 5 月来过一次，到华盛顿、纽约、波士顿、尼亚加拉大瀑布、巴尔的摩转了一圈。"那人一口气说出很多美国地名。

铁蛋想起了他第一次去南京，刘晓岚陪他去中山陵、中华门等风景区游玩的情形。

虽然窗外仍然是大雪纷飞，但机场内的温度很高，铁蛋不得不脱去一件毛衣。广播播出飞机晚点的通知，铁蛋急了，觉得对不住在匹兹堡机场接他的人。

那人似乎看出铁蛋的心思，就以一个"老美国"的口气对铁蛋说：

"你不用急，这是在美国，只要天气稍好一点儿，飞机就会起飞。"

果然，雪小一点儿时候，喇叭通知旅客准备登机，铁蛋看了看手表，晚点近一小时。

"还好，晚点时间不长。"铁蛋对那人说。

"你在国内没坐过飞机吧？晚点一小时，这在国外根本不算什么。"小伙子似乎是常坐飞机的人。

"是的，这是我第一次坐飞机，这一飞真是十万八千里。"

不到一小时，飞机便稳稳地停落在匹兹堡国际机场。

"请问你是不是从上海来的陈铁蛋？"在出口处，一位30多岁的中国人问铁蛋。

"是的。"铁蛋回答道。

"你好，我叫李建强。刘家成告诉我你的情况，让我来接你。"

"太谢谢你了。"

俩人走出机场时，夜幕已完全降临。天空中，飘着零星小雪，空气特别的清新。李建强帮助铁蛋把行李搬上汽车，驶向铁蛋在美国的新家。

"我是77级复旦大学物理系的学生，前年来到美国。前面灯火辉煌的地方是Downtown，是匹兹堡的商业、金融和行政中心。Downtown前面大约15分钟，就到了奥克兰。奥克兰有两个主要的机构：匹兹堡大学和卡耐基梅隆大学。奥克兰也称为大学城。你住在匹兹堡大学旁边。"

约在8点，李建强开车到了铁蛋新家。这时雪已经完全停了，天空非常纯净，夜晚非常静谧。铁蛋的新家是联体别墅，别墅正门有个小院子。李建强拿着一个大箱子，用身体轻轻撞下门，门就打开了。铁蛋跟随李建强进了院子，李建强在大门处按了门铃。

"小张，这是陈医生，刚从上海来的。"李建强对开门的小张说道。

"你好，我叫张国庆。一路辛苦了。"小张伸手帮铁蛋拿行李。

"陈医生、小张再见。"李建强把铁蛋送到住处，就回家了。

"陈医生，我们这里住了5个人，3个是中国人，你的房间在楼上。"小张帮铁蛋把行李搬到楼上。

"陈医生，今晚你就早点休息吧，明早8点半我来叫你。"

"谢谢，谢谢。"铁蛋连忙说道。

也许是太累了，铁蛋连自己在美国的"新家"都来不及细看，就倒在床上呼呼睡着了。但不到3点就醒了，再也睡不着了。铁蛋索性起床，整理行李。

铁蛋住的这间房间还真不错，整个房间非常整洁，木制的窗、木制的门以及木制的桌椅，非常结实和厚重。房间里的大衣橱占了近一堵墙，铁蛋把所有的衣服挂在里面，还有80%的空间。另外，房间内还有个小储藏室，铁蛋把两个箱子放在里边。铁蛋心想若是刘晓岚来，这间房间他俩住没任何问题。

天还没亮，铁蛋上了趟卫生间。卫生间除马桶外，还有一个洗澡盆和一个洗漱台盆，墙上有面大镜子。铁蛋蹑手蹑脚，从卫生间走出，生怕影响到别人睡觉。令铁蛋惊讶的是，另外三个房间的人似乎都起来了，有一个房间有很微弱的说话声。这点大出铁蛋的意外，以前给铁蛋的印象是美国人晚不睡早不起。

当夜幕退去晨曦出现时，整个城市格外亮堂。天特别的高、也特别的蓝，吸入肺腑里的空气，不但清新，似乎还带有能量。

吃完早饭，张国庆就领着铁蛋去教堂。当他们来到大路时，马路上一点儿雪也没有。张国庆似乎看出铁蛋的疑惑，就对铁蛋说："今天凌晨扫雪车把马路上的雪全清除了。美国人基本上是开车上班，若马路上有积雪或冰，就会影响交通和工作。"

"哦，是这样。"

"从我们住的地方走到教堂约20分钟，沿 Forbes 大街向前走，到 Dithridge 路向左转，不一会儿就到了。"

"你对这里很熟悉？"

"我在匹兹堡大学 4 年，然后工作 3 年。在这里生活了 7 年。"

"你在这里上的大学？"张国庆说在美国上的大学引起铁蛋的兴趣。

"1949 年，我外祖父一个人去了台湾，把我外婆、舅舅还有我妈妈留在宁波。1965 年我外祖父从中国台湾来到美国，直到现在。1980 年，我外祖父回到老家找到我们，把我们全家接到了美国。"

"那你们全家现在都在美国？"

"是啊，是一个大家庭，我家 5 口人，我舅舅家 4 口人，加上我外祖母，一家 10 口人，浩浩荡荡开进美国，来到纽约。"

"那么多人！"铁蛋感叹道。

"从 1949 年离开，到 1980 年重逢，谁也没想到一别竟是 30 年。"

"真是不容易。"

"的确不容易。在新中国成立后，我外祖母带着我妈和舅舅生活非常艰辛。她在集体厂里做工人，一个月收入不足 30 元。我外祖母说是为了我妈和我舅舅，她才坚持下来的。"

"我妈在 64 年结婚，66 年有了我，后来又有了弟弟和妹妹。每天吃了上顿愁下顿。"

"现在你们家好了，苦尽甘来。"

说着说着，两人就来到匹兹堡奥克兰中文教堂（Pittsburgh Chinese Church，Oakland）。

教堂里除了几个外国人外，绝大多数是中国人，每个省的口音都有，真是来自五湖四海。不管认识和不认识的，都礼貌地点下头或说声"你好"。李建强站在门口欢迎每位到教堂的人，他远远地看到铁蛋和小张走来，十分高兴地问铁蛋：

"陈医生，昨晚睡得好吗？"

"睡得不错，谢谢你昨晚到机场接我。"

"不客气，应该的，欢迎你来教会。小张你照顾好陈医生。"

"好的，我们进去了。"张国庆客气地回道，便带铁蛋进入教堂。

1990年2月18日星期天，铁蛋第一次踏进教堂。9年前，在上海，铁蛋隔着铁栅栏看过教堂的外墙。现在进来了，惊讶教堂的简单，只是在主讲台上的那堵墙上有一个十字架，教堂内部和铁蛋在国内所看到的会议室没有两样。

牧师是个年龄不到40岁，讲带南方口音的普通话。活动从9点30分正式开始，第一项内容是唱歌，好在有字幕，铁蛋就跟在众人合唱，其中还穿插一首英文歌曲。整个教堂的人都十分认真、虔诚地唱着。

"请大家把《圣经》翻到诗篇第23章，我们一起朗读今天要学习的经文。"朗读结束后，牧师开始讲道。

整个教堂非常安静，聚精会神听牧师讲道。

铁蛋似懂非懂地听着。牧师说："人人要有爱，要关心和爱护他人。"这引起铁蛋的共鸣。但铁蛋不认同牧师说的要完全信靠神，把一切交给神。铁蛋要把命运掌握在自己的手中，他自己靠奋斗，从农村来城市上大学，然后又到美国深造。人生每一个进步，都是自己辛苦奋斗得来的。故铁蛋有些抵触牧师说的话，后来牧师说什么，铁蛋没有听进去。

不到11点钟，牧师讲道结束。张国庆问前排的一个人："你看到文龙没有？"

"我来时看到他了，好像坐在前面。"

"好的，吃饭时我去找他。"

"国庆，你夫人呢？"一位女性问张国庆。

"她要到后天才能回来。"

"听说，Bestbuy最近有特价电脑卖，我想叫你夫人一起去。那等她回来再说吧。"说罢，那人又追问一句，"你的房子怎样了？"

"前段时间天气不好，要迟一点儿才能搬进去。"张国庆回答道。

"搬新家，一定要告诉我。"

"一定，一定。"

"你要搬走？"铁蛋突兀地问了一句。

"我那房子是去年 10 月建好的。我打算在今年的 1 月搬进去。"

"你自己建房子？"铁蛋想到陈家村，村民都是自己盖房子。

"在美国造房子和中国不一样。在美国，你需要先要买一块地，然后找专业人员建房子。专业人员按照客户提出的要求，设计画图。客户认可后，再施工建造房子。"

"这样每家的房子都不一样。"铁蛋说道。

"是的。陈医生，我们去餐厅。"张国庆和铁蛋来到餐厅。餐厅位于教堂的地下室，大家排队取餐。

每份饭菜中有一个肉圆、一份豆腐、一份土豆和一份青菜，地道的中国菜。

"国庆，从上海来的陈医生来了吧？"铁蛋沿声音的方向看，一位年龄比自已小两三岁的男子向他们走来。

"来了，来了。他就是昨晚从上海来的陈医生。陈医生，这是杨文龙，他也是在 UPMC 心内科实验室工作。明天杨文龙将带你去实验室。"

3 个人坐在一起吃饭，张国庆和杨文龙不时地和熟人打招呼。吃饭期间，杨文龙问铁蛋有什么需要帮助的，铁蛋说要给家人寄封信。

"嗯，邮局离你住的地方不远。等下午 2 点，中文课结束后，我陪你去。"

"好的，谢谢你了。"

中文学校就在中文教堂里的小教室，杨文龙给中国孩子上围棋课，铁蛋坐在教室的一个角落看杨文龙讲课。铁蛋对围棋一点儿不懂，只知道中日围棋对抗赛，聂卫平横扫日本围棋高手，一时成为民族英雄。杨文龙只是教孩子们最基本的知识，怎样做活、打劫等，杨文龙讲了 10 分钟，就让孩子们自己玩。

两点钟围棋课结束，杨文龙对铁蛋说："我太太带两个孩子在另一个教室上中文课，这个时间也结束了。我们过去。"

"这是新来的陈医生。"杨文龙把铁蛋向他妻子和两个孩子作介绍，"Mark, John, 叫 Uncle。"

"叔叔好，Hi,Uncle。"孩子们用中文夹杂着英文和铁蛋打招呼。

"你有两个孩子？"铁蛋问道。

"是的。老大在国内生的，老二在美国生的。在美国，你愿意生多少，就生多少。"

汽车在一个公寓前停下，杨文龙妻子带两个孩子下了车。

"我家就住在这幢楼的二楼，一个月要 800 美元房租。我父母刚回国，过几天我岳父岳母要来美国，帮我们照顾孩子。"

"必须有人帮助你照看孩子，否则大人没办法上班。"

"我太太还想要个女儿，打算再生一个。"

"三个是不是太多了，负担会不会太重？"

"三个孩子负担的确重，太太可能在一段时间无法工作。我现在一个月的工资只有两千多，太太的工资和我差不多。如果我一个人工作，经济压力会很大，我就必须换工作，找一个工资高的工作。"

不一会儿，汽车就来到离 UPMC 不远的奥克兰邮局。铁蛋把给妻子的信塞进了信箱。

"这里生活是很方便的，医院、学校、邮局、教堂、图书馆都在附近。在我们的右手边是匹兹堡大学图书馆和卡耐基梅隆大学，除了卡耐基梅隆大学外，几乎这里所有的地盘都是匹兹堡大学的。现在我们到了 Forbes 大街，不一会儿就到你住的地方了。"

到了铁蛋住的地方，杨文龙对铁蛋说道："陈医生，明天早晨八点半我来接你，我们一起去实验室。"

"好的，太感谢你了。你那么忙，我还耽误你那么多时间。"铁蛋内心充满感激。

"没关系，明天见。"

星期一上午，在杨文龙的帮助下，铁蛋顺利办完所有手续，其中最主要的有银行卡和医院的胸卡。办完手续后，杨文龙带铁蛋去实验室。

心内科实验室在 UPMC Presbyterian 医院内。医院位于匹兹堡大学奥克兰校园的山坡上。奥克兰地形和铁蛋家乡陈家村很相似，几乎所有的建筑都建在山坡上。铁蛋感觉从住所到医院各个部门一直都是爬山，只是有扶手电梯或直升电梯，铁蛋没感觉到累，每幢楼与楼之间都有天桥相连接。铁蛋跟着杨文龙在大楼之间转来转去，一会儿上一会儿下，来到 BST 大楼（BioScience Tower，生命科学大楼）。心内科实验室在生命科学大楼的 11 楼，占据一层楼面，和上海中瑞医院心内科在拐角里占一间房间的实验室相比，有天壤之别。

"陈医生，这张办公桌是你的，我的办公桌是那张，还有这张办公桌是小黄的。小黄是去年来的，今天他家里有事，请了一天的假。"办公室放了 4 张办公桌，沿墙摆放了两排书柜。

"办公室条件真不错，比国内办公室好多了。"铁蛋感叹道。

"美国医生办公条件就更好。不但是一人一间办公室，而且大部分医生有两个秘书。"

"要秘书干什么？"铁蛋认为办公条件好是正常的，对医生有秘书，而且还有两个秘书，感到疑惑不解。

"秘书可帮医生处理一些事务性工作，比如安排病人预约时间、帮医生订机票等。"

"哦。"铁蛋似乎明白了一些。

"陈医生这是你的钥匙，一把是大门的，另一把是你办公桌抽屉的。你穿好工作服，我们去见 Kerry。Kerry 是实验室的负责人。"

铁蛋穿好工作服拿好钥匙，随杨文龙来到 Kerry 办公室。

"Kerry ,this is Dr.Chen from Shanghai." 在 Kerry 办公室，杨文龙把铁蛋介绍给 Kerry。

"How do you do？ Dr.Chen."

"How do you do?"

"Welcome! Take a seat, please！"

Kerry 是个 40 多岁金发碧眼女人，金黄色的头发波浪似的散落在肩上，碧蓝色的大眼睛像海水一般清澈。Kerry 给铁蛋和杨文龙各一块巧克力，接着 Kerry 向铁蛋介绍心内科实验室。

这是铁蛋第一次面对面和外国人交流，不能说铁蛋一点儿听不懂，但大部分听不懂却是事实，故铁蛋只是不断地点头或以"嗯"来回应。好在有杨文龙在场，帮铁蛋回话。

正在他们谈话的时候，有位 50 来岁男子敲门进来，以极快的语速和 Kerry 说着什么事。

只见 Kerry 眉头略皱，对来人说："Thank you for your reminding."随后把铁蛋和来人分别做着介绍。

"John, this is Dr. Chen, and this is John."

"How do you do?"铁蛋和 John 礼貌道。

至于黑人和 Kerry 说了什么，铁蛋一句也没听懂。John 哇啦哇啦含糊不清的英语，和铁蛋在磁带和广播中听的英语几乎完全不一样。

杨文龙是过来人，刚来美国时和铁蛋有同样的经历。他对铁蛋说："刚才进来的人对 Kerry 说：今天下午动物保护委员会要到实验室检查。"

"他们来实验室干什么？"铁蛋不解地问道。

"他们来查动物房，主要是看动物有没有受到虐待，比如多少个老鼠住在一个笼子内，房间的温度和湿度是多少。如果达不到条件，就要罚款。一罚就是一两万，相当于一个人 1 年的工资。全是老板的钱。"

"这么厉害。"

"是啊，美国有很多地方和其他国家不一样。在其他国家，几乎没有人注意保护实验动物，或根本就没这个概念。3 年前有人在这工作非常好，老板非常喜欢，就是把 4 只大鼠放在一只笼子里被罚款 2 万。"

"是啊，在国内一只笼子放六七只大鼠是正常的事。这我倒要注意了。"

"你刚来，首先是要熟悉实验室的环境和工作流程，掌握实验方法。所以前两个星期你跟在我后面，待你熟悉后再单独做。"

"好的，谢谢。"

"另外，不要着急，实验室这些仪器设备的使用，上手会很快。还有英语也不用着急，三个月到半年就可以了。"

"小杨，刚才那个人说的我一句也没听懂。"

"这个人语速比较快，单词都是连续的。这个没关系，时间长了就能听懂。"

英语听不懂，设备和试剂，铁蛋连名字都叫不上，铁蛋心里很急。除了睡觉，铁蛋所有的时间都在实验室度过的。

功夫不负有心人，两周后，铁蛋把与研究相关的一些单词都记住了，比如钾离子、钠离子、钙离子通道，膜电位、电极等，铁蛋数了数，记50个单词就就足以应付实验室需要。在杨文龙的帮助下，铁蛋掌握所有设备和仪器的使用方法，如怎样开机、怎样加样、怎样取样、怎样读取数据等。

"Dr.Chen, you are hard working." John 见到铁蛋总是表扬铁蛋的工作精神。

"Thank you. You are hard working, too." 铁蛋开始和John说客套话。

第 20 章　回国

5 月初的一个周末，天气晴好。Kerry 邀请实验室工作人员，到她家参加 Party。Kerry 家住在比 Squall Hill 稍远一点的地方，在 Frick 公园附近 Trenton Ave。铁蛋和实验室同事小黄坐 71B 公共汽车，沿 Forbes 大道，到 Frick 公园下车。小黄是去年来的，住在奥克兰另外一个地方。

Forbes 大道到 Frick 公园时，形成一个近 90 度的转弯。Frick 公园由两部分组成：第一部分是 Forbes 大道内侧平坦的青草地。低矮的、鲜嫩的青草，整齐得像绿色塑料做成的地毯，铺在大地的表面。人们在这里建了一个儿童乐园，一个棒球场和一个网球场。第二部分是公园后面的小树林。

孩子们头戴崭新的棒球帽，手拿着新的棒球棒，挥击着棒球。大人在旁边不停地喊叫着，指导孩子们怎样打棒球。

"棒球英文叫作 baseball。美国人很喜欢打棒球，甚至超过篮球。我不知道美国人为什么喜欢这玩意儿。去年夏天，我有位老乡，送给我一张 Downtown 体育场棒球比赛票。体育场的观众极度的狂热兴奋，我一点儿也激动不起来，没兴趣。"小黄说道。

"是的，我也看不明白。"铁蛋对棒球没有什么兴趣。"据说美国人篮球打得最好，怎么没见篮球场？"

"前面不远就有个篮球场，在匹兹堡室内篮球场也很多。在 Pressby 医院的右上方就有个非常漂亮的体育馆，叫作 Event 体育馆。美国大学生篮球联赛，就在 Event 体育馆举行。匹兹堡虽然有很多小山丘，只要稍微平整的地方，就建成一个体育场所，如棒球场或网球场等。这些体育场所都是免费的，全天候对公众开放。"小黄一边走，一边把 Frick 公园周围的情况向铁蛋介绍。

这一带电线杆全是木头的，特别是在有公交站的电线杆上，钉了一些小纸条：Yard Sell。铁蛋似乎在医院附近的电线杆上也看到过这类的小广告，但他从来没有注意过。

"Yard Sell 是美国的文化之一。"小黄继续他的导游工作，"Yard Sell 大都是人们在搬家之前，将一些不准备带走的东西卖掉，价格很便宜。去年，我就在 Yard Sell 买了一个木头雕刻的鹰，非常漂亮。"

不用一刻钟，铁蛋他们就从 Frick 公园走到 Kerry 家。杨文龙开车来的，同时带上两个女同事。日本人也开车，也捎上两个人。Kerry 家非常大。底楼有个大客厅、餐厅，还有个小贵宾室。客厅和餐厅中央有一盏古老黄铜吊灯，显得十分典雅华贵。客厅里有一台大电视机，围着电视机放了一圈沙发。在靠墙的一角，放了一台似乎有年头的钢琴。餐厅中央有一个很大的椭圆形餐桌，餐桌早已放好了刀叉等各种餐具。倚靠墙角安放两个立柜，一个立柜放满了餐具，另一个立柜则摆满各种红酒。这样的人家，以前铁蛋只是在外国电影中看过。现在身临其境，有种梦幻般的感觉。

"这房子真漂亮。"铁蛋由衷地赞美道。

"美国人家的房子，大都是这样。我去年圣诞节，到一个华人医生家，也是这样。他是个麻醉师，他家离这里还有 20 分钟的车程。因为在郊区，所以有个很大的院子，他那院子比足球场还要大，半座山都是他家的。由于养了 7 匹马，这个医生回家的工作就是就给马刷洗、喂食。"小黄说道。

Kerry 和她的丈夫忙着招呼客人。首先，端上来的是一盘很大的三文鱼，接着又端出两大盘生蔬菜，看上去就像中国的大白菜，还有一盘虾。Kerry 满面春风对大家说："Help yourself."

铁蛋学着别人的样式，拿了一块三文鱼和一些蔬菜。这时杨文龙走到铁蛋身旁，小声对铁蛋说道：

"这里有四五种红酒，你喜欢哪种，就倒点儿。"

"我不知道这些红酒有什么不同。"

"嗯，这样吧，加州的葡萄酒最有名，你就喝点儿加州葡萄酒。"

"好的。"

铁蛋小心翼翼地将葡萄酒倒进酒杯，用舌头舔了一下。

"铁蛋，干杯！"小黄过来和铁蛋碰了一下酒杯。

"干杯，谢谢。"铁蛋正欲一口而尽，杨文龙阻止了他。

"铁蛋，在美国人家做客，干杯喝酒，不一定要喝完。喝多喝少完全根据个人的酒量而定，千万不要喝醉失态。聚餐的目的是交流，增强友谊。"杨文龙刚说完，Kerry 走过来。

"Cheers！"Kerry 和铁蛋、杨文龙、小黄碰杯。

"Cheers！"铁蛋、杨文龙和小黄三人同声用 Cheers 回答。

客人们，三三两两在一起，一边吃一边聊天。杯里的酒喝完了自己再去斟一点儿。一些酒量小的人，基本上就是用舌头舔舔。铁蛋觉得这种喝酒方式文明，根据自己的酒量来喝酒。

"今天是 Farewell party。"小黄说道。

"谁要走？"铁蛋问道。

"太郎。太郎下个月回日本。"小黄说道。

太郎来实验室工作有一年半了。英语说得也不咋地。平时，见到铁蛋只是点点头，没有深入的交流。

"据说太郎回日本要提副教授。"杨文龙说道。

"是的。很多来我们这里的人，回国后，都得到提拔。"小黄说道。

"太郎在这里发表了两篇文章。质量不错。"

发表两篇文章不算多，杨文龙就有 4 篇文章。在实验室做研究的外国学者，像个匆匆的过客。就像中国一句古话所说：铁打的营盘流水的兵，说走就走。只有极少数的人，一辈子在实验室做博士后研究工作。

"铁蛋，多吃些蔬菜。"杨文龙招呼铁蛋多吃蔬菜。平时，他们在食堂常吃匹萨或汉堡包，新鲜蔬菜吃得少。铁蛋把自己的盘子装满了蔬菜，加上沙拉酱，简单搅拌一下，就吃起来。见铁蛋喜欢吃沙拉，杨文龙说道：

"美国人很少炒菜，家里做饭以煮和烤为主。另外，他们喜欢吃新鲜的蔬菜和水果，维生素多。"

"国内很少生吃蔬菜。不过这样吃也很好吃，做起来更方便。"

"是的。"

"太郎。"小黄见太郎走过来，就主动打招呼。

"干杯。"太郎一口将杯中的酒全喝完。

铁蛋也拿起酒杯，客气地和太郎碰了一下。

杨文龙问太郎："听说你要回日本？"

"是的，星期三的飞机。"太郎回答道。

"恭喜。听说你回去要做副教授？"铁蛋也上前问道。

"还没有最后定。现在是人多，位置少。再不回去，就更没有位置了。"

"哦，是这样。"

20 世纪 80 年代和 90 年代初期，是日本经济的黄金时代。很多在美国或欧洲国家学习的日本人，在学习结束后，选择回国。

或许是酒精的作用，太郎的话多起来。"我儿子和我一起过来的，在匹兹堡上了1年的小学。小家伙在这里玩得很开心，不愿回日本。你知道，日本教育很严格，学生很辛苦。"

"美国中小学学生很少有人戴眼镜。我不清楚是中国人容易患近视眼，还是中国中小学生学习太用功。"铁蛋说道。

"这帮美国小孩子实在是太幸福了。每天有校车接送，中午学校提供午餐。学校有篮球、橄榄球、棒球，玩得开心的不得了。就这样，有些外国小孩，还是不愿意上学，想想中国农村孩子就可怜多了。"杨文龙感叹道。

"这么好的条件，为什么不上学？"铁蛋觉得不可理解。

"有的小孩到初中后，就坐不住了。非裔有很多出色歌唱家，特别是运动员，运动员的天分特别好。我看东亚人无论怎么努力，也赢不了美国篮球队，这是人种的差别。在实验室里，亚洲人、特别是东亚人，一坐就是一天。所以，东亚人特别适合做研究。"小黄接着铁蛋的话往下说。

韩国人金顺爱走过来，用生硬的汉语说："你们好，干杯。"

"干杯。"铁蛋、小黄和杨文龙几乎异口同声地说道。

韩国人好像来了不少年，一直在心内科实验室做。

铁蛋这次到Kerry家做客，算是一个了解、认识美国文化的机会。Party结束后，铁蛋和小黄从原路返回。

五月下旬的一天，阳光灿烂，天空纯净得像湛蓝的大海一样。在卡耐基图书馆和匹大图书馆之间，有个空旷、绿油油的草坪。学校刚刚放假，年轻的女大学生，身着各种花色的比基尼，躺在草坪上，展开身体，拥抱阳光。

铁蛋正从实验室出来去邮局，准备给家里寄钱，禁不住停下脚步，看大自然的杰作，上帝创造的美。

"Hello！"一个几乎没穿衣服的蓝眼睛姑娘调皮地向身着西装领带的铁蛋挥手：

"Come here and join us."

"You wear too much."

"哈！哈！"躺在草坪享受阳光的人们发出恣意的笑声。

铁蛋脸瞬间通红，低下头，迅速离开。

铁蛋三步并两步来到邮局，给刘晓岚寄去一千美元。一千美元换成人民币要八千人民币，是个不小的数字。当时，刘晓岚作为一个内科主治医师，一个月的收入只有四百多元。给家里汇钱，是铁蛋觉得最开心、最有成就感的时刻。

10 月初的星期天下午，杨文龙开车带铁蛋和新来的小施去郊区沃尔玛超市。汽车行驶在蜿蜒山林之间，树叶已经变颜色，由单一的绿色变成青橙红黄等颜色。清澈见底的溪水在山间缓慢地流着。突然，杨文龙踩下刹车。原来，有头鹿在慢悠悠地过马路。

"每年都有鹿被汽车撞死。"杨文龙说道。

"撞死鹿，有没有被罚款或坐牢？"铁蛋问道。

"没有。但是大家看到鹿，都会停下车，耐心让鹿过马路。"

"难怪在美国，动物不怕人。"

在回来的路上，杨文龙一边开车，一边说道："匹兹堡地理条件非常适合拍电影。"

"哦。"铁蛋对拍电影没有兴趣，只是应付一声。

"匹兹堡有很多的山丘和河流，春秋天非常漂亮，适合拍摄各种电影。树林可以拍摄战争片；Downtown 拍摄现代化大都市。很可惜，没有竞争过好莱坞，电影公司搬到好莱坞去了。"

"这些，我还是第一次听到。以前只知道匹兹堡是美国的钢铁之都。"小施说道。

"不论是在国内，还是在美国，介绍匹兹堡时，都说匹兹堡是钢铁之都。"铁蛋说道。

"钢铁企业关门对匹兹堡的经济冲击很大,当时大约有十万人失去工作,但现在基本上从阵痛中走出来了。整个城市从一个重工业、重污染的城市,转变成一个现代医药、计算机研发和金融为中心的新型城市。现在,整个城市山清水秀,各个种族的人和睦相处。"

"我来匹兹堡大半年了,还没有遇到种族歧视的事情。"铁蛋说道。

汽车又开了 20 分钟,在一家小店前停下。杨文龙、铁蛋和小施下车,伸伸腿弯弯腰,舒张身体。

"先生我要买包香烟。"小施对店主说。

店主用疑惑的眼光把小施打量一番,说道:"把你的护照给我看看。"

"我没有带在身边,放在家里了。"

"那我不能把香烟卖给你。"

"我有护照。"铁蛋见老美非要看到护照才把香烟卖给小施,就立即帮助小施。

"不行,不行。这护照不是他的。他不能用你的护照买香烟。"店主仍然坚持不卖给小施,但态度仍然很好。

"那我自己买可以吗?"铁蛋说道。

"先生,实在对不起。因为你买香烟是给他抽的。所以,我不能卖给你。"这位店主仍非常认真,和蔼可亲地对铁蛋说道。

刚刚还在车上说匹兹堡没有种族歧视,这不就来了嘛。但店主的态度,好像又不是。铁蛋糊涂了,他不知道这个美国人是坏,还是傻。这时,杨文龙走过来,笑着对店主说道:"他们刚从中国来,不知道美国的法律。我和他们解释。"

"在美国必须 18 岁以上的人,才能购买香烟或酒。如果商人将香烟或酒卖给 18 岁以下的人,就触犯了美国的法律,是要坐牢的。"杨文龙对铁蛋和小施说道。

"哦，这么严重。这样也好，可以防止青少年抽烟、喝酒。"小施似乎明白了什么。

"美国人有时不容易判断东方人的年龄。在他没有把握的情况下，可以要求购买者出示身份证件。"

"小施没有带护照，但我有啊。我可以买啊。"铁蛋似乎余气未消。

"因为他知道你买香烟，不是自己抽烟，是给小施的。如果小施年龄低于 18 岁，店主不也是参与犯罪了吗？所以，店主拒绝了你。"

"美国人怎么这么死心眼。做生意就是赚钱，买包香烟又不是毒品，何必太认真计较。"

汽车开了约一刻钟，来到一个小店，杨文龙下车买了一包香烟。铁蛋在车上看得很清楚，杨文龙在付钱的同时，给那个人看了一张小卡片。这件事给铁蛋和小施留下了深刻的印象。

1990 年 12 月 16 号，铁蛋从匹兹堡大学国际部拿到了妻子和儿子的 DS 表，铁蛋在第一时间寄回中国。23 日起，医院圣诞节放假，几乎所有的研究机构都关门。Forbes 大街、Fifth 大街以及 Sixth 大街几乎没有行人和车辆，不少商店更是关门歇业。只是贴在橱窗玻璃上的 Merry Christmas 以及圣诞老人画像，才有点儿节日的气氛。和铁蛋想象中的西方第一大节日应该有的热闹，相差甚远。

铁蛋看到来了一辆公共汽车，就随车来到匹兹堡闹市区。整个闹市区异常的冷清，梅隆银行、PNC 银行、卡耐基大厦都关门。只有在 PPG 总部前有一棵巨大圣诞树，告诉人们现在是圣诞节。

"圣诞节，美国人去哪呢？"后来铁蛋知道，美国人在家或教堂庆祝圣诞节。

铁蛋回到实验室，整个大楼非常安静。铁蛋走到窗户前，向远处眺望。匹兹堡大学国际部，学生活动中心，匹兹堡大学图书馆，卡耐基图书馆，高耸入天的教学楼（Cathedral of learning），自然博物馆前的巨大恐龙雕像，战争博物馆，以及远处的卡耐基梅隆大学，尽收眼底。

铁蛋的第一部分实验已做完，而且铁蛋已把初稿给写出来了。Kerry 看完后，认为文章不错，只是讨论部分需要补充些内容。铁蛋计划在圣诞节期间，按 Kerry 提出的意见对文章进行修改，待圣诞节一结束，就把文章投出去，了决一桩事。

一周前，杨文龙和韩国人向 Kerry 递交了辞职报告。韩国人在洛杉矶一家医院找到一份工作。韩国人离开的理由是匹兹堡韩国人太少，洛杉矶有韩国人的社区。杨文龙在印第安纳波里斯的 Lily（礼来）药厂，找到一份工作，工资增加了两倍。准备在 1 月初，全家搬过去。

1991 年 2 月 15 日是中国春节，这天晚上匹兹堡大学国际交流中心非常的热闹。不仅在匹兹堡大学和卡耐基梅隆大学的中国学生和访问学者，还有在匹兹堡工作和定居的华人携家带口来到匹兹堡大学国际交流中心，庆祝中国春节。

匹兹堡华人联谊会会长高兴且兴奋地说道："今天晚上，我们在匹兹堡的华人，欢聚在这里，欢庆中国新年。虽然我们远离故土，生活在遥远的美国，但我们的心一刻也没有忘记我们是中国人，龙的传人。中国是个历史悠久的国家，在五千年的时间里，形成了我们自己的优秀民族文化。不论我们走到哪里，中国永远是我们的故乡，我们的根永远在中国。我们中国人有对故乡强烈的爱，有强烈的家庭观念，以及对子女的教育的重视。这些是我们中国人的优秀品质，令生活在匹兹堡其他民族的人们非常羡慕。今天在这里庆祝春节，向其他民族展示中华民族的传统文化，增加我们华人的凝聚力。最后，祝华人同胞们春节快乐。"

"春节快乐！"声音似乎能把国际交流中心的屋顶掀开。

"为了今年的春节，姜志雄和林慧敏早在 3 个月前，就开始着手今天演出的节目，现在我把时间交给姜志雄和林慧敏。大家欢迎。"

姜志雄身着一身黑西装，系着一条蓝色的领带。林慧敏身着一身洁白大摆拖地的长连衣裙。

"各位同胞，春节快乐。"

"春节快乐！"

"今天是春节，是我们中国人自己的节日。"姜志雄用他洪亮的声音说道。

"在这个喜庆的日子里，我们给大家准备了丰富多彩的节目。大家想不想看啊？"林慧敏说道。

"想。"台下的人异口同声大声地说道。

"今天的第一个节目是小合唱《茉莉花》。大家欢迎。"姜志雄说完，就和林慧敏退到旁边。

四位身着中国传统旗袍的姐妹来到舞台的中央，伴奏的琴声响起。

"好一朵美丽的茉莉花，芬芳美丽满枝丫……"甜美轻柔的歌声把人们带回到万里之外的中国江南水乡，撩起中国人特有的乡愁，和对远在万里之外亲人的思念。

"下一个节目是笛子独奏《苗岭的早晨》。表演者，是我自己。"姜志雄说完，下面就爆发出一阵笑声。

《苗岭的早晨》是一曲优美的笛子独奏曲，是中国民族音乐的代表作之一。"姜志雄拿出一根不起眼儿的短竹笛，在美国吹响中国民族特色的笛子独奏曲。

清脆悦耳的笛声把人们带入大山、村寨。天刚破晓，太阳从山的背后冉冉升起，一缕金色的阳光穿透薄薄的晨雾，照在山清水秀的村庄。大地花儿开放，树上鸟儿歌唱，新的一天到来了。

铁蛋是头一次听到这么好的笛子声音，简直就是天籁之音。演奏结束时，观众给予热烈的掌声，老外们则连声说：Amazing 和 Great。

《茉莉花》和笛子独奏，让我们的思绪一下飞到遥远的故乡。我们中间有的人是刚到美国不到一个月，有的来到美国有两年、三年或更长的时间。在这远离家乡的土地上，我们华人互相帮助，团结友爱，并没有感到陌生和孤单，我们生活得很愉快。"林慧敏动情地说道。

"在我们来美国的时候，孩子们也跟我们漂洋过海，来到这个遥远、陌生的国度。我们最担心孩子这么小能否适应美国学生生活，学习是否跟得上。我们很快就发现，我们的担心是多余的。孩子们的适应能力比大人们快得多、强得多。没几个月我们的孩子就能叽里呱啦地讲一口流利的英语，在学校经常受到老师的表扬。"

"我们中国人最关心孩子的教育、孩子的成长。孩子在美国生活得非常愉快，解除了我们最大的后顾之忧。"

"下面，就请孩子们给我们表演一个节目。参加表演的孩子都是小学生。"

中国人、中国话、中国节目，如果没有人提醒这里是匹兹堡，你会以为在中国某一个城市的剧场。

在医院对面有一个叫 Pittsburgh Region International Student Ministry（PRISM）的机构，每星期三晚上有两个小时免费英语学习活动。铁蛋有时间，也去那里练练口语，同时了解美国文化。在那里，铁蛋认识了一个从四川来的叫作"刘法官"的小伙子。在和他的交谈中，铁蛋了解到他的一些情况。

他和他太太是高中同学。高中毕业后，他太太考入上海交通大学，他考上西北政法大学。大学毕业后，两人均回省城工作，他在省法院，他太太在市经委。他太太每天的工作就是和文件、会议打交道，完成领导布置的任务。在他们结婚第 2 年，她出差到上海，在和同学的聚会中，她知道她班上的不少同学去了国外，如美国、欧洲、日本，还有新加坡。从上海回来后，他妻子下定决心，一定要出国。不久就接到卡耐基梅隆大学博士录取通知书。他妻子到美国不久，他辞职也来到美国。

"她叫我来 PRISM，主要是学习英语。反正我没事，哪里学英语不花钱，我就去哪儿。我买了张月票，坐公共汽车到处跑。除了PRISM，在匹兹堡还有其他免费学习英语的地方。"

"你现在还没有孩子？"铁蛋小心翼翼地问道。

"还没有。在国内时，为了出国，没有要孩子。到美国读书又不能要孩子。好在，还有1年就要毕业了。"

"刘法官，你还年轻……"铁蛋欲言又止。他想说什么，但又不知道该不该说。在铁蛋的内心，隐隐觉得有些可惜。

"说年轻，也不年轻了。所以，我们计划明年一毕业，就要孩子。"

"是到了有孩子的年龄了。"

"我们倒无所谓。我父母还有她父母，整天催。两家父母认为我们什么都好，就是缺个孩子。"

"是的，老人都是这样的。"

"其实啊，没必要来美国。我就不喜欢美国。"刘法官说道。

这是铁蛋第一次听人说不喜欢美国。平常铁蛋接触到的人，都说美国好，什么富有、公平、民主，以及只要自己努力，总是会有机会等。今天，有人说美国不好，反而激起了铁蛋的兴趣。他很想知道，美国有什么不好，于是问道："为什么？"

"我在国内的日子过得很滋润。"

"是的。你在国内受人尊重。"

"我在国内爱喝五粮液。五粮液是我们家乡产的最好的一种酒。我的酒量还是不错的，半斤八两是小意思。很多人喝不过我。你知道，在我们家乡，有种习俗，每次请客人必须有人喝醉。否则，会被人认为招待不到位，没能让客人尽兴。所以，每次请客，总是想法设法，把人喝醉。"刘法官继续按自己的思路说话。

"喝酒太多对身体不好，另外，喝酒也容易出事。"

"人吗，不就图有肉吃，有酒喝。在美国就是太冷清、太无聊。"

"我不这么认为。"铁蛋不同意刘法官对于生活的观点。

"在国内，周末，我经常打扑克，或打麻将。在美国，打麻将不是三缺一，而是一缺三，没劲。我是个爱热闹的人，哪里受得了这般冷清寂寞的生活。"

"你所说的热闹生活，不一定是健康的生活方式。"铁蛋说完这句话后，有些后悔。因为他没有必要和刘法官较真，他们俩只是偶尔相遇、萍水相逢。铁蛋转个话题，"你夫人怎样？"

"我老婆博士课题进展很顺利，已发表了两篇文章。"说到他夫人，刘法官情绪立即高涨。可以看得出，刘法官很爱他的妻子。"我老婆要我读个法律的硕士，争取拿个美国的律师执照。因为我有中国的律师执照，如果我再有美国律师执照，那就厉害了。不论在哪儿，都是拿高薪的紧缺人才。"

1991月10月19日，铁蛋收到上海中瑞医院心内科的来信。信是赵荣华以洪主任口吻写的，希望铁蛋在美国学习心脏介入治疗，比如射频、心脏支架植入等。这些技术能解决目前临床上靠药物不能解决的问题。铁蛋当初来美国的动机就是学习这些先进的医学知识，然后回国，开展这些项目，成为这个领域的专家。来美国后，铁蛋专心做实验，把自己心内科医生这个身份给忘了。在实验室工作1年半了，对于实验室工作，铁蛋已是轻车熟路。于是他挤出时间，到心内科病房参观心脏的介入治疗。

一次铁蛋在 DSA 室（专门用来做心脏病检查、治疗的 X 线室），参观射频治疗阵发性室上性心动过速时，突然从急诊室直接送来一位急性心肌梗塞的病人。医生们熟练地从股动脉插管，在 X 线引导下，找到心脏冠状动脉，造影剂显示冠状动脉左前支阻塞。通过冠状动脉注入溶栓药物后，栓子立刻溶解，冠状动脉血流恢复。病人心前区疼痛立即减轻，效果非常神奇。

冠状动脉溶栓在发病 6 小时内做，效果非常好。这个病人血流虽然恢复，但造影显示：冠状动脉有狭窄，有再次阻塞的可能。过去处理这些病人是做心脏搭桥手术。现在可以在 X 线引导下，放入血管支架，扩张冠状动脉，保障心脏血液供应。

铁蛋心想自己要是能开展这些技术该多好。在全国的大会上做学术报告，介绍自己的经验，成为一名著名的心脏病专家，这些是铁蛋来美国的初衷。当晚，铁蛋把他在心脏内科 DSA 室的所见所闻向刘晓岚作了汇报。刘晓岚在回信中，鼓励铁蛋经常去病房看看。

后来，铁蛋从图书馆借了两本书：一本是讲心脏射频消融，另一本是冠状动脉狭窄的介入治疗。通过看这两本书，铁蛋掌握了很多心脏病的医学词汇，更重要的是掌握了现代心脏病的最新知识。

以后，铁蛋每次去心内科都带上一个小本子，记录下每一个操作步骤、药物的名称和剂量。临睡前，把白天看到的内容在大脑中回放一遍。一个月后，铁蛋再去心内科治疗室就不再是看热闹，知道每一步该怎么做，能和医生们交流，甚至提出一些自己的观点。在 12 月 3 日，铁蛋给洪主任写了封信，内容如下：

洪主任：

您好！

非常感谢您，送我到美国学习进修。

匹兹堡是个非常干净漂亮的城市。这里各色人种都有，大家和睦相处，人与人之间很友好。这里的人家家都有小汽车，有的家庭甚至有两辆汽车。医生在这里非常受人尊敬，医生大都住在市郊的别墅。匹兹堡市中心，这里称为 Downtown，是个现代化的地方，大量的高楼集中在一起，非常漂亮。

匹兹堡大学、卡耐基梅隆大学以及匹兹堡大学的医学中心，在匹兹堡的奥克兰地区，占地面积很大。匹兹堡大学医学院在美国很有名气，医学水平很高。器官移植、心脏病诊断治疗，消化科的诊断治疗，都是世界上最优秀的。心脏内科有一个 ICU 病房，有一个 DSA 治疗室，还有一个心内科实验室。

实验室占一层楼面，条件非常好，饲养动物的房间有空调，保持恒定的温度和湿度。在这里，人们对动物保护，远超过我们的想象。每个笼子的老鼠不能超过两只，否则要罚款。我做的是细胞膜动作电位，是心脏电生理的基础研究，我已完成大部分研究。第一篇文章近期将发表，目前正在着手撰写第二篇论文。

由于实验室工作进展顺利，最近一段时间有空就去病房看看。主要是学习心脏病介入治疗：射频消融治疗心律失常、冠状动脉造影支架植入术。介入治疗心律失常和急性心肌梗塞的效果非常好，能起到立竿见影的效果。

我们科室要是能开展这些项目就好了，我们就在全国领先了，全国的心内科医生就会到我们科室来学习。过去，冠状动脉狭窄，需要做冠状动脉搭桥手术，现在不需要了。心内科医生在 X 线引导下，放个心脏支架即可，保障了心脏的血流。心内科医生抢了心外科医生的饭碗。

在这里，感受到先进、发达。怪不得，我们医院还有北京协仁医院的老主任都是在美国学习进修。我想再学习一点新知识，争取回国后能开展这些技术，造福广大心脏病病人，进一步巩固我们科室在全国的领先地位。

最后，祝洪主任身体健康，并向全科医生问好。

此致

敬礼

陈铁蛋

1992 年 12 月 3 日

在太平洋彼岸的上海中瑞医院心内科办公室，早晨 8 点钟，正在进行早交班。

"17 床高血压病人要查电解质。23 床病人药物要调整，硝酸甘油可以停了。我们心内科重症监护室，开展已有两个月了，运行效果不错。上个月，我在全国会议上介绍我们科ICU，得到了大家一致肯定。

我们要积极学习新知识，开展新项目。ICU是一个全新的内容，里面有不少新设备、新仪器。大家有空去看看，学习怎样使用。目前，ICU由章医生负责。将来，我们科室所有的医生都要去ICU轮转，就像我们要去门诊和心电图室一样。

学科建设如逆水行舟，不进则退。医学发展非常快，靠传统药物治疗模式，已跟不上时代的发展，介入治疗将是心内科发展的方向。我的研究生陈铁蛋，在美国学习心脏造影和心脏支架植入术。将来很多准备心脏搭桥手术的病人，我们可以在狭窄的冠状动脉内放入支架，解决心脏血供问题。以后，我们还要派更多的医生去国外学习、进修。"

洪主任对铁蛋这封信很满意，亲自给铁蛋写了封回信。在信中，洪主任希望铁蛋学有所成，报效祖国。

洪主任的来信在铁蛋心中掀起层层巨浪，他甚至想到要回国做一名心内科医生。他幻想他回国后，医院和科室对他非常支持，以他为中心建立心内科DSA室，开展心脏介入治疗。铁蛋在全国性学术会议上做演讲，全国各地的医生到他这里进修学习。铁蛋成了一个全国知名的心内科医生，不仅铜怀县领导找他看病，还有省领导也找他看病，真是光宗耀祖、风光无限。

1992年2月26日，铁蛋在给家里打电话，是刘晓岚母亲接的电话，说3天前，刘晓岚小腿骨折了，现在打了石膏躺在床上。本来，铁蛋还准备在3月让妻子带儿子来美国。现在，这个计划不可能实现了。这天晚上，铁蛋思绪万千，经过激烈的思想斗争，几乎是采用抛硬币的方式，做出他人生的一个艰难的决定：回国。

第 21 章　硕士毕业

1992 年 4 月，铁蛋离开美国匹兹堡大学医学中心，带着满满的收获，回到上海。6 月 3 日，参加硕士研究生论文答辩，7 月毕业。

7 月 11 日，铁蛋带着 7 岁的儿子宇杰从南京坐了近 6 小时的汽车，回到故乡。铁蛋儿子是1985 年 11 月出生的，铁蛋上次带他去陈家村是1987 年，5 年过去了。铁蛋利用研究生毕业这个时机，把儿子带回家。

一条省道贯穿陈旺乡。省道是宽阔、平坦的柏油马路，道路两旁种植了高大的杉树或梧桐树。省道上有行人、拖拉机、三轮车，还有人拉的板车。机动车和非机动车混在一起，大大地降低了汽车行驶的速度。

司机人不错，在陈旺乡把铁蛋父子放下。铁蛋父子下车后，上了一辆去陈家村的三轮车，不到 20 分钟，就到了陈家村。20 世纪 60 年代，铁蛋在上小学时，每天从家里走到学校，单趟就要近 1 个小时。

儿子和孙子回家，乐坏了陈若望夫妻俩。他们在接到铁蛋说回家的信后，就告诉小儿子和女儿，让他们都回家。

"爸爸、妈妈，你们身体好吗？"

"我和你妈身体都很好。宇杰长大了，像个小大人似的。他妈妈怎样？"

"晓岚恢复不错，已经上班了。"

"那就好。"

"国外的饭菜吃的习惯吗？"母亲关切地问儿子。

"还可以。平时主要是自己做饭菜。"接着铁蛋把在美国两年的生活向父母作详细的汇报。

"家萍，在美国结婚了。听说拿到什么卡。"

"绿卡。我本来准备把晓岚和宇杰接到美国。不巧晓岚腿骨折，我就回来了。以后，还有机会去美国。"

"宇杰，你爸爸在美国时，你想爸爸吗？"

"想。"

"真是个好孩子。几年没见，长这么大了。"铁蛋妈妈深情地抚摸孙子的头。

第二天早饭后，铁蛋对妈妈说："妈妈，我带宇杰到外面走走。"

"出去走走也好。宇杰是城里长大的孩子，没有见过乡下农村。"

铁蛋和宇杰沿家后面的一条小路，向山上走去。太阳早已升起，阳光斜斜地照射在山岗上。山路两旁，全是杂草和灌木丛，晨露还稀稀拉拉附着在草叶上。铁蛋和儿子从草丛中走过，裤脚一会儿就被露水沾潮。树上栖息着各种鸟儿，一些鸟儿警惕地注视着这两个陌生人，有的鸟儿则对他们俩不予理睬，该唱就唱。

"当年，我和你妈妈也是走这条小路到山顶的。宇杰，你看到那边的两口水塘了吗？过去，爷爷、爸爸每天要到水塘挑水。"

"为什么要挑水？"

"挑水是为了浇灌田地和家里用水。昨晚爷爷说过，自来水是去年9月才有的。村里的房屋都差不多，只有那个房子不一样。你知道是为什么吗？"

"不知道。"

"那个房子不是人家，是小学，就是你现在上的小学。"

"和中央路小学不一样。"

"这是农村，当然不能和城里的学校相比。我小时候，每天要走1个小时的路，到乡里上小学。"

"为什么不上这个学校，就在家门口，多方便。"

"这个学校是我在中学毕业后，才建的。以前农村小朋友读书是很辛苦的。那边好像有头牛，我们去看看。"

"我要看牛，我要看牛。"一听要看牛，宇杰立即兴奋起来。

"宇杰，不要用手触摸牛。"铁蛋提醒儿子。

"为什么不能摸？"

"牛不认识你。你摸它，牛会害怕的，可能会用蹄子踢你。"

"嗯，知道了。爸爸，牛为什么能长这么大？"

"正因为牛大，牛才有力气。春天农民犁田全靠它。"

"爸爸，你看那头牛躺在那里，嘴里好像在吃什么东西。"

"是这样。牛吃东西时，先是把食物吞到肚子里。到休息时，再把吃到胃里的食物反嚼出来，返回到嘴巴里，细嚼慢咽。这样吃下去的食物，容易消化。好了，我们回家看爷爷奶奶养的猪。"

"为什么要养猪？我们家从来不养猪。"

"在农村，家家户户都养猪，年底杀猪吃肉。农村不像城里，每天都可以到街上买到肉。"

在房屋的后面有个猪圈，有一头200来斤的大黑猪，正在吃烂菜叶，吃的时候发出呼哧呼哧的声音。

"爸爸，猪吃人吗？"

"猪从不吃人。猪是很温顺的动物，只要给点吃的，猪就老老实实地待在猪圈里。"

"猪能帮助人类干活吗？"

"好像没有。不过，猪的粪便，可作为种庄稼的肥料。"

"爸爸，我们回南京后，也养头猪。"

"傻孩子，我们怎能养猪啊。我和你妈妈都要上班。"

"嗯。那外公外婆在家里有时间啊。我要给猪喂食，看猪一天天长大。"

"真是个孩子。"铁蛋听到儿子这么说，自己笑起来了。孩子就是天真，可爱。"城里不允许养猪，就是允许，也没有地方养啊。你看一头猪要有一间房间大小的地方。我们去看鸡。"

铁蛋把一把米给宇杰，说道："你把米往地上一撒，鸡马上就会跑过来。"

"喔，喔。"宇杰学着大人的样式，用力把米撒向鸡群。

起初，鸡受到惊吓四处逃散，但很快就转回来，争抢地上的米粒。鸡的嘴快速地一上一下啄米，并发出咯咯的声音。

宇杰看了特别高兴，看到米快吃完，就把手中剩下的一些米，用力一撒，立刻引来鸡哄抢。

晚上，铁林一家四口人，回到父母家，看望哥哥铁蛋。

"宇杰，过来。叫叔叔、婶婶。"

"叔叔、婶婶好。"

"宇杰好。小家伙长这么大，不敢认了。"

"宇杰长得越来越像哥哥了。"铁林媳妇说道。

"宇杰，你和弟弟妹妹去玩。"

"你是哪天回国的？"铁林问道。

"4 月 6 日回来的。在美国两年多。"

"家萍在美国结婚了，养了一个儿子和一个女儿。去年夏天一家四个人回家看父母，听说拿了什么绿卡。"

"我本来也打算把你嫂子和宇杰接到美国。不巧，你嫂子的腿骨折，我就回来了。"

"嫂子腿好后，再去美国吗？"

"到时再说吧。如果我在美国，我不能做医生，只能在实验室做。"

"做研究不是很好吗？"在老百姓眼里，科学研究是一件崇高的事。

"嗯。"正当铁蛋想作一些解释说明时，铁蛋妈妈招呼大家吃饭。"宇杰，你坐在你爸爸旁边。铁林，你看好孩子。你们坐着就行了。"

一大家8个人，围在一起。桌上摆满了热气腾腾的饭菜，典型的中国家庭的团聚。

"祝爸妈身体健康。"铁蛋举杯倡议道。

"祝爷爷奶奶身体健康。"宇杰大声说道。

"铁蛋有5年没有回家了。现在交通方便了，以后要经常回家。"陈若望说道。

"是的，以后有空要经常回家看看。"

"哥哥，你回家爸妈特别地高兴。"

"铁蛋，你考上大学时，陶厚权儿子在当农民，他心里说不出有多难受。后来，他女儿考上了中国科技大学，特别是女儿到美国后，骄傲得不得了。前段日子，他听说你回国了，他一个劲儿打听你为什么回国。我懒得理他。"

"你姐姐明天回来。"铁蛋妈妈说道。

"姐姐好吗？"

"很好。大孩子，今年到县城上中学，学习很用功。我们总是鼓励她向你学习，要以你为榜样。"

"爸妈这两天要忙了。"

"没什么。你妈听说你要回来，特别高兴。如果你明年回来过年，就能看上电视了。听陶厚权说，明年春天乡里要建电视转播塔。"

"是这样的。县里准备在后山，建一个电视转播站。建好后，我们村还有临近的几个村，都能看上电视。"铁林说道。

"这太好了。早就该这样了。到时，我给家里买一台电视机。"

"不用，买电视机的钱我们有，你们回家就行了。"

陈若望夫妻俩虽然十分忙，却十分开心。老人最大的愿望就是盼望子女常回家看看，全家人热热闹闹地在一起。

1992年8月1日铁蛋到上海中瑞医院心内科上班，正式成为一名上海中瑞医院心内科医生。同时，分到科室的还有一位叫陆丽萍的本科生。

洪主任去年担任中华内科学会心血管分会的副主任委员，金亦平副主任准备升正高，章婉玉今年刚升副高，正等待宣布。黄功兴副主任医师是1984年从外地考上老主任的研究生，1987年毕业后，留在科室。科室有三个医生年资比铁蛋低，分别是84届的吴学仁、89届的赵荣华和91届的朱强生。

根据科室人员结构，洪主任对科室人员作了重新安排。洪主任、铁蛋、赵荣华在一组。金主任带吴学仁，黄主任带新来的陆丽萍。章婉玉带朱强生。铁蛋和吴学仁分别担任科室的科研助理和临床助理。

大医院的医生不能只会看几个病，必须要有文章和科研，引领全国医学的发展。文章和科研是考核科室业绩的一个硬指标，洪主任让铁蛋好好抓科研。吴学仁管的事则更烦，全院第二大科室，每天要处理大量的门诊和病房病人，难免个别病人不满意。吴学仁是个老主治医师了，去年考了个在职研究生，今年赵荣华也考了在职研究生。

从上班的第一天起，铁蛋就恨不得把在美国学到的新知识，立刻在科室开展起来。铁蛋先是在科室的内走廊上，作了3个科普宣传：心脏射频消融、冠状动脉支架植入、心脏起搏器。铁蛋还写了"开展心脏支架治疗冠状动脉狭窄"的申请报告，洪主任过目后，交给了院长。

"陈医生，洪主任一直盼望你回来开展心脏介入工作。射频消融虽然已做了两年，但做的例数不多。"黄主任对铁蛋说道。

"心脏介入疗法在美国开展得很普遍，心脏支架植入术几乎每天都有。"

"你是个事业心很强的人，一定能把这个工作开展好。"黄主任说道。

"黄主任，你为什么没有参加介入手术？"铁蛋问道。

"我读研究生前，在内地一个县医院工作。从来没有做过介入手术。"黄主任如实说道。

"黄主任，我也是从外院考来的，年龄也不小了。以后，还需要黄主任多多关照。"铁蛋心里明白科室的医生一般都是喜欢刚毕业的学生。像黄主任和铁蛋这种从半路上杀出的程咬金，大半是不受欢迎的。

"你是本校毕业的高材生，又到国外进修过，条件比我好得多。我相信你能把心脏介入工作做好。如果需要我帮助，我一定会尽最大努力。"

"谢谢黄主任。"

"心内科病人主要是高血压、心律失常、心衰和心梗等。需要做介入治疗的病人毕竟是少数。我们必须利用我们医院的平台，吸引外地病人。在全国性会议、期刊杂志上做宣传。只有这样才能把心脏介入治疗做大、做强。"黄主任说出自己的想法。

"黄主任，你是个有想法、有思路的人。"铁蛋话题一转，问黄主任，"你家人是什么时候调到上海来的？"

"我研究生 87 年毕业，直到去年才把老婆的户口弄好。现在好像比我那时要容易。"

铁蛋在听到黄主任说工作 4 年，老婆和孩子才调到上海，脸上掠过一丝阴影。家人户口不过来，就分不到房子，他只能住在 3 个人一间集体宿舍里。

晚饭后，铁蛋回到医生办公室。有几个实习医生和进修医生在办公室整理病历、写病史。

"小李，病历写好了？"铁蛋问实习医生。

"明天两个出院病人的病历全都整理好了，这是出院小结。"

铁蛋接过病历，从头到尾看了一遍。虽然该同学书写比较认真，但铁蛋还是有些不满意。正当铁蛋要指出实习医生的缺点时，话到嘴边却变成：

"嗯，写得不错。疾病的演变过程写得非常清楚。病程记录了病人入院后治疗经过，并能进行分析。"铁蛋按外国医生的方式，处理上下级医生关系。在匹兹堡时，铁蛋观察到带教老师对实习医生总是说："good"，总是给予鼓励，几乎没有人板着脸，直截了当地批评下级医生。

"谢谢，陈老师。陈老师能不能给我讲讲美国医院的情况。"

铁蛋是实习医生最喜欢的带教老师，因为铁蛋总是希望多给实习医生传授医学知识和临床技能。每当有典型的病历，铁蛋就给他们讲解。不像有些医生只把实习医生当作廉价的劳动力使用，做一些烦琐的事务性工作。

"在美国，学生先从普通大学毕业后，再上医学院，而且是优秀的学生才能上医学院。医学院是4年，毕业后先做5年时间的住院医生；然后再做1年至3年的专科医生；最后，才能独立做医生，也就是主治医生。"

"在中国，大学毕业就可以做医生了。没有美国那么复杂。"一位进修医生说道。

"美国有一套完整的住院医生培养制度。医学生毕业后，先到大医院接受规范化培训。规范化培训结束后，医生就有了独立处理疾病的能力，应聘主治医师。在美国，医生只有住院医生和主治医师两种。主治医生上面没有任何上级医生了，任何事均要靠自己。"

"听说美国医生都有小汽车。"

"在美国，几乎家家都有小汽车，就像上海的自行车一样。美国医生收入很高，很受人尊重。"

"陈老师，在美国，学医的学费是不是很贵？"

"是的。医学院的学费是普通高校的两倍。我认识几个中国医生，他们都是自己从银行贷款上学。"

"从银行贷款？"小李第一次听说从银行贷款上学。

"就是从银行借钱，付学费和生活费。工作后，慢慢还。另外，美国买房子也是从银行借钱，以后慢慢还。"

"所以，美国医生一毕业就有房子住了。"

"是的，美国医生家的房子都很大。一幢大的别墅，大的院子。医生工资高，还这一点儿贷款，没有任何压力。"

"怪不得，大家都往美国跑。"

"虽然，中国人在美国不多，但在美国的中国人大多是中产阶级。第一代去美国的，可能是从沿海一带偷渡过去的农民。他们刚去的时候，在美国的日子比较苦，处在美国的底层。但他们的下一代，都上了大学。有做医生的、做大学教授的、做工程师，都有自己的房子和汽车。中国人的聪明能干引起少数人的嫉妒，认为中国人抢走了他们的财富。"

"中国人很能干。"

"是的。中国人很聪明，有很多优点，是老祖宗留给我们的。比如，中国人重视教育，再穷，父母节衣缩食也要送孩子读书。还有，中国人家庭观很强，令人羡慕。"

在医院实习和进修的医生，都希望能和铁蛋聊天，听一些新鲜的东西。晚上，在巡视完病房后，如果没什么特别的事，比如不想写什么，或看什么书，铁蛋就在医生办公室和进修医生或实习医生聊聊天。

"小李，26 床病人今天的尿量是多少？"

"陈老师，我没有注意。"

"26 床病人有低钾，昨天开始起给病人补钾。临床上有句话叫作：见尿补钾，补钾一定要观察尿量。在内科补钾非常谨慎，因为高钾可以导致人死亡。把这个病人的病历给我看看。"

"我去拿。"小李立即跑到护士办公室，把 26 床病历拿来。

铁蛋眉头略蹙，对小李说："写病历，不能只记流水账，要有分析。"

这时，在办公室里其他实习医生，以及进修医生围过来，听铁蛋讲课。

"病人是 6 天前因为心功能不全而住院的。小李，入院时，是怎样处理的？"

"给予强心、利尿。"小李答道。

"对。应该给予强心、利尿。利尿剂能把人体内的一些水分排出来，减轻心脏负荷，从而治疗心力衰竭。但我们要注意利尿剂在把病人小便排出来的同时，也把钾离子带出来，就有可能造成低钾血症。所以，作为一个好医生，在治疗心衰时，要同时给病人补钾。"

"没有人给我们讲啊。"小李申辩道。

"书上有啊。有空的时候，要尽可能多看书。"铁蛋没有批评本科室的医生，他认为现在的医学生远不如他那时候的医学生学习主动、用功。

"陈老师能不能再给我们讲讲美国医院的事？"进修医生小柳很想知道美国医院和美国医生的情况。

"好的。我给大家讲讲美国医院。在美国，医生是非常、非常受人尊重的一个职业。医生只管给病人看病，不用管其他事情。"

"在美国当医生太舒服了。"柳医生感叹道。

"美国医生虽然钱多，但非常辛苦。每天天不亮，就到了医院，晚上很晚才回家。真是起早摸黑、披星戴月地工作。"

"那是他们的工资高啊，不用操心其他事。"

的确，中国医生要考虑医疗之外的事太多，但这是中国医生们无法改变的。铁蛋就换个话题，和他们讲讲中国医学史。

"西医是从欧美国家传到我国来的。你们知道是怎样传到中国来的吗？"

没有人回答，但从表情，铁蛋判断他们不知道。平时，工作忙得要命，谁还管医学是怎样从欧美国家传到中国的，能把手头上的事完成就不错了。

"大约在150年以前，现代医学由传教士传入中国的。西医有个医师誓言，大意是：不论病人的出身、种族、信仰和贫富，作为一个医生，都要尽自己的最大努力，帮助病人，并保护自己的病人。医生的服务对象是人，因此，只要有人的地方，就应该有医生。清朝的中晚期，是中国最穷、最落后的时期。有些西方国家医生，为了理想，来到中国创办医院，给穷苦人看病。最初，他们只有一间小房间，就像今天的诊所。

8月最后一个周末，铁蛋从上海火车站坐了5个小时的火车，到南京火车站。不管怎样说，从上海回南京比从北京来南京不知要简单、方便多少倍。

"铁蛋，你好像吃得不多啊？"在家里，刘晓岚说道。

"吃得不少啦，比我在医院吃得多。"

"食堂怎样？"

"食堂就是那么回事，还可以吧。"

"铁蛋，你现在不是学生了。要注意营养。"刘晓岚总是担心铁蛋一个人在食堂吃得不好。

"毕竟是医院食堂，一日三餐搭配还是可以的。"

"现在上班了，人际关系比你读书时要复杂得多。"

"是的，和我读书时候完全不一样。"

"具体说说。"

"黄主任，虽然是新来的，但是年龄不老小了，又是副高和研究生。洪主任、金主任以及章婉玉都不喜欢他。金主任做了一段时间的射频消融，因为身体的原因，最近一年不做了。现在，心脏介入主要由洪主任带吴学仁和赵荣华做。吴学仁和赵荣华有时有些怪里怪气的。"

"本来，他们前面只有主任。突然，你横插在他们和主任之间，他们肯定不高兴。"

"有一天，吴学仁对我说：'铁蛋你回南京和老婆孩子在一起，不是很好吗？免得在这里受罪。'我听了这话就不高兴。我是本校毕业的大学生，又是在本校读的研究生，我为什么不能留下来。我没好气地回答说：'是啊。我也十分想回去，可是科室要留我。'那个家伙没话可说了。"

"说得好。所以，你要特别小心那些年资和你差不多的人。但同时，又要和他们搞好关系。毕竟是同事，天天在同一个办公室，关系不好，大家都难受。"

"家里有什么事吗？"

"没什么。你明天是几点的火车？"

"下午5点。"

"5点的火车是否有点晚？下次最好坐2点左右的火车。这样，你可以在7点左右到上海。"

"明天上午我想带宇杰去玄武湖玩玩。"

"好的，明天上午我们一起去。"

"陈医生，你回来了，太好了。昨天，我差点儿就走了。"星期一，铁蛋查房时，17床病人向铁蛋告状。

"张阿姨，侬身体老好。"

"陈医生，你回来，阿拉妈就放心了。"在一旁的病人女儿帮腔道。

"柳医生，病人这两天情况怎样？"铁蛋问进修医生。

"昨天上午，病人突然出现心绞痛，但很快就缓解了。"

"陈医生，昨天我心脏痛得要命，差点儿人就走了。"病人又说一遍。

"阿婆，侬身体老好，长命百岁。我来听听侬心脏。"铁蛋把听诊器放在病人的胸前。

"张阿姨，侬心脏跳得老好，只是偶尔听到几个早搏。今朝侬好好躺着，再治疗几天就好回去了。"

"陈医生，阿拉妈昨天发毛病时，没人管。"病人女儿仍在抱怨。

"怎么会没有人管？我们医生护士都来看过。你母亲现在不是很好吗？"赵荣华有些不耐烦地对病人家属说道。

"病房病人这么多。我们不能守着她一个人。"柳医生在一旁咕哝道。

"18床病人呢？"

"病人做心电图去了。"实习医生回答道。

"查病房的时候，病人要待在病房里。做心电图、拍片等检查，最好等到查房结束后再去。"铁蛋有些不悦。

"病人入院时，我们都给病人交代过了。"赵荣华说道，"不知这个病人为什么不听话。"

"这个病人的病情已好转，复查个心电图，准备出院了。"查到19床时，进修医生汇报病人的情况。

"20床是哪天入院的？"铁蛋问道。

"好像是12号住院的。"实习医生说道。

"你应该说出病人的准确住院时间。我们管的病人不多，要对所管的每一个病人的情况，都要十分清楚。"铁蛋说完没有人吱声。

查房结束后，铁蛋对小组医生说道："大家快把医嘱开好。10点钟，我们把病历过一遍。"

10 点钟在心内科医生办公室，铁蛋在检查小组的病历。

"从第一个病人，12 床开始。"铁蛋主持病情分析。

"12 床，女，49 岁，是风湿性心脏病二尖瓣关闭不全合并二尖瓣狭窄。病人这次入院是因为房颤和心力衰竭。现在，心衰已经纠正，外科会诊单已经发出。"柳医生汇报道。

"好的，12 床就这样治疗。她的心脏病主要是二尖瓣器质性病变所致。要解决根本问题，必须手术治疗。"

"15 床是个肺心病病人。每年都发病，以往是在冬天，这次是因为咳嗽诱发肺炎，继而出现心功能不全。经过消炎、解痉、化痰利尿、强心等治疗……"

"肺心病，顾名思义就是由肺部疾病引起的心脏病，故在治疗心脏病的同时，还要治疗肺病。消炎、解痉、平喘，就是慢阻肺的治疗。"

"17 床是冠心病、心绞痛。该病人年龄为 67 岁。该病人平时心电图正常，为了明确诊断，做了平板实验。可没有做几分钟，病人就全身大汗、心痛，立即停下来，诊断为心绞痛。冠状动脉造影显示 90% 的狭窄。病人在昨天上午又发了一次心绞痛。"

"冠状动脉狭窄超过 90% 以上，就是躺在床上，也会有心绞痛的发作。柳医生，这个病人的下一步治疗？"

"是不是，要请心外科会诊，做心脏搭桥手术？"柳医生问铁蛋。

"冠状动脉狭窄会引起心绞痛和心肌梗塞。过去，通常用心脏搭桥术治疗严重的冠状动脉狭窄。心脏手术风险大、创伤大、并发症也多。最新的治疗方法是在冠状动脉内植入一个支架，病人就恢复了正常的血供。我们正打算开展这个项目，洪主任已和院长、医务处相关的人讲过了，相关的工作已准备完毕。下个星期二，心脏支架就能到医院。"柳医生汇报完 23 床后，铁蛋开始点评，"23 床是室上性心动过速。长期口服乙胺碘呋酮，效果很一般。射频消融是目前治疗室上性心动过速最好的方法。我们自己要敏感，一旦遇到合适的病人，就要说服病人去做射频消融治疗。目前，代表心内科的水平，就是射频消融和心脏支架植入。我们是大医院，大家要有这个意识。"

"这些治疗手段，只有在大医院能开展。下面医院根本不具备这样的条件。"柳医生说道。

"中国人多，需要做介入治疗手术的病人总数是不少的。只要我们把工作做好了，整个病区都收不下。"铁蛋说道。

"将来，我遇上这样的病人，我一定给老师转过来。"

"我们是大医院，就是要处理复杂疾病，开展新技术。我们要发挥我们在技术、理论和对外交流的优势。不然，和其他医院就没有什么区别。"

"陈医生讲得很正确。作为附院的一名医生就要不停地看书学习。我们科室老主任、洪主任，还有陈医生都有在国外进修学习的经历。所以，他们站得高、看得远。我也十分希望医院安排我出国学习。"赵荣华说道。

"你们有出国学习的机会多好。"柳医生羡慕地说道。

"病人住在我们科室，把生命交给我们，是对我们最大的信任。病人一入院，我们就应该想怎样帮助病人。解决病人的病痛是医生的神圣职责。"铁蛋开始往怎样做医生方向引导。"美国医生工作非常认真、非常辛苦。除了每天6—7小时的睡觉，其余时间全部在医院度过的。早晨，天不亮就来到医院，晚上，9—10点才回去睡觉。病人一入院，所有的事，医生和护士都要为病人想到、考虑到。年资高的医生，也就是我们这里副高以上的人，除了在病房里转，就是看书。自己要申请课题，想新的治疗方法。这就是美国医学一直领先的原因。"

"陈老师，美国医生拿那么高的工资，以医院为家也是应该的。我们，特别是基层的医生，每天为三顿饭而忙碌。"

"是的，美国医生收入高，一心工作就可以了。但是，医生必须关心病人，要有同情心，才能做好医生。我们除了查房之外，要经常到病人床边，观察病情，关心病人。心脏病来得快、病情重，处理及时，就能救活一条人命。"

第 2 2 章　　新技术

　　经过洪主任多次找医院有关部门，终于在 1993 年 10 月初，开展心脏冠状动脉支架植入术的设备全部到齐。设备调试正常后，于 10 月中旬，洪主任带领铁蛋和赵荣华，成功地给 17 床严重冠状动脉狭窄的病人，放置了一个心脏支架。术后，病人冠状动脉血流恢复正常。

　　手术结束，铁蛋和赵荣华亲自把病人送回病房，铁蛋还协助护士把心电监护仪连接好。

　　晚上 10 点钟，铁蛋再次到病房查看该病人。病人妻子感激地说道："陈医生真是认真负责，这么晚了，还来看病人。"

　　"应该的。"铁蛋微笑着说道，"你丈夫手术很成功，现在一切都很好。如果心脏出现疼痛，要立即告诉医生或护士。"

　　离开病房之前，铁蛋再三对上晚班的护士和医生交代一番，才回宿舍。

　　铁蛋躺在床上，把下午心脏冠状动脉支架

植入的整个过程，在大脑中回放一遍，确认没有任何问题，铁蛋才放心睡觉。第二天早晨，铁蛋早早地就醒来，直奔病房，往检验科打电话，询问早晨 5 点抽血化验的结果。

这天早晨，洪主任比平常至少要早半小时来到病房看病人，了解病人晚夜间的情况。

8 点钟，全科医生和护士集中交班，不大的办公室挤满了人。和往常一样，洪主任先讲话。

"昨天，我们成功地给 17 床冠状动脉狭窄病人安装了冠状动脉支架。以前，治疗这种严重的冠状动脉狭窄，是做冠状动脉搭桥术，现在不需要了。我们通过扩张狭窄的血管，在狭窄的血管间放入一个支架，就能恢复冠状动脉血液供应。冠状动脉支架植入术是我们科室开展的一项新技术，护士长要组织护士学习，做好护理工作。还有，赵荣华给院报写篇报道。"

"昨天，洪主任做了例心脏冠状动脉支架植入术，它是我们科室发展的一个里程碑。它不仅是一个治疗小组的事，也是全科室的大事。值班医生要多观察、勤记录，有什么问题，及时向上级医生汇报。"金主任说道。

"心脏冠状动脉支架植入术后，需要用抗凝药物，预防支架内的血栓形成。但是，在抗凝药物的使用过程中，个别的病人会出现消化道出血，甚至脑出血。这些是我们观察病情和查房的重点。"铁蛋说道。

"心脏介入治疗是心脏内科的发展方向，是我们科室将来工作的重点。昨天做了第 1 例，很快就会有第 2 例和第 3 例。希望大家多看书和看杂志，对新技术要敏感。"洪主任做总结性讲话。

查房后，在医生办公室，大家在热烈地议论心脏支架植入术。

"凝血酶原时间基本正常，抗凝药物的剂量需不需要调整？"柳医生问铁蛋。

"不要。"

"为什么要用抗凝药？"实习医生小李问道。

"心脏支架植入术后，常规给予抗凝药。抗凝药的作用是预防支架内的血栓形成。如果有血栓形成，支架就被堵住，手术就失败了。"

"谢谢陈老师，知道了。"

"陈老师，抗凝药物需要终身服用吗？"柳医生问道。

"需要终身服用抗凝药。在抗凝治疗期间，要定期复查病人的凝血功能。"

"知道了，谢谢陈老师。"

"我可以预见在不久的将来，心外科医生要下岗。"在办公室的赵荣华说道。

"是啊。只要放入一个支架就能解决的问题，谁还去开刀啊。"章婉玉附和道。

第1例手术的成功，给予铁蛋和科室极大的鼓舞。接着，洪主任、铁蛋、赵荣华又做了第2例、第3例心脏冠状动脉支架植入术。同时，科室心脏射频消融数量也在稳步增加。心脏介入治疗在心内科蓬勃开展起来，金主任重新加入心脏介入手术医生的行列。黄主任和章婉玉也向洪主任表达了做心脏介入手术的意愿。不久院报上刊登一篇文章，报道心内科在洪主任带领下，成功开展心脏支架植入术，图文并茂占了半个版面。

"介入治疗是心内科发展的方向，是心内科水平的标志。我们心内科每位医生都要掌握这个技能。年轻医生，更是要学习，不能怕吃苦。我们现在是起步阶段，所以要严格控制适应证，认真挑选病人，争取做一例成功一个。"洪主任在科室业务学习上讲话。

"这几天，心外科医生对我们的工作，特别的关注，因为我们在抢他们的饭碗。只要我们把工作做好，就会有越来越多的病人选择用心脏支架植入术，治疗冠状动脉狭窄。"金主任发言道。

"俗话说：良好的开端是成功的一半。我们成功地开展心脏支架植入术治疗冠状动脉狭窄，在医院引起轰动。我相信总有一天，心外科医生自己也会把冠状动脉狭窄病人送来，请我们做心脏支架植入术。"黄主任说道。

"我们除了继承和学习科室的优良传统，还要学习新的知识。现在，科学技术发展太快，不学习就跟不上时代。我们要把精力用在钻研业务上……"章婉玉也发言。

这次业务学习，对全科医生起到促进鼓动作用，谁也不愿意在这场新技术运动中落伍。铁蛋更是干劲十足，不知疲倦，全身心投入到心脏介入治疗中。

"铁蛋，你今天又做了两例，毕竟年轻啊！"金主任说道。

"还好，没什么不舒服。"

"我每次做完介入手术后，两条腿就特别重。我今天查了个血常规，白细胞和血小板都正常，谢天谢地。"金主任说道。

"是啊。我们都是在拿生命做介入手术。铁蛋你也要注意身体。"黄主任在一旁说道。

做心脏介入手术，要接触 X 线，X 线对人体的伤害是全方位的，特别是对骨髓造血系统的抑制，对免疫系统的抑制。所以，在做完介入手术后，人就会感到疲倦，没有精神，只想睡觉。

金主任做心脏介入手术时，只是在关键的地方做做，然后躲在 X 线防护外面，指挥下面医生操作，接触 X 线的时间要比铁蛋少得多。即使这样，金主任仍然出现了症状。医生们冒着生命的危险，追求医学的发展，为病人解决痛苦。

心脏介入治疗在心内科轰轰烈烈地开展起来，所有的医生都参与其中。现在，射频消融一个月的量就能抵得上去年一年的量。《文汇报》《新民晚报》不仅报道了中瑞医院心内科在心脏介入治疗所取得的成绩，而且上海电视台也对洪主任进行了采访。洪主任名声大起，前来心内科就诊的病人大增。不做介入治疗的病人根本住不进病房，只能在急诊室或 ICU 待着。

为了缓解床位不足的矛盾，医院决定扩大心内科，由现在的一个半病区，扩大到两个病区。洪主任和金主任各管一个病区，整个心内科仍由洪主任统管。铁蛋和洪主任在一个病区，铁蛋第一次自己带一个治疗小组，带朱强生和一个进修医生，负责15张床位。这下铁蛋更忙了，连回南京的时间都没有。

1994年年底，铁蛋顺利通过职称评审，成为心内科的一名副主任医师。1995年2月，铁蛋又成为心内科的行政副主任，同年6月刘晓岚调入上海电力医院内科，医院给铁蛋分配了一套一室一厅的房子。

1995年9月的第二个周末，天气逐渐凉爽。铁蛋和刘晓岚，在家里做了一桌子的菜，把小组在上海的同学请到家中。在上海的同学分别是董敏芝、孙邵东、潘永军、李丽华。从1983年7月毕业算起，12年过去了，大家都不再年轻了。

"董敏芝，你来说一句。"刘晓岚请董敏芝说话。

"我讲什么啊。要讲请陈主任讲。"董敏芝让铁蛋先说。

"今天是同学聚会，你是组长，还是你来吧。"

"董组长，你就讲两句，不用推辞啦。"李丽华说道。

"那我就讲两句。首先，感谢铁蛋和刘晓岚，把我们聚在一起。第二，祝贺铁蛋和刘晓岚在上海团聚。时间过得真快，转眼12年过去了。我还记得在上大学时，刘晓岚和铁蛋排练《沙家浜》，仿佛就在昨天。将来，我们毕业20周年或30周年。我们小组，或全班同学，搞个大聚会。"

"对，董组长这个建议好。毕业20周年，也就是2003年，我们聚一次。"

"随便吃。"刘晓岚请大家动筷子。

"刘晓岚手艺不错嘛。这个菜是怎么做的？"

"就是放到锅里炒一炒，再加点葱和姜。"

"铁蛋就是有福气。"孙邵东说道。

"我们小组同学个个都有福气。"铁蛋知道孙邵东曾经追求过李丽华。

"是的,我们小组同学都不错。听说何立勇要做副院长了。"

"何立勇是个做领导的料。"

"大学毕业后,我只见过钱华贵。"潘永军说道。

"去年,陆恩源父亲过世,陆恩源来了一趟上海,顺便把他儿子户口,弄回上海。"孙邵东说道。

"他儿子回上海啦?"董敏芝问道。

"好像只是把户口放在上海。为他儿子以后着想吧。"孙邵东不肯定地说道。

"刘晓岚,你和铁蛋真不容易。铁蛋先是在北京,然后又是美国,最后在上海。不过,最后的结果很好。"李丽华说道。

"我在南京工作十多年,方方面面都熟悉了。现在,一切要从头来。"

"电力医院待遇好。儿童医院病人多,压力大,钱又少。"李丽华说道。

"华东医院是一家老干部医院,病人都是一些老干部。这些老家伙,稍微一点儿不满意,就告状,到院领导那里投诉。对了,过段时间,我打算到铁蛋科室进修。不是学习冠状动脉支架,这些高精尖的东西。我去就是学习心内科最传统、最基础的东西。"孙邵东说道。

"铁蛋是我们同学中,在学术上取得成就最大的一个。中瑞医院心内科,大名鼎鼎的陈主任。"

"我做这个副主任,完全是因为我没有什么领导能力,领导最放心。"

"听说心内科很复杂。洪主任、金主任还有章婉玉,都不是省油的灯。铁蛋,你要多加小心。"

"是的。我不和他们争权夺利,只是老老实实做好自己的工作。"

铁蛋回应道。

"不管怎么说，现在，你是陈主任，是我们小组的骄傲。"潘永军说道。

"董敏芝老早就担任教研室支部书记了。"李丽华说道。

"基础教研室就是一个字'穷'，留不住人。去年一个出国到澳大利亚，今年又有一个老师辞职。现在学校对教研室要求越来越高，每年要有论文、最近又提出要有课题。还是医生好，病人都是求你的。今年上半年，我妈妈看病，我找过一次铁蛋。看到病人家属、下面小医生，还有医药代表围着铁蛋，一声陈主任长，一口陈主任短，真是好羡慕。"

"刘晓岚，铁蛋现在是大医生，大主任了。身边围着一群美女，你可要看紧了。"李丽华调皮地说道。

"铁蛋是个老实人，没事。"刘晓岚说道。

"有些医药代表为了让医生多用药，拼命巴结医生和医生套近乎，是要小心点儿。"董敏芝也善意提醒。

改革开放后，一大批外国医药公司带着先进的药物和设备来到中国。对促进中国的医学发展，缩短中国与西方发达国家医学水平的差距，起到一定的作用。后来，中国的医疗公司也派人到医院、科室，请求医生用自己公司的产品。

1996 年年初的一天下午，铁蛋来到洪主任的办公室。

"铁蛋，今天上午科主任会议，医院公布了科室的排名。我们科的评分是中上等。"洪主任说道。

"不会吧。去年我们做的那么好。心脏介入治疗在全国都是名列前茅啊！"铁蛋心想不是第一，也能进前三。

"肝外科、消化内科和普外科，位于前三位。"

"普外科这几年好像没有什么新的东西。"

"比的是医疗、教学和科研。我们差在科研上，具体点说是课题和获奖没有做好。人家肝外科有市里、国家级课题 5 项。消化科和普外科也有两项。所以，今年我们一定要在课题和获奖上做好功课。首先是 3 月初的国家自然科学基金，然后在 5 月和 8 月，卫生部和上海市科研基金申请，还要做好报奖工作。"

"报什么奖？"

"就是冠状动脉支架、射频消融两个项目。"

"嗯……"铁蛋心想上海和北京有几家医院也在开展这两个项目。

"冠状动脉支架植入术报卫生部；心脏射频消融报上海市。你带几个人做好随访工作，在报奖的材料上，增加一些随访资料就行了。"

接下来的 4 个月，铁蛋忙得不可开交。

到了 5 月底，铁蛋把课题申报、获奖申报工作全部完成，重重地松口气。这时从医院传来好消息：洪主任担任博士研究生导师，金主任、黄主任和铁蛋担任硕士研究生导师。如果洪主任不是博士生导师，可能明后年就要退休了。担任博士生导师，至少可以再做 5 年。

洪主任担任博士生导师后，更加踌躇满志。他利用自己是中华医学会心血管疾病分会副主任委员的特权，把全国心血管会议放在中瑞医院召开，同时举办"心脏介入治疗学习班"。

6 月底的一天下午，洪主任把全科医生召集起来开会。

"最近两年，我们科室在心脏病的治疗方面取得了很多的成绩，得到同行的一致认可。我上个月在北京开会，会议决定由我们科举办全国心血管会议，同时举办心脏介入学习班。"洪主任向全科医生宣布这一消息。

"学术会议就不应该每次都放在北京。我们医院完全有资格办这种会议。"金主任说道。

"我们科室能办会议太好了。肝外科医生常说：肝外科有多了不起，办了多少次全国性会议。"朱强生说道。

"办全国性会议，是一个复杂的工程，需要投入大量精力。"洪主任说道。

"是的，还要安排宾馆和会场。"金主任说道。

"这是一个会议的通知。"洪主任手中拿出一个会议通知，扬了扬。"我们也要做出这样的会议通知，弄得漂亮一点。"

铁蛋接过会议通知一看，内容真不少：会议主席，组织委员会成员，会议地点时间等。

"大会主席和副主席，以及委员名单，我已拟定好了。有大量的事要做，比如照相、宾馆、每天三顿饭、专家接送等。"

铁蛋参照洪主任给他的会议通知，写了一个初稿，请洪主任过目：

第四届全国心血管内科会议暨心脏介入治疗学习班

地点：上海医学院中瑞医院

时间：1996 年 12 月 14—16 日

大会主席：洪主任

大会副主席：赵主任、金主任

……

会议通知由吴学仁联系印刷厂排版印刷。铁蛋按洪主任给的名单，给 18 位重点嘉宾写邀请信。

"寄出 18 封信，收到 17 封回信，其中 13 人表示参加会议。"铁蛋向洪主任汇报。

"13 个人能来够了。协仁的赵主任能来吗？"

"赵主任说他肯定来。"

"铁蛋，我这里有两个以前参加会议的通讯录。你交给吴学仁，让他按通讯录的地址，给每个人寄一份会议通知。另外，给全国每个县级以上医院，发一份会议通知。还有以前在我们科室进修过的医生，每个人发一份会议通知。"

700 多份会议邀请信从中瑞医院的收发室寄往全国各地的大小医

院。另外，在《中华内科杂志》和《实用内科杂志》上，简短刊登了此次会议消息。

1996 年 8 月 5 日，在心内科医生办公室，洪主任召集全科医生开会。

"我们今天下午利用 1 小时的时间，开个会。我不知道你们有没有紧迫感。我每天时间不够用，好多的事没有时间去做。"说完，洪主任环视参会的人员，"现在医学比以往任何时候发展都要快，我们要有紧迫感。年初，我们就开始了课题申报和获奖材料准备工作，再过两三个月，结果就会出来了。今年 12 月，我们科要举办全国心血管会议，这是一件大事，一定要做好。"

"这是我们科室第一次办全国性会议，是提升我们科室在全国知名度的好机会。我已通过熟人，把会场落实好，就在中科院的科学会堂。"金主任说道。

"为了开好这次会议，很多细小的事必须扎扎实实地去做。小吴、小陈，你们的事情完成得怎样了？"

"我这里发出了 700 多封邀请信，所有的县级以上的医院都发出了会议通知。到今天为止，已收到 200 多封回信，说来参加。"吴学仁回答道。

"已有 13 位外地专家明确表示参会。"铁蛋说道。

"专家讲课的时间是每人 20 分钟。外地专家的交通和住宿要安排好。另外讲课费也要提前预备好。赞助商要尽快落实到位，可以给每位赞助商 10 分钟介绍他们的产品。心脏支架由铁蛋负责联系，起搏器和射频消融由金主任负责。告诉他们可以设展台，介绍产品，如果不给赞助，我们把他们的产品给停了。"

"在美国开会，会场大门口，摆满了各种药品和器材。"铁蛋说道。

"会议的每项工作，要落实到位，不能有差错。吴学仁，你的论文发表了吗？"洪主任指的论文是指吴学仁的硕士论文。

"快了吧。"

"你投到哪个杂志？"

"学报。"

"学报啊？！找找他们，今年一定要发表。"洪主任对学报有些不屑。

"好的，我的一个同学在学报做编辑，我去催催他们。"

8月29日下午，负责中瑞医院心脏支架的业务员小胡，带两个衣着讲究、气质优雅的女子来到铁蛋办公室。铁蛋依稀记得在洪主任办公室见过其中一位。

"陈主任，这是我的领导：宋经理。"

"宋经理，你好。"

"陈主任好。这是美国雅培公司方慧娴总经理。"宋经理给铁蛋介绍方慧娴。

方慧娴近一米七的身高，一双光亮黑色的高跟皮鞋，过膝的大摆米色长裙，到腰部自然收紧，上身着纯白挺括的短袖衬衫，衬衫口袋隐约有几个若隐若现的英文字母。一头浓密黑色头发，平滑柔顺地从上铺下。柳弯的眉毛下，一双明亮的眼睛、洁净的皮肤、红色的嘴唇、再配上颀长的脖子，毫无疑问方经理是个高挑漂亮的现代美女。漂亮的女性，在上海随处见。但像方经理这样有气质、高雅的女性，铁蛋还是第一次见。

"方经理、宋经理请坐。"铁蛋客气地说道。

"谢谢。"

"小胡，你到外面等会儿。"宋经理见室内只有三把椅子，就把小胡支到外面。

"陈主任，这是我的名片。"方慧娴双手礼貌地把名片递给铁蛋。

"谢谢，这是我的名片。"铁蛋接过名片，也客气地把自己的名片递给方经理。

"陈主任，首先感谢你使用我们公司的产品。我这次来就是想听听您对我们产品的反应，有什么建议。"

"这两年来，我们一直在用你们公司的心脏支架，质量很不错。"

"目前，在中国大陆地区，使用的心脏支架，是一款经典产品，在美国使用超过 7 年了。从今年的上半年起，中国的香港和台湾地区已开始使用新一代产品。新的心脏支架更容易植入，固定更加可靠。我们已向中国药监局申请这款产品，估计再有 3 个月就能进入临床了。"

"陈主任，方经理来中国的时间不到一年，现在讲中文比刚来时好多了。"宋经理说道。

"我父母是台湾人，我是在美国亚特兰大出生，在 University of Pennsylvania 宾州大学的商学院读的书。"

"宾大很有名的，宾大的商学院就更了不起。宾大叫作什么藤……"

"常春藤学校。陈主任对宾大熟悉？"

"我在匹兹堡学习过两年，在匹兹堡的 UPMC 学习进修，听说过宾大。"

"匹兹堡大学不错啊，UPMC 就更厉害了。陈主任你知道，起初，在美国开展心脏支架植入治疗心脏病，也是遇到很大的阻力。现在，克利夫兰心脏外科主任，自己患了冠状动脉狭窄，也来找心内科医生做支架。"

"方经理，在中国像陈主任去过美国学习进修的人，毕竟是少数。绝大部分医生的观念还是陈旧、保守的。我们有大量的普及和宣传工作要做。"宋经理说道。

"这就是我们举办心脏介入学习班的原因。洪主任期望你们能给这次会议一些赞助。"

"应该的。我们厂家有义务，帮助中国医院和医生共同把这个项目在中国推广。今年 4 月我们就赞助洪主任参加了美国心脏病会议。"

"方经理，一向对各种学术活动很支持的。"宋经理说道。

"陈主任，这次通知我们的时间太短了。如果早点通知我们，我可以请几个美国教授来中国讲课和表演手术。"

"我一直有这个想法，就不知该怎样操作。你能这么说实在是太好了。"

"请外国医生来中国讲课，我们将支付所有的费用。另外，你也可以点名，比如 UPMC 的专家。"

"以后我们还要办这类会议。希望下次会议，方经理能给我们请几个美国教授。"

"陈主任，你有任何想法，或在工作中遇到任何困难，都可以和我讲。我会尽最大努力帮助你。你在美国学习过，知道美国心脏介入治疗是多么普及，在中国只是在一些大医院刚刚开展。"

铁蛋和方经理谈得很愉快、很投机，只是时间过得太快。

最后，方经理说：关于这次会议赞助的具体细节问题，过几日，她的助理会过来详细商谈。

两周后，方经理托人给铁蛋送来一本《心脏介入治疗学》英文原版书。

会议在 12 月 14 日按计划在中瑞医院顺利召开。洪主任任大会主席，金主任和协仁医院的赵主任任副主席。铁蛋任秘书长。会议上，来自上海、北京、武汉、长沙、广州的心内科专家，介绍和交流各自的经验。

"洪主任有件事正要和你通个气。上个星期，301 医院周主任和我说过关于学组改选以及发展的事。中华医学会要求成立二级分会，初步定在明年 3 月底在北京开个'心脏介入治疗委员会成立大会'。"赵主任说道。

"好哇。赵教授您要辛苦啦。"

"你看这样行不行：主任委员 1 名，副主任委员 2 名，常委 9 人，给军队医院一个副主任名额。既然老周提出这件事，就让老周代表军队做副主任委员。主任委员你来做，我担任副主任委员，协助你工作。"

"喂，这不行。主任委员肯定是要你做。协仁医院的赵教授不做，怎行？！另外，成立协会有很多具体的事要和卫生部以及中华医学会打交道。主任委员放在北京方便。"

"洪主任，主任委员肯定就是你。这是众望所归……"赵主任欲再说下去，这时宋经理插进来。

"洪主任、赵主任好！"宋经理前来凑热闹。

"宋经理，你也认识赵主任。"洪主任惊讶上海地区销售经理怎么会认识北京的内科医生。

"谁不认识大名鼎鼎的赵主任。去年，赵主任和我们一起去德国参加欧洲心脏病学会议。"

"宋经理，我们这次会议唯一不足之处，就是没有外国专家讲课。下次你们公司能否请个外国专家来讲个课。"洪主任说道。

"当然可以。方经理说：明年她来请美国医生来中国讲课，费用全由她安排。"说曹操曹操到，方经理身穿一身黑西服，雪白的衬衫。

"两位教授好。"

"方经理，真是女强人啦，既聪明又漂亮。"洪主任说道。

"方经理什么时候来的中国？"赵主任问道。

"我来中国有一年了。我平时在上海，下次去北京一定到协仁医院拜访你。"

"协仁医院是中国最好的医院。"洪主任说道。

"我早就听说过协仁医院。你们一南一北引领中国医学的发展。目前，介入治疗代替传统手术治疗冠状动脉狭窄是大势所趋。我们公司一定会配合中国医生，把心脏支架植入术治疗冠心病这个活动开展起来。"

"明年年初，我们要颁布 1996 年的医疗成果奖。洪主任的'心脏支架植入术治疗冠状动脉狭窄'获奖，你们可要来捧场啊。"

"谢谢邀请，恭喜洪主任。"

"这是赵主任的一片好心。你们暂时不要传出去，这事还没有最后定。申报的人不少，竞争还是蛮激烈的。"

会议达到了预期的效果，推动心脏介入治疗在中国的发展，更加确定了洪主任和中瑞医院在中国心血管内科的地位。同时，铁蛋在中国心内科学界，崭露头角，被同行所认识。

1996 年是中瑞医院心内科大丰收的一年。和以往一样，业务量继续大幅度增长，心脏介入手术增加 36%，其中 11 月和 12 月同比增加超过 60%。

申请课题全部得到批准，铁蛋自己申请的"心脏电生理基础研究"得到国家自然科学基金 10 万元的资助，整个医院只有 11 个项目得到国家自然科学研究基金。洪主任自己拿到国家卫生部 1 个项目，金主任拿到市卫生局 1 个项目，黄主任拿到市科委 1 个项目。

另外，根据内部消息，心脏支架植入术治疗冠状动脉狭窄和射频消融治疗心律失常分别获得国家卫生部和上海市科委技术进步二等奖，将于明年年初公布。

在 1996 年的全院年终总结大会上，心内科破天荒第一次超越肝外科得到第一名，洪主任到主席台领奖。吴学仁先进工作者，铁蛋先进科研工作者，护理部获优秀护理班组称号，护士长被评为优秀护理标兵。

第23章 硕导

　　进入20世纪90年代，上海以一年一个样，三年大变样的速度，向现代化大都市迈进。位于浦东陆家嘴88层高的金茂大厦，像开花的芝麻节节升高，刺入云霄。银色的外墙在阳光的照射下熠熠闪光，大楼的顶端被云雾缠绕，犹如仙境一般。

　　经过3年的建设，医院科研大楼于1997年，开始启用，心内科拿到6间实验室。科研大楼内还有公共实验室，大家都可以用。科研大楼为整个医院的科学研究提供了极大的支撑。

　　1997年3月，吴学仁被医院任命为心内科行政副主任，加上金主任和铁蛋，心内科室有3名副主任。通常，一个科室只有一个正主任和一个副主任，大的科室最多是一正两副。心内科有3个行政副主任，在医院有不少议论。有人说洪主任提吴学仁担任副主任，是为了架空、打压金主任。铁蛋仍然负责教学和科研，金主任和吴学仁共同负责医疗。

吴小莉，铁蛋的第一个研究生，1995 年从山西医学院毕业。作为一个优秀学生，吴小莉毕业后进入山西省人民医院内科工作。吴小莉有很强的事业心，她总是希望能为病人做些什么，解决病人的痛苦。当她遇上一些不能治愈的疾病，当医学手段不能给予病人以帮助，她总是不甘心。主任查房时，她会给主任提出各种问题，比如有没有更好的治疗方法。

"吴小莉，我们一直就是这样治疗病人的，你按照上级医生的要求做就行了。"比吴小莉早两年进医院的张医生善意地提醒她。

"但是在这个病人身上，目前的治疗方法效果不好。"

"主任都不急，你急干吗？！"

省人民医院和山西医学院附属医院是山西省的两个顶级医院。但在最近几年，山西医学院附属医院的发展似乎要快一些，基本上和国内大医院保持同步的发展。而省人民医院则有不思进取，啃老本的味道。吴小莉是个要强的人，她不能在业务上比在山西医学院附院工作的同班同学差，但她没有办法改变现状。摆在她面前唯一的方法，就是考研究生，到一个大的平台去发展。在这种想法的驱动下，1997 年吴小莉考上了上海医学院中瑞医院心内科的研究生，成为铁蛋的开门弟子。

铁蛋是个医生，主要精力还要用在治病救人上。铁蛋去年申请的国家自然科学基金课题，一直没有时间去做，现在正好交给吴小莉。对吴小莉而言，不用自己去找课题，一步到位做一个高大上的课题，捡到个皮夹子。做科研单调、辛苦、待遇差，做医生的没有人愿意放弃医生，专门去做实验。但科室必须要有科研，已申请到的课题也必须完成。吴小莉的到来对铁蛋来说，实在是太及时了。只要吴小莉能毕业，铁蛋就能申请博士研究生导师，可以在现有的基础上申请重点课题，研究经费就会像滚雪球一样，越滚越大。

铁蛋觉得 1 年前申请的课题，部分内容已经过时。于是铁蛋让吴小莉在上理论课的同时，先看近两年的文献，然后再商量实验具体实施。

1998 年元旦刚过，吴小莉来到铁蛋的办公室，把打印好的文章交给铁蛋。

"陈老师，这是我写的综述。"

一般来说，研究生大都在进入科室半年或一年后，才完成一篇综述。现在，吴小莉在入学的第一学期，还没有进入科室，就写了一篇综述，是非常难得的。

晚上回家，铁蛋把吴小莉写的综述认真仔细看了一遍，觉得吴小莉的综述写得不好。铁蛋心想可能的原因是文献看得不够。于是，铁蛋给吴小莉准备了 3 篇英文文章。

"文章总体还不错，但有几个缺点需要改正。需要修改的地方，我用红笔作了注释。关于钙离子拮抗剂对心肌的保护，目前有争议。所以，写的时候，不要太肯定。这里有 3 篇文章，你拿回去好好看看。"

"我马上就看。"

"不用急。待寒假结束后，把修改好的文章交给我。"

"好的，寒假回来后，我一定把修改好的交给你。"

春节后，研究生回到学校，来到医院。铁蛋和洪主任商量后，安排吴小莉去实验室。这样安排对研究生最好，如果先去临床，最后一年做实验，到毕业时，可能一篇文章也没有。如果毕业时，有文章发表，再有什么奖，毕业材料就漂亮了。

铁蛋一直想到新建好的科研大楼看看，一天处理完科室事情后，铁蛋来到公共实验室。

"吴小莉，陈老师来了。"和吴小莉同在一个实验室的陈秀娟说道。

"陈老师好。"吴小莉停下手头上的活。

"这里看上去不错嘛。"铁蛋说道。

"这间实验室是做电解质和微量元素测定。这台仪器是高效液相色谱仪。"

"使用方便吗？"

"方便。开始时，是别人帮助的。"

"研究生，就是应该互相帮助。以后有新人来，你也要帮助别人。"

"细胞微电极和奥林巴斯电子显微镜已经申请了。"

"该买的设备一定要买。我已经和医院科研处讲好了，从卫生部重点实验室经费购买。"

"如果我们有这些仪器，做出的实验就上档次了。"

"你现在的条件比我做研究生时，不知要好多少倍。我在做实验时，所谓的实验室，只是一间房间，里面有一台心电图记录仪。不过那时候对研究生的要求也低，没有办法，条件决定的。"

"陈老师，我在网上看到了你写的英文文章。"

"那是我在美国做的研究。两篇是在美国发表的，有一篇是回国后发表的。"

"陈老师，我们做的课题，国外才刚刚起步，国内肯定没有人做过。"

"先尽我们现有的条件，把实验做好。如果有必要的话，我看能否联系到美国做。"

"那太好了。"吴小莉高兴地说道。

"陈教授，吴小莉做梦都想去美国。"在一旁的陈秀娟替吴小莉高兴。

"你下个星期把实验的第一部分做个总结。"这时铁蛋的手机响了，病房收了个重病人，要铁蛋去看看。

"吴小莉，你的老师真好，有课题又懂实验。"铁蛋走后，陈秀娟对吴小莉说道。

"陈老师的确不错，有思路、有想法。你的老师那才叫厉害，全国知名教授，就连院长也让他三分。"

"我的导师只是名气大、资格老。但对做实验，选课题，一点儿都不懂。带研究生，完全是放鸭子。"

"导师名气大，对找工作很有帮助。"

"你导师不是说帮你出国，多好啊！"

作为研究生导师，铁蛋是合格的。因为铁蛋自己做过实验，申请过课题，对科研流程很熟悉。而陈秀娟的老师是全国知名的教授，有很多学生就是奔着知名教授来的。知名教授有实权，在圈子内有影响力，在毕业分配上能给予研究生很大的帮助。

1998 年五一假期后，吴小莉拿着实验第一部分总结来找铁蛋。

"有些地方写得不好。"铁蛋看后眉头略蹙。

"陈老师，实验只是刚刚开始，好多还没有结果。"吴小莉欲辩解。

"课题的截止日期是今年的年底。另外，实验的稳定性怎样？"

"年底肯定能完成，实验的稳定性很好。我想要增加实验次数，这样可以减少系统误差，减少偶然性。"

"实验的次数必须要达到一定的量，这样出来的结果，才可靠。"

"陈老师，依据我们实验室的条件，只能做 4 项，还有 2 项不能做。"

"我们申请的仪器来了没有？"

"来了一台，已经在用了。"

"知道了。做多少算多少吧。"铁蛋心里明白，凭国内条件，做世界一流的实验，目前还不行。可不管怎样说，在国外绝对是 OK。

7 月中旬的一天，吴小莉来到铁蛋办公室向铁蛋汇报实验的进展。

这是一份按论文格式书写的总结，实验内容不错，但写得不好，特别是英文摘要。铁蛋本想直截了当指出文章的缺点，但觉得还是以鼓励为好。

"小吴，写得不错。"

"嘿，嘿。"

"我最初写文章时，认为讨论最重要、最难写。其实，文章最重要的部分是实验方法，即你的实验是怎样做的。实验每个步骤都要交代得清清楚楚，别人能按照你的方法，能够重复才行。"铁蛋教吴小莉怎样写文章，"讨论只是对实验方法和结果的说明和解释，讨论可长可短，不要为了讨论而讨论。"

"下次一定注意。"

"好的讨论是紧紧围绕实验方法和结果而展开。医学论文有它自己的格式。"

"谢谢陈老师的教导，我按你的要求再改一遍。"

"总的不错。要求高一点儿，是为了论文好发表。"

"谢谢！"吴小莉听到发表文章，立即兴奋起来。

一周后，吴小莉拿着修改好的文章来找铁蛋。铁蛋一边看，一边和吴小莉说话。

"所有的实验能在今年年底完成吗？"

"可以。"

"今年年底前，你要写两份标书。一个是申请市卫生局的课题；另一个是申请国家自然科学基金。现在就要开始准备起来。"

"好的。"

"你的文章比上次有很大的进步，就应该这样写，但英文摘要写得不好。"

"英文摘要，我是东抄一句，西摘一段，拼凑起来的。"吴小莉的脸有些红。

"你从现在起看英文文章，不能满足看懂，要学习它的表述方法。医学英语有它的固定用法，要背下来。"

吴小莉认真听讲。

"比如是从 1996 年 4 月到 1996 年 12 月，From April 1996 to Dec. 1996, we conducted a trial regarding... 动 物 分 组 forty rats were divided randomly into study group and control group。我随便举两个例子。"

"陈老师，你真厉害。"

"我学习英语时，基础比你差。你只要按我讲的方法做，就能把英文摘要写好。"

"好的。我一定按你说的方法做。"

"英文摘要还需修改一遍。改好后，投《中华心血管病》杂志。"

"太谢谢陈老师了。"

吴小莉按照导师传授的学习方法，看英文文献，学习医学英语的写作。2 个月过后，吴小莉医学英文写作能力有了大的提高。

"毕师兄，这句话写得不好，放置支架第一天的英语表达方法有三种：Day 1, postoperatively, 或 Day 1 after operation ，还有一种 postoperative Day 1。"吴小莉说道。

吴小莉说的毕师兄，叫毕元宜，是和吴小莉同届的博士生。被一个硕士研究生指出英语不足，毕博士脸面有点儿挂不住。

毕师兄愣了一会儿，然后歪着脑袋斜斜地看着吴小莉。

"唉，毕兄，请不要这样色眯眯地看吴小姐。"今年毕业的任博士开玩笑地说道。

毕元宜没有理他，说道："吴小莉，士别三日当刮目相看啊。"

"吴小莉，你的英语大有进步啊！你是不是在准备考托福？"任博士说道。

"我哪有时间考什么托福。每天忙做实验，又要写文章。我现在连上街买衣服的时间都没有。"

"吴小莉，你的医学英语是怎样提高的？给我们讲讲。"

"你们的英语比我好得多，我哪有资格教你们。"吴小莉不想说出铁蛋教她学英语的方法，另外，也想摆摆架子。

心内科实验室是心内科研究生的小天地。研究生们每天在一起做实验，交流做实验的心得，或是说一些笑话，缓解、调剂紧张的工作。

"听说洪主任老婆家是大资本家，金主任家是普通市民。"

"过去能读书的人家条件都不差。你们见过老主任没有？老主任即洪主任的前任。他家位于法租界，是一栋小别墅。他的几个兄妹都是有钱人，一个在中国台湾，另一个在美国。老主任不但医学水平高，人特别有教养。"

"以后的医生和老主任就不一样了。"

"都是人，都一样。"

每个人都发表自己的观点。

"吴小莉，听说你的导师和师母是同班同学。"

"好像吧。"吴小莉随口说道。

"陈主任家是农村的，找个美女同学不容易。"

"肯定是陈师母看上咱们陈主任有才啰。"吴小莉说道。

10 月初，是上海一年中最好的日子之一，一天吴小莉高兴地来到铁蛋的办公室。

"陈老师，我综述的校样稿来了。这是按你的要求修改的论文。"吴小莉把综述校样稿和修改好的论文递交给铁蛋。

铅字打印的标题：电解质浓度对心肌膜电位的影响。吴小莉综述，陈铁蛋审校。

"不错，赶快寄给编辑部，要用挂号信。论文比上次有大的提高，可以给杂志社寄去。拿到回执后，告诉我。我给编辑部打电话。"

"陈老师，我按你讲的方法学英语，进步很快。实验室里其他研究生，惊讶我的英语进步。我没有告诉他们学习英语的方法。我想这是我导师教的，与他们无关。"吴小莉说着还做出一个表情。铁蛋笑了，自己的学生还有些小心眼儿。

第 24 章 代沟

1998 年 10 月，陆丽萍结婚，婚礼举办得隆重而热闹。除了值班的人员，心内科医生和护士都去了。在婚礼上，铁蛋只是碰碰杯，象征性地喝了点儿葡萄酒。婚礼结束后，他们乘出租车来到钱柜唱卡拉 OK。一间有 40 多平方米的房间，充满震耳欲聋的音乐声，讲话必须贴着耳朵，才能听清楚。

"小城故事多……"朱强生和一位护士，晃晃悠悠地唱着，一看就是喝多了。起初，朱强生把手搭在护士的肩上，后来索性把护士揽在怀里。

"下面这首歌是赵荣华为吴主任点的，歌名是《路边的野花不要采》。"

"我没有要唱这首歌。"吴学仁说道。

"这是赵荣华专门为你点的。你上次唱得不错。来吧来吧。"大伙硬是把吴学仁往上拉。

"吴主任就唱个吧。"铁蛋也跟在后面起哄。

"好，就唱这一首歌曲。"吴学仁无奈地说道。

当吴学仁唱到"路边的野花不要采"，全场的人扯着嗓子高喊："不采，白不采。"

"陈主任，我们来喝一杯。"护士张玉红拿着一个啤酒瓶晃晃悠悠地来到铁蛋身旁。

"不行，不行。我已经喝了不少了。我平时不喝酒。"

"不喝酒，不喝酒。好，我们俩上去也唱一首歌。"说着肩膀靠过来、手也搭上来了，一身的酒气。

平时抢救危重病人沉稳、老练的铁蛋，慌了手脚。

铁蛋想把她推开，只见张玉红眯着眼对铁蛋说道："陈主任，我漂亮吗？"

"漂亮。"

"对，我就是漂亮。陈主任，你就知道工作、工作。身边这么多美女，你一点儿也不注意，一点儿也不关心。"

铁蛋看着这位年轻、漂亮的护士，在酒精的作用下，白里透红的皮肤像玫瑰花一样艳丽。是啊，身边有这么美丽漂亮的护士，怎么一点儿没有注意过。铁蛋结结巴巴地说："你，你们都非常漂亮。我以后要多注意，多关心。"

"这就对了。这就是我们的好主任。"一个踉跄，就倒在铁蛋的怀里。铁蛋不知所措，连忙叫来护士长，将张玉红扶到沙发上。

科室的医生和护士们，高声唱着、吼着，身体也随着音乐的节律以及灯光的变化在扭动，释放生命中最原始的部分。科室的医生和护士，平时工作非常忙和辛苦，难得有一次放松或放纵的机会。

多年来，铁蛋的生活就是学习和工作，十分珍惜自己的时间，从未涉及任何娱乐场所。铁蛋不喜欢这种场所，但他是科主任，他不能破坏大家的兴致。铁蛋只能待在歌厅，忍受折磨和煎熬。

"陈主任，你要不要唱一首歌？"护士长问铁蛋。

"我不会唱这些新歌。"铁蛋回答道。

"没关系。你刚才不是看到洪主任唱《莫斯科郊外的夜晚》吗？你也可以唱老歌曲啊。"

"那我唱《北京人在纽约》的插曲。"铁蛋说道。

"好，这首歌很好听，就唱这首歌。大家安静，现在请陈主任唱电视剧《北京人在纽约》的主题歌《千万次地问》。掌声欢迎。"

"千万里，我追寻着你……"铁蛋一张口，立刻引来一片喝彩。大家万万没有想到平时一贯认真严肃的陈主任，歌唱得还真不赖。

"你到底好在哪里？好在哪里？"最后一句音调太高，铁蛋没有能顶上去，就像泄了气的皮球，引得众人哄堂大笑。

"对不起，对不起，出丑了。"铁蛋向大家致歉。

"唉呀，护士长，你怎么能让陈主任唱音调这么高的歌曲。这首歌非普通老百姓所能唱的。"朱强生说道。

"我哪知道。陈主任自己要唱的。不过这样效果更好，更加热闹了。"

1998 年 11 月中旬，铁蛋去医院食堂吃饭时，遇上普外科的刘主任，就是铁蛋在实习时，带教过他的外科医师。

"刘老师。"

"陈主任，你们科室现在不得了啊。"

"没什么，只是瞎忙乎。"

"什么啊。过去心内科什么也没有。现在，科研、文章、基金什么都有，业务量也突突地往上蹿，马上就要全院第一了。听医务处的人讲，要求到你们科进修的人也最多。"

"我们科在心脏介入治疗做的还可以，我们做的心脏介入手术数量在全国居第一位。"

"陈主任就是厉害，出国一趟，把美国先进的医疗技术带到国内。"

"是洪主任领导得好，我只是个干活的人。"

"整个医院都知道，洪主任在院内和院外揽了那么多的头衔，从来不给科室其他任何一个人。如果洪主任哪一天不在中瑞医院，你们科室在同行中的学术地位就会一落千丈。"刘主任见铁蛋没什么反应，又说道，"听讲，金主任这次没有弄到博导，很是光火，到医院和学校吵去了。"

"为什么非要做博导？担不担任博导对金主任的工作没有影响。"

"哎，陈主任这你就不知道了。金主任和洪主任差 5 岁，金主任一直想接洪主任的班。因为洪主任是博士生导师，科室不能没有他。如果金主任也提上了博士生导师，洪主任就可以退休了。现在，洪主任没有退休，金主任他自己就要退了。"

"我明白了。如果金主任提不上博导，他就当不上科主任，60 岁就要退休。"

"就是这样。多年来，金主任一直盯着科主任这个位置，眼睛都盯直了。金主任不是等闲之辈，不会就此罢休的。"

"这么说，这两个人要搞竞争了。"铁蛋太单纯。他认为任何事情就像做科研一样，一是一，二是二，该怎样就怎样。他自己就是这样，从住院医师升到主治医师，又升到副主任医师、硕士生导师、科室行政副主任。来中瑞医院工作 5 年了，铁蛋从没有给任何一个领导送过礼。刘晓岚曾提醒过铁蛋，并用相声中的一句话：说你行就行，不行也行；说你不行就不行，行也不行。横批：不服不行。铁蛋对此不屑一顾。后来，两人在事业上一帆风顺，刘晓岚就没有再说了。

1999 年 1 月 10 日，科室召开新年第一次大会，内容是对 1998 年进行总结，和对新年的展望。

"1998 年是我们科室取得大丰收的一年。在 1998 年，我们科室的门诊人数增加 18%，收入增加 27%，病房住院人数增加 17%，收入增加 31%。病房收入增加主要是心脏介入治疗数量增加的结果。另外，我们在精神文明建设也取得巨大的成就，收到了很多的表扬信和锦旗。去年，卫生部把全国心脏介入治疗的培训基地放在我们科室，是对我们工作的肯定。还有，我们在科研也取得了很大的成绩。我们科室不仅是个大科室，更是个强科室。1998 年已经过去了，1999 年已经开始，我们面临新的形势、新的挑战。医院将今年定为医疗安全年，是因为医疗的形势变了。大家知道，去年的投诉、医疗纠纷急剧增加，甚至发生病人及其家属在医院打砸，伤害医生护士的事件。下面，请吴学仁主任传达医院医疗安全会议的精神。"

"大家好，星期一下午，我代表科室参加了医院的医疗安全形势教育会议。大家知道，现在做医生比以往任何时候都难做，原因是多样和复杂的。总结下来有以下几点：一是经过 20 多年的改革开放，大家的法律意识增强；二是病人的医疗负担过重；三是病人对医疗结果的期望值过高；四是病人或病人家属想通过闹事，得到经济上的好处；最后，我们医护人员自己做得不好。会议上，医务处高处长例举了去年在我们医院发生的 2 起医闹事件。第一件发生在呼吸科，一个 82 岁的老慢支病人，在住院期间突发脑溢血死亡。虽然，我们给病人家属，做了大量的解释工作，病人的儿子仍一纸诉状，将我们告到法院，要求赔钱。第二起纠纷是胸外科食管癌病人，手术后，病人出现吻合口瘘，继而并发肺部感染。经过积极治疗抢救，最终病人痊愈出院。病人不但不感谢医生付出的巨大劳动，反而要求天价的赔偿。我们当然不能答应。于是，病人家属聚集一批社会闲散人员，到医院吵闹、打砸，并将医务处黄立辉打伤。"

"大家都听到了吴主任传达的医疗安全会议精神。现在，医疗形势变了。不讲道理的病人和病人家属越来越多。所以，做医生要特别小心、谨慎，要尽可能避免并发症和医疗事故的发生。"

经过 20 多年的改革发展，中国的医学水平有了很大的提高。医务工作者为 13 亿中国人民提供了比以往任何时候质量都高的医疗服务。国家为生活在城市的人提供了"城镇居民基本医疗保险"，让城里人看病有了基本的保障。但是只是基本医疗保险，看病所产生的费用，不是全报销，而是按一定的比例报销，有些费用可能一分钱都不能报销，全部自费。直线上升的医疗费用对普通百姓家庭，是个大的经济负担。如果再出现什么并发症或是死亡，病人及其家属往往和医院没完没了。

医疗安全年作为一个口号，或是工作目标，是压在医生心头上的一块沉重石头。医生要把医疗安全放在首位，医生首先要考虑的是自身的安全，而不是想方设法解决病人的病痛，这样能做好医生吗？！因此，医生们对此颇有微词。

"医院让呼吸科王医生自己赔 2000 元，真叫人心寒。人家一个月的工资，只有 1500 元啊。辛辛苦苦工作一个月，到头来一分钱拿不到，还要倒贴，叫人怎样想。病人 80 多岁，一身病，随时有可能死亡。只是因为家属闹事，医生就要赔钱，没有这种道理。"

"我听胸外科医生说，那个食管癌病人和家属在手术前，就像哈巴狗似的围着李主任，说尽了好话，说什么李主任是华佗再世、活菩萨，求李主任做手术。手术后病人家属对李主任又是写感谢信，又要送红包。当然，李主任没有收他们的红包。如果李主任拿了病人的红包，那李主任就彻底玩完了。手术后第 6 天，出现并发症，病人家属立即翻脸，大吵大闹，完全不讲道理。"

"听医务处人说：病人家属在医务处闹时，医务处曾给派出所打过电话。派出所来了两个民警，在得知病人家属没有打人，两个民警就走了。民警走后，病人家属把医务处黄立辉打了。"

"这样发展下去，其实最后倒霉的还是病人。医生要保命，所以在做任何一件事之前，都要考虑自己是否有任何风险。"

"因为发生医疗纠纷后，没有人能帮助你，说不定医院还会说你给医院带来麻烦。"

"我说病人到医院吵闹，要几个钱，倒是小事。如果病人或病人家属到医生家闹事，那才叫惨，人身安全一点也没有保障。"金主任说道。

大家七嘴八舌、愤愤不平地议论医闹事件，黄主任对铁蛋说道："陈主任，你在美国待过，美国的医疗纠纷也像我们这里一样吗？"

"在美国，如果有医疗纠纷，都是病人到法院起诉医生。医院有专门的律师，医生只要把材料交给律师即可，不会影响医生的正常工作和生活。如果病人胜诉，保险公司赔钱。"铁蛋回答道。

"现在，一旦遇到并发症，完全靠运气。如果病人家属蛮横不讲理，你就倒霉了。如果你遇到通情达理的家属，算你运气好。比如，我有个同学在血液科，病人是再生障碍性贫血，住院期间发生肺炎后死亡。这个病人家属非但没有吵闹，反而送来一面锦旗，谢谢医生和护士的辛勤工作。"吴学仁说道。

"可是，这样好的病人家属越来越少了。"陆丽萍继续说道，"病人吵就多给钱，不吵就不给钱。这不是鼓励病人吵闹吗？！应该有个标准，该赔多少就赔多少。"

"再这样发展下去，我们不看病了，不做医生了。"赵荣华气愤地说道。

医生是一个专业性极强的职业，哪怕病人再讨厌或再恨医生，生了病还得看医生。然而，医生的职业就是给病人看病，医生难做，也得做。

1999 年年初的一天晚上，铁蛋坐在写字台前，看吴小莉写的两份课题申请书，铁蛋对两份标书都不满意。申请市科委的标书，修改一下，还勉强能投出去。但是国家自然科学基金要求高，一定要重写。否则，交上去，也白搭。

吴小莉毕竟是个在读的硕士研究生，以前从来没有申请过课题。铁蛋作为老师，应该给学生指导、传授申请课题的窍门。1 月 17 日，在吴小莉准备回家过春节的前一天的下午，吴小莉来到铁蛋的办公室。

"陈老师，报告一个好消息。"

"嗯，什么好消息？"

"我的文章发表了。杂志社寄给我两本杂志，这本给你。还有《中华心血管病》杂志编辑部回信了，提了一大堆的问题。陈老师，不会不发表吧？"

《中华心血管病》杂志编辑部的回信是一个审稿意见单。审稿人提了一些不痛不痒的问题。铁蛋看后，对吴小莉说："杂志社在接到稿件后，要请相关的专家、教授审稿，要求审稿人指出文章有什么缺点和优点。一般来说，审稿专家总是要挑出一些缺点，才能显示专家有水平。你这篇文章的审稿专家提出的问题，不是很 tough，是很 gentle。你按照审稿的意见，实事求是回答就行了。嗯，你写好后，先给我看看，再寄给编辑部。我想这篇文章发表问题不大。"

"那太好了。"

"我今天叫你来，主要是讲标书。"

吴小莉的表情立即晴转多云，"陈老师，这标书？"

"首先要表扬你在短时间内写出这两份标书，但是写得不够好。国家自然科学基金对标书要求很高。首先，你要对该研究领域有全面的了解，知道这个领域目前存在哪些问题，你的研究要解决什么问题，怎样解决。还有你有什么条件，你的科研基础怎样，每条都必须写得清清楚楚。任何一点没有交代清楚，都不会通过。"

"陈老师，我这几个月，在拼命地赶实验，写实验总结和课题汇报。在标书上，用的时间不够。"吴小莉为自己做点小辩护，但也是实话。通常申请国家自然科学基金要花几个月的时间。

"现在，让你写国家自然科学基金标书，对你的要求高了点儿。国家自然科学基金标书，我来写。上海科委的标书，你按我讲的方法重新写。"

"陈老师，我一定按你的要求，好好地写市科委的申请书。"

"你在寒假期间写好后，E-mail 给我看看。"

"好的。陈老师，国家自然科学基金标书您要自己写了？"

"没事。这本来就是我的事。你做的已相当不错了。"

"谢谢老师。我周围的人都羡慕我有你这么好的老师。"

"要求严一点儿，是为了多出成果。另外，对你毕业以及毕业后找工作都大有帮助。"

"陈老师，我的实验做完了。那我春节后，就进入临床上班？"

"按原计划，你是在春节后，进入临床。但是在春节后，你的师弟宋亚龙要进实验室。我想让你带他几个月，到五六月，你再到病房上班。"

"好的。"

"研究生主要是做课题，拿学位。在研究生期间，做临床，主要是科室对你的考察，观察你和人相处怎样？对病人好不好。这方面，你应该没有任何问题。你明天是几点的火车？"

"明晚 7 点。路上要 13 个小时，第二天上午 8 点到。"

"时间不短啊，还好在车上睡一觉就到了。"

"哪里能买到卧铺票？！春运期间，能买到一张票，就不错了。"

"这一夜不睡太辛苦。你下次回家，告诉我。我帮你买卧铺票。3 个月前，上海铁路局有个领导，在我们科室住过院。"铁蛋 1983 年大学毕业，在北京工作 3 年。在此期间，铁蛋多次坐一宿的火车，往返于北京和南京之间，所以铁蛋知道坐夜火车人的辛苦。

"那太好了。下次回家，我一定请陈老师帮我买票。"

"东西收拾好了吗？"

"没有，明天白天收拾来得及。"

"一路顺利。"

"陈老师，春节快乐。"

"再见。"

"再见。"

春节期间，铁蛋全力写国家自然科学基金申请书。心脏缺血再灌注后，产生的氧自由基以及一些炎性介质，这些物质对心肌细胞，有一定的毒性作用。因此，如何在恢复血供的同时，又要防止缺血再灌注引起的继发性心肌损伤，是个很好的研究方向，有很大的实用价值。研究背景、研究意义、研究方案等等，在铁蛋的大脑中有了一个清晰的轮廓。思路想好了，下面按套路写就行了。这方面，铁蛋是高手。

春节过后，没有几天，吴小莉就回到科室，向铁蛋报到。

"春节过得怎样？"

"在家期间，我走访了几个同学。他们读的研究生，简直是误人子弟，什么课题只是临床总结，医院连实验室都没有。"

"他们条件差，不能按上海的条件要求他们。"

"他们的导师就是一些老医生，根本不懂科研，也没有课题。我真不知道，他们的研究生导师是怎样批下来的。"

"我看过了你修改过的市科委标书，很好。国家自然科学研究基金标书，我初稿也写好了。"

"陈老师，对不起。国家自然科学基金的标书让你亲自写了。我现在有经验了，明年国家自然科学基金标书，我一定能写好。"

"我自己写完全是应该的。你毕竟是在读的研究生，做到目前这样，已是不容易，很优秀了。"

"谢谢陈老师表扬。"

"宋亚龙，要是像你这样就好了。"

"宋亚龙，是应届毕业生，有些贪玩。"

"你要管管他。"

"我管他？"吴小莉似乎有些为难。

"你带他2—3个月，让他熟悉各种实验方法。"

春节过后的第二个星期，学校联合医院给各科室发文，内容是：加强对三生的管理。"三生"即实习生、研究生和进修生。文件中列举了一个例子：来自江苏的消化科男进修医生和一个从甘肃来的血液科进修的女医生，在春节期间住到一起。这事被男方的妻子发现，到医院吵闹。医院没有办法，只能提前结束两个人的进修。

铁蛋对这事没什么兴趣，看完就往桌子上一扔，去医生办公室。医生办公室，医生们正在热火朝天议论医院通报的事。

"医院这叫吃饱饭没事找事做。你管人家怎么住，就春节几天在一起，有什么大不了的。"

"哥们，你这话就不对了。两个人都有家庭，要对家庭负责。"

"我说啊，是男的不对。男的家那么近，完全可以回家的。女的嘛，家太远，情有可原。"

"具体原因我们不清楚，那么多的进修生，为什么只有他们两个人出问题？很有可能这两个人在来我们医院之前，和家人在感情上就出现问题了。现在一个人在外时间长了，碰到一个合得来的人，双方一拍即合。"

"其实很简单。两个人都有需求，两相情愿，没有什么可以指责的。说句心里话，我们在外进修的，谁不想。"

"如果不是男方的老婆到医院闹，医院也不会主动管这些事。现在和过去毕竟不一样了。"

不久，发生在心内科的事，则是铁蛋这辈人，完全看不懂得了。

马宁伟，金主任的研究生，今年即将毕业，平时表现一般。

"小马啊，你好像又换女朋友了。"黄主任说道。

"什么又换了。这是正常的男女交往。"

"那个刚刚离开的女的，知道你有女朋友吗？"朱强生问道。

"她为什么要知道？她根本就不关心或不在乎我有没有女朋友。人家看得很开，只要在一起不讨厌，玩得开心就可以了。"

"小马，你今年快30了，老大不小了，就不想结婚？"

"这么早就结婚，多没有意思。一旦结婚，再和别的女的在一起，老婆不是要吵翻天啊。不结婚，我高兴和谁在一起，就和谁在一起，多自在。"

"我看来是过时了，和你们年轻人有代沟。"黄主任说道。

"现在时代变了，人的思想也变了。"章婉玉说道。

"我没有什么，孙玉娟才叫厉害啦。"马宁伟说道。

"孙玉娟怎啦？说给我们听听？"

"你们是真不知道，还是在装糊涂？"

"真不知道。"

"那你问她自己吧。"

说来也巧，没过几天，洪主任给铁蛋打电话："陈主任，这几天金主任不在，你抓一下孙玉娟的事。"

"孙玉娟，怎么了？"

"有人给医院反映，说孙玉娟和进修医生谈恋爱。"

"和进修医生谈恋爱？"铁蛋心里一咯噔，因为进修医生进修一结束，就要回老家。这一点孙玉娟应该十分清楚。

"现在的年轻人真是搞不懂。你给她提个醒，叫她注意影响。"

进修医生来自山东省济宁市，进修已经 10 个月了，前 8 个月一直在心内科，最近两个月去神经内科。什么时候和孙玉娟搭上的，铁蛋一点儿也不知道。既然，洪主任已交代任务，铁蛋就把进修医生叫到办公室。

"你在心内科进修了 8 个月，感觉怎样？"

"收获挺大。将来开展心脏介入手术，还要请陈主任帮忙。"

"那是应该的。你来我们医院，就是为了学习新知识和新技术。不要把精力放在其他方面，对你的进修产生负面影响。"

"陈主任，您请放心。我绝不会给科室和医院带来任何麻烦。"进修医生立刻明白了铁蛋找他谈话的原因。"我和孙玉娟，只是谈得来，相处得比较好，没有别的。我还有 2 个月，进修就结束了。"

进修医生把话说得非常清楚，他们在一起只是玩玩，根本就没有想过要有任何的结果。听了进修医生的话，铁蛋有些迷惑，明明知道没有未来，为什么还要交往呢？铁蛋不知道该怎样说，只是按洪主任的要求对进修医生说道："你来进修，我们欢迎。希望你把精力放在业务上。"

铁蛋心想，孙玉娟还很年轻，要保护好科室的护士，不要被坏男人的巧言花语所蒙骗。于是铁蛋带着责任心和好奇心，找孙玉娟谈话。

"陈主任，你找我？"孙玉娟对铁蛋找她感到非常好奇。

"是这样。听说你和进修医生处得不错。"

"陈主任，你就为这事找我啊。这算什么事啊。我喜欢他，他也喜欢我，就是这样。"

"他还有 2 个月进修就结束了。"铁蛋又补充道，"他要回老家。"

"他进修结束回家，很正常啊。他老婆和孩子都等他回家呢。"

"你知道他有老婆和孩子？！"

"知道。"

"知道，你还愿意和他交往？"

"这不是更好吗？进修结束他回家，不会纠缠啊！"

"那你为什么和他谈恋爱？这没有结果。"

"为什么要有结果？我和他只是谈得来，在一起开心，这样双方都没有压力。这叫作：不求天长地久，只求曾经拥有。"

"不求天长地久，只求曾经拥有。"铁蛋活到这么大，倒是第一次听说。联想到有个电视剧叫作《过把瘾》，主题歌叫作《糊涂的爱》，其中有句歌词叫作："这就是爱，说也说不清楚；这就是爱，糊里又糊涂"。铁蛋愣了很长时间。

"陈主任，没有其他的事，我走了。"

"没了，你走吧。"铁蛋突然感到自己老了，和现在的年轻人有代沟。

第 25 章　同学聚会

1999 年 3 月，最后一周的星期五，王小强从北京来上海开会。星期六晚上，铁蛋把小组在上海的同学，召集在一起。

"欢迎王小强，干杯。"铁蛋高兴地说道。

"谢谢，谢谢。为我们毕业 15 年干杯。"

"什么 15 年，是 16 年。我们 83 年毕业，今年是 1999 年，16 年了。"

"不好意思。年龄不大，就老年痴呆了。"王小强笑着说道。

"别说老年痴呆，我们都人到中年了，就你还是在学校时的老样子。"董敏芝说道。

"王小强，你在北京哪家医院？通讯录上好像没有你的工作单位。"李丽华说道。

"毕业时，我是到北京市卫生局报到，由卫生局进行二次分配。现在在北京友谊医院。"

"医院对他很重视，把他送到日本去进修。王小强现在是北京友谊医院的一把刀，是北京城里大名鼎鼎的王主任。"铁蛋对王小强最了解。

"外科医生好，内科医生没什么花头。"孙邵东说道。

"都一样。"潘永军说道。

"不管是哪个科室的医生，都比做基础教研室的老师强。"董敏芝说道。

"董组长，你比我们在临床做医生要好多了。我现在每 5 天就要值一次班。值班睡不好，很伤人的。"李丽华说道。

"过年的时候，不是我在医院值班，就是铁蛋在医院值班。还是做老师好，每年有两个假期。"刘晓岚说道。

"医生的确比老师要辛苦，但医生钱多啊。我们大学毕业时，留校当老师是一件非常光荣的事。现在大学毕业生，都不愿意到基础教研室，都争着去医院，当医生。"

"董组长，你这样说会动摇你下面人的军心了。你可是教研室主任哦。"

"是收入太低动摇军心。"

"教研室不是也发奖金了吗？老师可以从科研经费，买很多东西，比如电脑。我们买电脑都要自己花钱。"

"科研经费虽然可以买电脑，但那是国家财产。"

"管它是什么财产。只要自己用就可以了。"

"我就不明白，为什么现在大学生不愿意去基础教研室。临床不仅累得要命，而且风险大。现在，最要命的是病人和你吵闹。"王小强说道。

"说起医闹，实在是让人伤心，严重挫伤医生的积极性。"铁蛋说道。

"现在病人对医生要求太高。病人来医院要求百分之百治好，还有什么消费者协会来管医生。说什么病人花钱买服务，如果没有治疗好病，就是没有服务好，就应该赔偿。"王小强说道。

"现在，医生和病人成了对立面，不正常。在医院，一旦医生有什么不对或缺点被病人发现，他们就会毫不留情地投诉你，要求赔偿。搞得医生心灰意冷，一点儿崇高、神圣感也没有。正常的医患关系应该是这样：医生和病人是战友，共同对付疾病。"铁蛋说道。

"你看铁蛋，大主任，就是不一样。医生和病人是同一个战壕里的战友，共同对付疾病。这话特别有道理。"董敏芝说道。

"董主任，还是在教研室做老师好吧？"李丽华说道。

"你们的收入比我高多了。前几天，教研室有位老师说，现在临床医生根本就不关心每个月的工资单，回扣钱比工资和奖金高出多少倍。"

"医生那点回扣，是辛苦钱，是医生用命挣出来的。"王小强说道。

"是的，医生的工资就是那一点点，仅够吃饭用。现在，病人又难伺候，一旦病人有任何不满意，就提出天价赔偿。"潘永军说道。

"现在医院有个规定，发生医疗纠纷，医生自己赔钱。所以，医生必须准备一些钱，随时准备赔钱。"

"虽然医药回扣产生是有原因的，但凡事要有个度，适可而止。不能为拿医药回扣，而增加病人的负担。"

"我想大部分医生做的是好的，能把握住。但的确有个别医生做的很差。"李丽华说道。

"在美国看病、住院简直是天价，为什么没有人吵闹？因为病人不花钱。"铁蛋非常希望有这么一个医疗环境，医生只是根据病情来开药。没有好药和差药，只有需要用的药。

"是的。医闹与病人自己用的钱太多有关，或许是最主要的原因。"董敏芝说道。

"王小强，你这次来，有没有看望你的老相好？"潘永军转个话题，立即引来一阵哄笑。王小强在内科实习时，曾和内科一个护士有过短暂的恋爱。

"什么年代的事了。早就忘记了。"王小强想搪塞过去。

"王小强，你如果早就忘了，就太没有良心了。你走的时候，那个护士哭得多伤心。"潘永军说道。

"王小强毕业离校时，也是依依不舍，很伤心的。不知分别时，两人有没有山盟海誓。"实习时，刘晓岚和王小强在一组，知道王小强对护士是真心的。

"那时候，不懂事。不过我那时候，是很认真地谈恋爱。"

是的，当年王小强实习的时候，正值青春年少、情窦初开。他们是真心地爱着对方，没有权益、没有物质成分，是纯粹的爱情。那是他们纯真的初恋，可能连拉手都没有。

"还是铁蛋和刘晓岚最好。在学校里认真地恋爱，毕业后，结婚过日子。"董敏芝说道。

"是啊。我们都非常羡慕。"潘永军说道。"谁不想在同学中找一个，多有面子。但是，那时候，你们女同学，多么清高，看不上我们。"

"嗯，是的……"孙邵东欲言又止。只是喃喃几个字就停住了。

"好像，何立勇做院长了。前段时间，有个从河南省人民医院来上海开会的医生说的。"李丽华换个话题。

"不知他那位厉害的女朋友怎样了？"刘晓岚说道。

"在学校时就吹了。"

"不管怎么说，何立勇在这件事上，有些不对。上大学就把人家甩了。还有，钱华贵也是。"

"钱华贵几年前，来过上海一趟，也是开会。钱华贵的精神面貌比在学校时好多了。给我的感觉，混得不错。"

"你们知道吗？肖腊梅离婚了。"董敏芝小心地说道。

"肖腊梅离婚了？我们男同学一个也没有离婚，女同学倒是不声不响，来个离婚。"王小强说道。

"王小强，你瞎说什么。肖腊梅人非常好，为人很正直。"

"那为什么离婚？"孙邵东问道。

"他丈夫是个商人，做生意的。你们知道，在中国做生意，每天有大量的应酬。这倒没什么关系。后来，在外边搭了一个，而且怀孕了。肖腊梅怎能容忍这种事，果断地离婚。"

"我有几个初中同学，是做生意的，前段时间和他们聚了一次。他们的生存状态，我们这种人肯定受不了。说什么：不找个年轻的，就没面子。他们整天就是比较谁的老婆年轻漂亮。"孙邵东说道。

"现在，社会变了，人们的思想也变了。大家对离婚、再婚变得宽容了。生活在一起这么多年，没有什么新鲜感，矛盾多了，就想换一个，可以理解。"王小强说道。

"什么可以理解。王小强你是不是准备换一个老婆。"董敏芝立即打断王小强的话，并给予驳斥。

"做这种事的人都是社会上的闲散人员或做生意的人。"刘晓岚说道。

"刘晓岚，这可不是。男人，都有这个想法，只是各种原因，没有去做。你不信问问铁蛋，想不想找个年轻漂亮的？"王小强说道。

"王小强喝多了，净瞎讲话。"李丽华说道。

"就在前几天，我有个高中同学问我结婚这么多年怎么还没有离婚。"潘永军说道。

"社会上什么人都有。把婚姻当儿戏的，毕竟是少数。"董敏芝说道。

"董教授，现在这种人可是越来越多了。你看看那些人，老婆不是年轻，就是漂亮。"孙邵东说道。

"还有的人家里有老婆，在外面，又搞第三者，婚外情。"王小强说道。

"的确有些人不把恋爱结婚当一回事。"

"王小强，你一个人在北京可要当心。我们小组的男同学要好自为之。要自觉抵制那些对人生有危害的思想。"董敏芝说道。

"放心好了，我绝对没事。"

"管他离婚不离婚，反正和我们没有关系。我们每天在医院上班，累得半死，根本没有精力，也没有时间搞那些乱七八糟的事。"潘永军说道。

在吴小莉的帮助下，宋亚龙在3个月后，熟悉实验室所有的仪器使用，能独立做实验。吴小莉还告诉宋亚龙怎样准备课题，写综述。到了五月，铁蛋就安排吴小莉到病房上班。

查房结束后，铁蛋因为要参加全院大会诊，便匆匆离开了。朱强生带领小组医生，按铁蛋的要求，修改医嘱，对病人一天的治疗做出安排。

"吴医生，你的床位是从22—28床，26床是空床位。今天有个冠心病要来，23床今天安排出院。其他的就按陈主任上午查房时说的，开医嘱。"

"好的，知道了。"吴小莉回答道。

"顾医生，你今天怎么又没有带本子？还有同学你也没有带。记住，以后在老师查房时，一定要把老师所说的话，记录在小本子上。"

"不记下来，会忘记。"进修顾医生说道。

"我们要把每天要做的事，记在一个本子上。当你把事情做完后，再把本子拿出来，看看有没有遗忘什么。这个工作习惯是从我们老主任传下来的，是一个非常好的工作习惯。"

吴小莉点头道："是的，是的。"

"吴医生，你先熟悉病人的病情和我们医院的习惯。治疗疾病的原则在哪都是一样的，但每个医院有自己的特点。"

在朱强生的指导下，吴小莉按中瑞医院的习惯，开医嘱，填写申请单。医嘱处理完毕后，吴小莉开始看病人的病历，刚刚看到第二份病历，护士就来催交病历。

如果是在吴小莉原先工作的单位，吴小莉一定在自己的事处理完毕后，再把病历交给护士。现在，刚到一个新单位，吴小莉不敢怠慢，就把病历拿到护士办公室。护士们则从头到脚把吴小莉打量一番，就像吴小莉大学毕业分配到山西省人民医院第一天上班一样。

心内科医生办公室十分拥挤。在读的研究生只能3个人用一张办公桌，进修生2个人用一张办公桌。实习医生，更是连坐的椅子也没有。只有在晚上，实习医生才能找一个空的办公桌书写病史，记病程录。

在白天，由于护士要处理医嘱，执行医嘱，因此，只有在晚上时间，医生们才能不急不忙地写病历、记病程录。晚饭后，吴小莉身着米色的西装，来到办公室。看到毕元宜忙病历，就说道："毕博好，你工作很勤奋啊。"

"快下班时，来了一个病人。洪老板明天要查房，今晚一定要把病历赶出来。"毕元宜说道。

正在这时任博也来到办公室，毕元宜对着任博说道："任兄，你来干什么？"

"看看上午做支架病人心脏酶谱的结果。"任博回答道。

不一会儿，3年前大学毕业留院的韩延锋也来到办公室，从橱柜里拿出各种申请单，一边填写，一边抱怨，"工资就这么一点点，要求还挺高。每天都是超强度、超时间工作。"

"这里比我以前单位忙多了。我以前单位，下班后，除了值班医生，其他人连人影都见不到。5点下班。4点半就开始看表了。"吴小莉说道。

"在上海没有办法，特别是在我们这里，医院和科室要求都很高。除了看病，还要花很多时间写文章，申请课题，一点业余时间也没有。"任博说道。

"结婚成家后，怎能天天晚上往科室跑？！"吴小莉说道。

"没有办法。最起码小组的医生要商量好，大家轮流过来。"任博说道。

"我看不一定。只要白天把病人处理好。晚上有值班医生。"毕元宜说道。

"兄弟,科主任、大教授每天晚上都来,你一个小医生,不来好意思吗?"任博说道。

"那倒也是。"

"每天晚上来,也不算加班。"韩延锋说道。

"这是我们科室的特色。好像其他科室也差不多。据说,胸外科主任,一年 365 天,每天都来查房。"

"这不是没有自己的生活了吗?"在旁的实习医生说道。

"都是工作狂。吴小莉你的老师,陈教授就是一个典型,事业心太强。"韩延锋说道。

"35 床的病历在谁那里?我要记尿量。"晚班护士,来到医生办公室,"怎么这么多人,开会?"

"是的,在开会。"韩延锋说道。

"嗯,开会。"晚班护士看到吴小莉,似乎明白什么,"我知道了。"

"开会,难道平时不是这样吗?"吴小莉问道。

铁蛋对吴小莉的科研工作很满意,现在,吴小莉进入临床,铁蛋很想知道,同时也是关心吴小莉的临床工作。

"小吴,28 床支架植入术后病人。术后观察要注意哪些?"铁蛋问道。

"支架植入术后,主要是观察病人有无胸痛,还有心电图和心肌酶谱的变化。"

"心脏支架术后,有哪些并发症?"

"心衰、心律失常以及自发性出血。"

"回答很好。这个出院小结,最好增加些内容。"

吴小莉立即紧张起来,实习医生和进修医生围过来,研究生也围过来，听铁蛋讲解。

"出院小结不仅是对病人住院经过的一个总结，也是对病人出院后生活的指导。"

"是的。"顾医生说道。

"在出院注意事项中，吴医生写了：口服阿司匹林，复查血常规、凝血功能和血小板功能，一般来说，也可以。如果严格要求，就不行了。顾医生，现在让你加上一些内容，你会怎样写？"

"不知道。"

"我们冠状动脉支架是治疗现有已经产生的狭窄，对不对？"

"是的，用支架扩张狭窄的血管，恢复血液供应。"吴小莉回答道。

"但是，其他血管也会在将来的某一天变得狭窄，是不是这样？"铁蛋循序渐进启发年轻医生。

"是的。"

"所以，我们还要治疗一切引起冠状动脉狭窄的病因，如糖尿病、高血压、肥胖等等。所以，在出院小结要有这些交代。"

"陈老师，经你这么一点拨，我明白了。叫作什么……豁然开朗。"

"陈老师讲得真好。以后，能给我们多讲讲吗？"实习医生恳切地说道。

"只要有空，我尽可能给你们讲。你们自己也要多看看书和杂志。"

铁蛋离开办公室后，进修医生对吴小莉说道："吴医生，陈教授人特别好。你跟在他后面，能学到很多东西。"

"是的。陈老师工作特别认真，要求很严。"

"严点儿好啊。严师出高徒。"毕元宜说道。

"严师出高徒，没错。但人太辛苦啊。"韩延锋说道。

"现在忙点好，将来就不忙了。现在忙是为了将来不忙。"任博说道。

"任博，你这话不完全对。你看我们科室几个主任哪个闲着。每天都在拼命工作。"韩延锋说道。

"不管怎么说，他们都是全国的知名专家，个个都是牛人一个。"

"我啊，可不想做什么名人、专家。我只想拿到我的研究生毕业证书。这些话，可不能让陈老师知道。"吴小莉说道。

"这话千万不能让陈教授知道。陈教授对你寄予极大的希望，说不定陈教授还会把你送到国外学习呢。"毕元宜说道。

"毕博，我最大的愿望是硕士研究生毕业。其他的事，我想还没有想。"

"吴小莉，能出国最好是出国。"韩延锋说道。

"韩兄，听说你准备考美国的医生执照？准备在美国做医生？"毕元宜问韩延锋。

"别听他们瞎说，八字还没有一撇的事。"

"那你为什么不考研究生？别人都说你是因为准备出国才不考研究生的。"

"考不考研究生，对韩医生都差不多。反正，每天都跟在主任、教授后面学习。"顾医生说道。

"研究生还是有些不一样。将来，如果没有研究生学历，得不到重用。"

"我想医院将来对医生的要求会越来越高。不仅是研究生，还要有出国学习的经历。"吴小莉说道。

"我本想考科室的研究生，但看看在国内做医生，钱就这一点点，事情还很多，我就犹豫了。我有个亲戚，和陈主任一届的，现在，在国外做医生，日子过得可滋润了。不过中国人到国外做医生越来越难了。"

"因为你打算出国，否则，你早就考研究生了。"

"我申请美国医院做博士后研究，到现在还没有消息。这几年美国的经济不好，科研经费也少了很多。我要去的话，每个月的工资至少要有2000美元以上，这样生活学习才两不误。吴小莉出国就没问题，有陈教授。"任博说道。

"我根本就没有想过出国，我现在最大的愿望就是硕士毕业。"

"你现在这么想。以后，你的想法会改变的。"韩延锋说道。

"我看没有必要非要出国。"毕元宜说道。

"兄弟，你怎么就不求上进呢？"任博说道。

"我当然求上进，否则我干什么从老家到这里读研究生。"

"我认为出国是有必要的，陈主任正是因为出国，他的眼界就高了。"韩延锋说道。

"陈教授没什么家庭背景，就是靠自己的努力，年纪轻轻的，就当上了科主任，博士生导师也是迟早的事。"任博对铁蛋很佩服。

"陈教授不光有事业心，对病人也特别好。"吴小莉说道。

"现在不对病人好，不行啊。病人要投诉你。"毕元宜说道。

"陈老师是真心对病人好，不像你所说的是为了自保。"吴小莉反驳道。

"陈教授是我们的榜样。"

第26章 博导

"小吴，你把安装心脏起搏器的步骤说一遍。"

"第一步是中心静脉穿刺，一般选择锁骨下静脉穿刺，在锁骨的中外三分之一处，锁骨下方一横指进针……"

"不错，都记住了。今天我就按这个步骤进行操作。"在DSA室，铁蛋准备给一个心脏博动过缓的病人安装起搏器。小组的医生全到场，由铁蛋和朱强生操作，吴小莉和进修医生观摩。

"陈教授，导管进去差不多了。"朱强生提醒铁蛋。

铁蛋见吴小莉已穿好铅防护衣，就用脚踩踏板，打开X线，显示器清楚地显示心脏起搏器导管远端位于右心室。

"大家都看到了，心脏起搏器导管在右心室壁的位置非常好。"

"一旦病人的心脏搏动次数过低，就会自

动触发心脏起搏器工作。现在只需把起搏器的主机在胸壁固定好就行了。"

虽然整个手术过程只有 1 小时左右，但由于操作者穿着厚重的铅衣，个个都是汗流浃背。吴小莉心中暗叹，做介入手术真不容易，是个苦力活。

"吴小莉，下面一个手术是心脏射频消融，在 X 线下操作的时间，要比安装起搏器长。你就不必吃 X 线了。"

"陈老师，我想看看。"吴小莉诚恳地说道。

铁蛋本来想保护吴小莉，但作为一个医生，特别是心脏内科医生，怎能不接触 X 线呢？！

"好吧。你先把准备工作做好，清点物品。"

"利多卡因、生理盐水、手术刀、导管，最后看看电生理记录器……"吴小莉一边清点，一边向铁蛋汇报。

"小刘让病人进来。"铁蛋让刘护士把心律失常病人领进来。

"张阿婆，我是陈医生。"铁蛋和蔼可亲地对病人说道。

"陈医生。"病人的声音微微地颤抖，充满紧张和害怕。

"张阿婆，不用害怕。我早就在这里等侬了。我们医院条件老好咯、非常先进。手术很简单，就像侬隔壁床的李阿婆，恢复老好。今天我亲自给侬做，侬放心好了。"

"谢谢陈医生。侬给我做，我就放心了。"

"阿婆，侬放松，想想马上就要涨退休工资了。"朱强生俏皮地对病人说道。

"张阿婆，手术马上就要开始了。先给侬打麻药针。如果做的过程有啥不适意，尽管讲，但千万不要动。"

"谢谢，阿拉晓得了。"声音仍有些颤抖。

"我们一般从右股静脉穿刺，将导管送入右心房。股静脉穿刺置管做过吗？"在朱强生消毒时，铁蛋给吴小莉介绍射频消融的步骤。

"没有。"

"那你知道股静脉穿刺步骤吗？"

"知道，我昨晚看了书，记下来了。"

"很好。每次看手术或参加手术，一定在前一天晚上，把整个操作过程看一遍。这样，你进步就快。"

朱强生将导管从股静脉缓慢送入心脏。

治疗室内，医生们眼睛瞪得大大的，看屏幕。导管从大腿根部，一直到心脏，心脏在不停地搏动。

"导管的位置很好，关 X 线。把电极和射频消融仪接上，准备消融。"铁蛋指挥整个操作。

整个操作大约 2 小时，个个一身汗。

"小吴，我们去看看今天两个手术病人。"铁蛋坐在办公室，本想再休息一会儿，一看时间已是 5 点了，就带吴小莉查看今天的两个手术病人。

"病历要带吗？"吴小莉问道。

"不用了。"

"老先生，有啥不适意吗？"

"格的有些痛。"病人用手指向起搏器的位置。

"这里有一个小的切口，会有些痛的。到明天就会好。如果痛得受不了，给医生讲一声，打针止痛针。"

"知道了。谢谢陈教授。"

铁蛋和吴小莉眼睛看看心电监护仪，一切数据均正常。

"小吴，你听听病人心脏。"

"好的。"吴小莉迅速地把听诊器放在病人的心脏部位，听了约 2 分钟。

"陈老师，听诊是好的。"

接着，铁蛋和吴小莉看第 2 个病人，就是做心脏射频消融的病人。

"阿婆，不要动，我听听侬格心脏。"

"谢谢。"病人的声音虽然不大，但是充满了感激。

"阿婆，侬心脏现在一切正常了。放心好了，今晚好好睡一觉。"说毕铁蛋又查看股静脉穿刺部位。确认一切正常后，回到病房。

"小吴，射频消融有哪些并发症？"

"嗯，并发症吗，有手术失败，也就是心律失常仍然存在，第二个也就是最严重的，心脏穿孔。"

射频消融治疗心律失常，效果非常好，是心内科治疗方法上的一次革命，但它也有一些潜在的并发症和风险。手术操作固然是成功的最重要的因素，但手术前后的处理对保证手术成功，病人的最终康复，也非常重要。

"我们常说治病救人，治病的目的是为了救人，千万不能说：手术做的很漂亮，但病人死了。开展心脏介入治疗的医生，不仅仅是个手术操作，必须要有扎实的心内科功底。"

"是的。陈老师。好像我们这里手术效果都很好。没有出现什么并发症。"

"并发症是有的，都是被我们即时处理了，才没有酿成大祸，没有酿成医疗纠纷。"

"我离开原单位，就是想在事业上有所进步，而不是墨守成规。"

"不错，是个有志向的年轻人。"铁蛋非常满意吴小莉有事业心，"心脏介入治疗是科室发展的重点方向，以后，病人会越来越多。只要想学机会多的是。但做医生的核心是帮助病人，技术只是个手段。"

"陈老师，你多次讲过医生必须要有一颗爱护和同情病人的心，才能成为好医生。"

"是的。介入手术，你看了几例了，知道怎么做就行了。做介入手术要吃大量的 X 线，X 线对人体影响不好。待你生完孩子后，我再带你做。你聪明，学起来会很快的。"铁蛋说吴小莉一定行，并不是敷衍，而是他内心就这么认为。"这样吧。这段时间，你写一篇心脏支架的临床总结，争取在你毕业前发表。"

"好的，我马上就写。"吴小莉知道这种文章是目前时髦的文章，仅仅凭这样一篇临床总结，就可以硕士毕业。

"嗯。还有和从前一样，写文章之前，去看一些文章，中英文的都要有。看英文知道当前国际上最新进展，看中文知道该项目在国内开展的现状。"

9 月中旬的一天，上午查房结束后，铁蛋就去做介入手术。吴小莉在办公室写心脏支架的文章。

"吴小莉，你的老师做手术去了，你为什么不陪他？"毕元宜说道。

"陈老师安排我统计近几年做的心脏支架病例，让我写篇文章。"吴小莉忍住怒火，故意用文章刺激毕元宜。

这时任博说话："吴小莉写的文章比博士还要多。"

"国内就这个条件，博士和硕士没有什么区别。我看吴小莉的英语比你们俩要好。"韩延锋说道。

"女的语言天赋总是要比男的强，另外最重要的你知道，吴小莉有陈主任这样一个好老师，我们怎能和他比。"毕元宜开始对吴小莉英语不服，后来差距越来越大，剩下的只有嫉妒和羡慕了。

吴小莉心里明白，在阅读能力，他们很难比出胜负，但在英语写作及口语上，她肯定要比两位博士强。

"你们俩都是博士生，不要和我这个硕士比。"

"吴小莉，我们都是好朋友，千万不要生气。"任博说道。

"生气，我生什么气？"

"吴小莉，明年就要毕业了，你准备考博吗？"毕元宜试探性地问道。

"考博还没有想好，硕士毕业再说吧。"吴小莉敷衍道。

"吴小莉这么优秀，又是陈主任的开门弟子，留下来应该没有问题吧。"韩延锋说道。

"现在留校越来越困难，为了留校真是八仙过海，各显神通，不到最后一刻谁都说不准。"毕元宜说道。

"没有你说的那么夸张吧。只要科室需要，本人表现不错，就有可能留校。"任博说道。

"任博，医院想留优秀的，就像陈主任那样。"毕元宜说道。

"像陈主任那样优秀的人实在是凤毛麟角，如果医院要求留下的人都像陈主任，那么科室以后就没有医生了，再说红花也要有绿叶陪衬。"任博说道。

"明年我们科室有四位研究生要毕业，好像金主任和黄主任的研究生在找单位。"韩延锋说道。

吴小莉不说话，她也不清楚怎样说，怕说得不好，给老师带来麻烦。

其实所有的研究生都想留校，谁不想留在上海大医院呢？医院和科室留人，也要考虑以后的学科发展和人才队伍建设，留下的人在年龄上要拉开一定的距离，这样的人才结构才合理。在他们4人中，毕元宜是最想留校的，他的优势是博士，他的劣势是能力，能力不突出。虽然，吴小莉只是个硕士生，但英语、文章、实验，都达到博士水平，又是陈主任的开门弟子。毕元宜希望吴小莉考博士，在毕业留校时，他就少一个竞争对手。

"吴小莉，你考博士，然后让陈主任帮忙，送你去美国做课题。这样多好啊。"毕元宜说道。

"毕博都为我安排好人生道路了。"

"除了陈主任，谁还能为你安排呀？！其实，出国做实验对我们研究生来说是最好的。不仅提高了英语，而且能出高水平的论文。"

"哪有那么多的好事，我现在只想硕士毕业。"

"小吴，你要充分利用好陈老师的关系，把你弄到国外去。"

"什么利用好陈老师，这话多难听啊。"吴小莉说道。

"话是难听一点，但的确是这么一回事。"毕元宜说道，"我要是有陈主任这样一位老师，早就出国去了。"

"的确，出国不容易，最好有人帮忙。"韩延锋说道。

"吴小莉，你不知道自己联系多难、多痛苦。如果有人帮你联系，那真是上辈子修来的福分。"任博说道。

"任博，你老婆不是要调到上海吗，你又要跑啦。"韩延锋说道。

"这事两不误，可以同时进行的啊。陈主任对吴小莉的确不错，准备让吴小莉去武汉开会。"任博说道。

"什么，陈主任还要带你去开会？"毕元宜感到很惊讶。

"洪主任不是带过任博出去开过会？！"吴小莉反击道。

"那是不一样的。"毕元宜声音小了。

"我出去开会，是因为我给会议投了一篇文章，我在会议上有个发言。不和你们说了，我把病历还给护理部去。"吴小莉心想要赶快离开，不能和这帮人再说下去。

金秋十月，洪主任、铁蛋、门诊汪医生、吴小莉，一行四人，从上海虹桥机场坐飞机来到武汉，参加心血管内科学术会议。

"陈教授，你的报告真精彩。过去我们也打算开展，但由于条件不够，一直没有开展介入手术。现在是大势所趋，不开展不行啊。我想安排个医生到你那里学习参观。"

"哪里，哪里！我们相互学习。"

"铁蛋，你们工作做得很不错，有临床、有科研。"协仁医院的曹医生曾经是铁蛋的顶头上司。

"我们做的科研工作，还是很肤浅的。国内就这个条件，没有办法做深入的研究。这是我的科室的吴小莉医生。"

"我刚才听了吴医生的报告，很好。"曹医生说道。

"谢谢老师。老师过奖了。"

"将门无犬子。老师厉害，学生也了不得。"

"陈教授。"有一个人径直走来。

"哟，林医生，不要叫我陈教授，直接叫名字即可。"南京普济医院内科林医生和铁蛋打招呼。

"我们去年才开展心脏介入手术，做的例数不多。我们没有文章，也没有课题，和你们无法比呀。下次有机会请你来南京，表演一台手术或搞个什么讲座。"

"你们做得很好。去南京时，一定去看看你们。"

"刘晓岚好吗？"

"她很好。"

在这个圈子里，铁蛋绝对可以算上是一个明星，一个正在冉冉升起的新星。正是由于铁蛋这些人的努力，迅速缩短了我国和美国医学上的距离，造福于中国广大的老百姓。

吴小莉亲眼看到了铁蛋在心脏内科的地位，心里充满了对铁蛋崇拜敬仰之情。她为老师感到自豪，也为自己感到骄傲。她大会上作了发言，人们开始注意她，有个教授向铁蛋打听吴小莉的消息，也想开展基础研究。

晚上，会务组安排晚宴，宴请部分专家，一共4桌。洪主任和赵主任等10人在一桌，铁蛋、汪医生和吴小莉坐在另一桌。

"这是武昌鱼。"服务员介绍菜名。

"陈教授，武昌鱼是武汉的特色菜。毛主席在他的一首诗中说道……"武汉同济医院王教授突然卡壳。

"才饮长江水，又食武昌鱼。"铁蛋补充道。

"还是陈教授记忆力好。大家请自己动手。"

"味道不错。大家动筷子吧。"铁蛋俨然是这个桌子上的老大。铁蛋见吴小莉有些拘谨，正想给吴小莉夹菜，正好被汪医生看到，铁蛋觉得有些不妥，就小声对吴小莉说道："小吴，你自己吃。"

"好的，陈老师。"吴小莉的声音更小。

"王教授，你们这次会议办得很成功。"来自成都华西医科大学姜教授说道。

"我们只是尽力做好后勤保障工作。有什么不足之处，请多包涵。"王教授说道。

"我们以后要在全国推广你们办会的方式，使每个参会的人都有收获。"山东医科大学张主任说道。

"谢谢大家对我们工作的肯定。其实这次会议主要是教授、专家们课讲得好。特别是中瑞医院洪教授、陈教授，有临床、有科研，是我们学习的榜样。"

"哪里！哪里！我们只是开展早而已。我们制定一个目标，争取在5—10年内，在心脏介入的数量上，要达到美国大医院的规模，同时出一批高质量的文章。"

"在洪教授和陈教授的带领下，中瑞医院发展会越来越好。"姜教授说道。

"讲话可不要忘记吃饭。"王教授说道。

"我来敬一敬美女医生，未来属于你们这一代。"姜教授说道。

"谢谢，祝老师身体健康。"吴小莉立即站起来。

"姜教授，吴小莉是我们科室的研究生。"汪医生略带醋意说道。

"我们这一代只能做临床了。以后的发展就要像吴医生这样，既能做临床，又能做研究。"姜教授说道。

"明天，我们去黄鹤楼，9点半出发。我们科室小黄医生，在大厅等你们。"

"谢谢，王教授太客气了。"张主任说道。

"陈教授，明天去黄鹤楼？"

"好啊。明天我没有发言。"

"明天我也去。"汪医生说道。

"好的，明天我们一起去。"铁蛋说道。

第二天上午，武汉医院黄医生带领大家来到黄鹤楼。

"各位教授、专家，黄鹤楼是我们武汉市的地标性建筑。黄鹤楼下面是武汉长江大桥和万里长江，站在这里能看到整个武汉市。"

铁蛋站立在蛇山上，放眼瞭望，武汉城区和万里长江尽收眼底。看不到尽头的长江水，缓缓向东流，就像一条长长漂浮的绣带，蜿蜒在武汉大地。崔颢就在这里，写下传诵千古的诗词:《黄鹤楼》。

"昔人已乘黄鹤去，此地空余黄鹤楼。"铁蛋开始朗诵道。

"黄鹤一去不复返，白云千载空悠悠。"姜教授接着往下念道。

"姜教授，这首诗还没完，还有一半。"张主任说道。

"还有一半？"铁蛋也疑惑。多年来，铁蛋也一直以为黄鹤楼就这四句。

"是的。张主任讲的是对的。全诗是这样的：昔人已乘黄鹤去，此地空余黄鹤楼。黄鹤一去不复返，白云千载空悠悠。后面四句是：晴川历历汉阳树，芳草萋萋鹦鹉洲。日暮乡关何处是？烟波江上使人愁。"

"各位老师，我们先上3楼，3楼全是赞美黄鹤楼的诗词。"

"李白这首诗写得非常好。特别是后两句：孤帆远影碧空尽，唯见长江天际流，气势很大。"姜教授发表自己的看法。

"好像提到黄鹤楼，人们总是提到崔颢这首诗。当然，李白这诗看上去气势更大。"张主任说道。

"写黄鹤楼的诗词有几百首。这其中要数崔颢和李白这两首诗名气最大。具体要问哪首更好，那就是仁者见仁，智者见智。为什么把崔颢放在第一位，我想与他的题目有关。很多人是通过读《黄鹤楼》，产生到现场考察的想法。这就是文化与旅游的关系。"

"黄医生是个文学青年啊。"铁蛋表扬黄医生。

"武汉人嘛，多少知道一些黄鹤楼的故事。"

从黄鹤楼出来时，照了一张合影。本来铁蛋和汪医生站在一起，照相时，铁蛋被拉到中央。吴小莉挨着汪医生，汪医生则一脸的不悦。

"王主任在东湖宾馆，给大家准备了午餐。我们现在就去吃中饭。"小黄说道。

"王主任，这是想让我们血脂和血压升高啊。"姜教授一句话引起大笑。

夜晚的医生办公室，是年轻医生的天下。吴小莉把从武汉带回来的武汉特产：鸭脖子和麻花，放在医生办公桌上。

毕元宜一点儿也不客气，撕开外包装，拿起一块就吃。

韩延锋跟着，也津津有味地吃起来。

"任博，这鸭脖子味道不错，挺好吃的。你过来尝尝。"

"不行，我刚刚给病人做过体检。"

"快去洗手啊。"毕元宜地说道。

"任博士，鸭脖子是湖北的特产。过去，我们招待人，一盆鸭脖子，再加上花生米，就可以喝酒了。"一个从湖北来的进修医生说道。

"好，我马上就去洗手。"任博说道。

"你们研究生有外出开会的机会，真好。"韩延锋说道。

"韩兄弟，你这话就不对了。去外地开会，不是什么人都有这个福分。"

"怎么不是？我记得去年，任博到济南开会。今年吴小莉又去武汉，你是什么时候……"韩延锋拼命想毕元宜什么时候去外地开过会。

"韩兄弟，不用想了。我从来没有到外地参加过会议。任博是去年9月去开会的。只有吴小莉是在读研究生期间，陈教授带她开会。"毕元宜说道。

"毕博，不就是去武汉开个会吗？看把你嫉妒的。你要是留下来，有你开会的机会。"吴小莉这句话说得很厉害。现在毕元宜最担心的就是能否留下来。到目前为止，洪主任，还没有明确表态。"这些是会议照片。这张是我在大会发言的照片。"

"这些人中，就数吴小莉最漂亮。"韩延锋指着黄鹤楼合影照说道，"如果我是主任，我也愿意带吴小莉外出开会。身边有个美女，多有面子。"

"吴小莉是因为有大会发言，才去武汉开会的。"任博说道。

"非要有文章才行，我就没有机会了。不过，你们几位，还是有希望的。"韩延锋说道。

"有文章是必要条件之一。最后，还是领导说了算。"毕元宜说道。

气温下降后，患心肌梗塞、心衰、高血压的人数有大幅度的增加。洪主任由于在社会上的任职太多，科室很多具体医疗工作落到了铁蛋、吴学仁和赵荣华等中青年医生的肩上。

心脏病的特点是起病急、发病重，救治及时就是救一条人命。所以铁蛋肩上的担子很重，每天都小心翼翼、如履薄冰一样的工作。但中瑞医院又是大学附属医院，有教学和科研任务。医疗、教学、科研，三项任务加在一起，把铁蛋压得喘不过气来。

吴小莉虽然是在读研究生，但吴小莉聪明、能干，在科研方面给铁蛋帮了很大的忙，是铁蛋的得力助手。一天，吴小莉带着写好的课题申请书，来到铁蛋办公室。

"小吴，你工作真是高效啊，给我帮了很大的忙。"铁蛋肯定弟子的表现。

"谢谢陈老师表扬。有一部分是宋亚龙写的。"

"宋亚龙也写了？不错。我这段时间太忙，没有顾得上宋亚龙。这个师弟就交给你了，你就要像老师一样带教他。"

"陈老师，关于明年国家自然科学基金，我没有把握。主要是我们的实验室条件不够，如果按我们实验室条件去申请，课题质量就不高。"

"实验室条件可暂不管它，我们申请课题必须要超前一些，国家自然科学基金明确要求研究项目必须是世界先进水平。待课题批准后，我们就可以购买些先进的仪器，就能做出一些好的实验，从而写出一两篇高质量的英文文章。"

"陈老师，我知道了。写英文文章，我的英语水平不够啊！"

"没有问题，你的英语基础比我要好得多。我能写出来，你肯定就能写出来。我计划把你送到美国学习半年或一年，你的英语就没问题了。"

"如果那样，就太好了。"

"我想你去美国问题不大，应该有很大的把握。"

"陈老师，我要是去了美国，我的同学要羡慕死了。"

"小吴，我想如果你能在美国，把博士课题做了最好。"铁蛋第一次和吴小莉谈读博士一事。

"博士？"

"你明年考博士，先在学校上半年课，然后去美国做实验。博士毕业时，回国参加研究生答辩。"

"如果能这样，那肯定是最好的了。但那样的话我就要考洪主任的研究生了。"

"这没关系。有可能明年我的博导就能批下来。"

"陈老师，你要是博导那就太好了。博士生导师就应该像陈老师这样的人。有些博导根本就不会指导博士生，完全是凭资格老。"

"小莉，你的感冒好了吗？"

"差不多了。"

"方便面只能是偶尔吃吃。"

"我们研究生几乎人人都吃方便面，方便面味道很好的。"

"不行，方便面没什么营养。营养跟不上身体就不行，身体可是革命的本钱。"

"知道了，我以后会尽量少吃。嗯，坚决不吃。"

"这就对了。"

吴小莉对铁蛋来说太重要了。因为有了吴小莉，铁蛋自己就不需要亲自做枯燥的实验，他可以把时间用在拿科研经费和思考学科发展上。

12月11日，中国心血管内科中青年医师论坛，如期在杭州市举行。协仁医院赵主任担任此次大会的主席，洪主任担任副主席，铁蛋担任学术秘书。中瑞医院派了3个年轻医生参加会议：任博、毕元宜和吴小莉。

吴小莉报告的论文题目是《钙离子拮抗剂对心脏的保护作用》。由于别的医院根本没有中瑞医院的实验室条件，因此，吴小莉的实验研究就显得高人一截、鹤立鸡群。另外，这次会议有3个评委，在武汉会议上听过吴小莉的报告，对吴小莉的印象不错。虽然吴小莉是一个硕士研究生，但得到的评分比两位博士还要高。最终，吴小莉拿到一等奖，回到上海。

转眼就进入2000年，经过科室推荐和研究生处的评选，吴小莉被评为优秀研究生。2000年7月，吴小莉硕士毕业后，继续在中瑞医院攻读心血管专业的博士研究生，导师还是铁蛋。2001年3月，吴小莉拿着护照和机票，在上海浦东机场，坐上了美联航的飞机，飞往太平洋的彼岸。